ANNEMARIE MITTERHOFER

Wiener Magnolien-mord

ANNEMARIE MITTERHOFER

Wiener Magnolien- mord

KRIMINALROMAN

GMEINER

Immer informiert

Spannung pur – mit unserem Newsletter informieren wir Sie
regelmäßig über Wissenswertes aus unserer Bücherwelt.

Gefällt mir!

Facebook: @Gmeiner.Verlag
Instagram: @gmeinerverlag
Twitter: @GmeinerVerlag

MIX
Papier | Fördert
gute Waldnutzung
FSC
www.fsc.org FSC® C083411

Besuchen Sie uns im Internet:
www.gmeiner-verlag.de

© 2023 – Gmeiner-Verlag GmbH
Im Ehnried 5, 88605 Meßkirch
Telefon 0 75 75 / 20 95 - 0
info@gmeiner-verlag.de
Alle Rechte vorbehalten
1. Auflage 2023

Lektorat: Claudia Senghaas, Kirchardt
Herstellung: Mirjam Hecht
Umschlaggestaltung: U.O.R.G. Lutz Eberle, Stuttgart
unter Verwendung eines Fotos von: © Olena_Z / istockphoto.com
Druck: CPI books GmbH, Leck
Printed in Germany
ISBN 978-3-8392-0519-8

KAPITEL 1

Der Frühling ist eine gefährliche Zeit. Ich weiß nicht, ob es die Vögel sind oder die Blumen oder die warmen Sonnenstrahlen. Es könnten auch die vielen *Parship*-Plakate sein. Viele Singles kommen dadurch vielleicht auf Ideen, obwohl sie den ganzen Winter glücklich und zufrieden mit ihren *Netflix*-Serien gelebt haben. Es sind auch ein paar Liierte dabei, die sich gerne wieder einmal wie ein Single fühlen möchten. Die Online-Partnerbörsen-Geschäfte florieren jedenfalls prächtig. So mancher, der sich vielleicht denkt: Schauen kostet ja nichts, sollte allerdings vorsichtig sein. Denn man verliebt sich schneller, als man »übrigens bin ich schon gebunden« sagen kann. Schuld daran sind die Hormone: Adrenalin hilft bei der ersten Kontaktaufnahme, Dopamin ist verantwortlich für das verliebte Hin- und Herschreiben, Testosteron und Östrogen sorgen für die erste Annäherung, und Phenylethylamin produziert Schmetterlinge im Bauch. Und wenn man nicht rechtzeitig »Stopp!« sagt, wird man mit dem Bindungshormon Oxytocin überschüttet. Als Laie sagt man dann: »Ich habe mich verliebt.«

Nicht dass Anna Bernini, Chefinspektorin der Mordabteilung des Landeskriminalamtes Wien Zentrum Ost, auf dem Weg zum *Institut für Bildhauerei* an die Wirkung der Hormone gedacht hätte oder an Fonsi, der diese Wirkungen seit ein paar Monaten hervorrief, sondern an die Entschuldigung, die sie gleich anbringen musste. Obwohl sie besser nicht daran gedacht hätte. Denn in Wien war es an diesem Sonntag, dem 22. Mai, drei Tage nach *Christi Himmelfahrt*, so heiß wie noch nie in der Geschichte der Aufzeichnungen. Sodass man ein Polizeiauto problemlos als mobile Sauna vermietet hätte können. Da war es natürlich ein Nachteil, wenn einem auch noch Schuldgefühle einheizten.

Vielleicht funktioniert die Klimaanlage nicht, dachte Anna Bernini, als sie sich im Beifahrersitz des Streifenwagens zurücklehnte und die verklebten Haarreste auf Inspektor Schwammingers Hals betrachtete. Wenn man es nicht gewöhnt ist, fällt einem das Atmen durch den Mund schwer. Außerdem bringt es nicht viel, weil sich die Riechrezeptoren nicht so leicht ausschalten lassen. Aber einer wie der Schwamminger hält ein Deodorant sicher für ebenso überflüssig wie Zahnseide, dachte Anna Bernini und verdrängte den Gedanken an Inspektor Schwammingers Gebiss, das mehr einer Reihe verkohlter Baumstämme glich als, sagen wir: einer Reihe Perlen.

Zu spät zu einer Vernissage zu kommen, wäre Anna Bernini im Normalfall natürlich völlig egal gewesen. Aber bei einem wie dem Fonsi, der nichts mehr hasste, als zu spät zu kommen, außer vielleicht: viel zu spät zu kommen, wäre es natürlich vollkommen undenkbar gewesen, zu spät zu seiner eigenen Vernissage zu kommen.

»Ich komme überallhin zehn Minuten zu früh. Aber das pünktlich«, hatte Fonsi bei ihrem ersten Date gelacht. Wenn man so etwas zum ersten Mal hört, findet man es noch charmant. Vor allem, wenn es jemand sagt, der auch als Sportbekleidungsmodel arbeiten könnte. Sogar wenn er den Grund dazu sagt: »Genauso lange dauert es nämlich, bis ich aufhöre zu schwitzen«, denkt man sich noch nichts, wenn er, wie Fonsi, überallhin mit dem Rennrad fährt. Erst wenn man feststellt, dass dieser Jemand das Schwitzen bei jeder Gelegenheit hasst und manchmal schneller unter einer Dusche steht, als die Co-Schwitzerin »Schön ist es gewesen« hauchen kann, macht man sich Gedanken, wenn die erste Dopaminphase schon langsam am Abklingen ist.

Während der Schwamminger über den Praterstern brauste, einen alten Fiat aus dem Weg blinkte und mit Karacho in die

Helenengasse einbog, versuchte sich Anna Bernini zu erinnern, warum sie sich eigentlich seit gut vier Monaten mit Alfons Laller traf. Diese Frage hatte ihr auch Doktor Egger, Anna Berninis Psychoanalytikerin, gestellt. Und der ärztliche »Ich-weiß-es-aber-ich-lass-Sie-selber-draufkommen«-Blick verriet, dass Doktor Egger darüber schon eine Theorie hatte. Das war auch nicht besonders schwer. Der Grund hatte nämlich vier Buchstaben, war ein Polizeikollege und hatte am vorletzten *Valentinstag* die Dummheit besessen, Anna Bernini einen riesigen Rosenstrauß zu schenken. Das ist natürlich bei einer Kriminalbeamtin, die zwei und zwei zusammenzählen kann, fast schon ein Seitensprung-Eingeständnis. Seither war viel passiert, aber eine neue Liebesgeschichte war nicht dabei gewesen. Vielleicht eine halbe, aber die saß jetzt hinter Schloss und Riegel.

Daran hätte sich auch nichts geändert, wenn nicht Anna Berninis Schwester Burgi, eigentlich Nothburga, aber für den Vornamen seiner Großmutter mütterlicherseits kann man natürlich nichts, die Sache in die Hand genommen hätte. Da hatte Anna Bernini mit dem Vornamen der Großmutter väterlicherseits mehr Glück gehabt, fand die Burgi jedenfalls. Genauso wie mit ihrem Beruf, ihrem Gehalt, ihrem Wohnort und den viel interessanteren Möglichkeiten der Partnersuche. Aber auch bei der kleinen Schwester in Wien war nicht alles perfekt.

»Du hasch a nit mehr ewig Zeit!«, hatte sie zu Weihnachten in düsterstem Tirolerisch von sich gegeben. »Ab 35 hat man schon eine Risikoschwangerschaft.«

»Dann ist es ja ein Glück, dass ich nicht schwanger bin«, hatte Anna Bernini geantwortet.

»Und du wirst bald 37«, hatte sich Burgi nicht von ihrem Gedankengang abbringen lassen.

Anna Bernini hätte vielleicht nur herzlich gelacht, wenn sie nicht zufällig an diesem Abend zu viel Gewürztraminer getrunken hätte. Ich möchte nicht wissen, wie oft der Alkohol schon aus einem glücklichen Single einen unglücklichen Nicht-Single gemacht hat. Das ist durch die Verlegung der Partnersuche ins Internet auch nicht anders geworden. Denn so ein Online-Suchprofil ist schnell erstellt. Vor allem, wenn einem die eigene Schwester dabei hilft. So kam es, dass Anna Bernini am nächsten Tag mit einem Kopf dreimal so groß wie die Dorfkirche am Frühstückstisch saß und ihre Schwester schon drei zukünftige Schwäger ausgesucht hatte. Alle drei seien Lehrer, hat die Burgi munter drauflosgeplaudert, und an einer gewissen Anna Bernini interessiert, die »Beamtin« war, gerne Fahrrad fuhr und sich für Kunst interessierte.

»An meinem Profil stimmt aber nur, dass ich mit dem Fahrrad fahre. Sogar das ›gerne‹ müsste man streichen. Gerne fahr ich nämlich mit dem Auto«, brummte Anna Bernini zwischen zwei Dreifach-Espresso-Schlucken, »nur darf ich gerade nicht, weil mir die Kollegen ja den Führerschein abgenommen haben.«

Es kann aber auch sein, dass sich Anna Bernini das nur gedacht hatte. Denn erstens waren ihre Stimmbänder noch nicht zum Sprechen aufgelegt gewesen, zweitens sprach sie nicht gern über die letztjährige Alkohol-am-Steuer-Affäre, die sie beinahe den Job gekostet hatte. Und drittens hätte man eher die Nordkette wegbewegen können, als die Burgi von einem Entschluss abbringen, an dem sie sich einmal festgekrallt hatte. Deshalb hatte sich Anna Bernini damit begnügt, ihren müden Blick über die drei Fotos gleiten zu lassen, schwach auf ein Bild zu deuten, unter dem »Alfons Laller« stand, und »luschtiger Name« zu nuscheln. Denn in Anna Berninis Kindheit, als die Menschen in den Tälern noch nichts von politisch korrekter Sprache gehört hatten, wurde »Laller« wie »Loller« ausgesprochen, ein Schimpfwort für geistig Zurückgebliebene. Vielleicht wäre es gar nie zu einem ersten Date gekommen, wenn Anna Bernini damals schon gewusst hätte, dass »Laller« gar kein Nickname war.

»Heute ist da ja wieder die Hölle los!« Inspektor Schwamminger warf Anna Bernini einen genervten Rückspiegelblick zu, als er mitten auf der Sportklubstraße scharf bremsen musste. Anna Berninis Nase wäre um Haaresbreite auf Inspektor Schwammingers Nacken gelandet. Der Schweißfilm dürfte sich aber schon auf sie übertragen haben. Oder es waren ihre eigenen besorgten Gedanken, die jetzt eine stärkere Transpiration auslösten.

Diese »Hölle«, wie es Inspektor Schwamminger genannt hatte, war eine Grundstücksbesetzung, die der Wiener Polizei schon seit Monaten Sorgen machte. Dabei war das Viertel, das zwischen dem grünen Prater und dem Donaukanal eingeklemmt war, immer eines der ruhigsten im ganzen Zweiten Bezirk gewesen. Ihre Streits haben die Bewohnerinnen und Bewohner der Villen und Gründerzeithäuser üblicherweise nicht auf der Straße ausgetragen. Was nicht heißt, dass es nicht manchmal Verletzte gegeben hätte. Aber gegenüber der Polizei oder Rettung hat man natürlich behauptet: »Ich bin am Louis-seize-Sekretär angerannt«, oder: »Die chinesische Vase ist mir auf den Kopf gefallen.«

Aber dass eines der teuersten Grundstücke am Prater wochenlang von buntem Demonstrationsvolk belagert wurde, war etwas anderes. Etwas, das man hier nicht haben wollte. Die älteren Damen der Böcklinstraße und Umgebung haben bei ihren Bridgeabenden über nichts anderes mehr geredet. Obwohl eine von ihnen schuld an dieser Misere war. Zumindest indirekt.

Angefangen hat alles mit einem Erbschaftsstreit, was ja an sich nichts Ungewöhnliches wäre. *De jure* wäre eigentlich auch alles klar gewesen. *De facto* war es aber ein Skandal. Denn jeder wusste, dass der alte Hofrat Schmid seinen Besitz Amelie Meyher vermachen wollte. Einerseits, weil er sie mochte und als die Tochter betrachtete, die er und seine Frau gerne gehabt hätten. Und andererseits, weil Amelie Meyher schon seit ein paar Jahren im Nebengebäude der Villa eine Alternativschule, die *Magnoliengartenschule,* betrieb, die bei der jungen urbanen Alternativelternschaft sehr beliebt war und dem Hofrat auf seine alten Tage viel Freude gemacht hatte.

Nach dem Tod des Hofrats ist seine Gattin mit ihrer Kameensammlung und ihrem Mops in ein Nobelaltersheim nach Oberdöbling gezogen und hat dort ihrem Gatten beziehungsweise seinem Sterbebildchen, das ihr beim Patiencelegen Gesellschaft leistete, oft bitterlich den Verfall der Sitten geklagt. Vor allem mit den alternativpädagogischen Unterrichtsmethoden der Wahltochter war die Hofratswitwe ganz und gar nicht einverstanden. Sie verstand nicht, warum es gut sein sollte, als Lehrperson geduldig zu warten, bis das Kind selbst den Wunsch äußerte, den nächsten Buchstaben im Alphabet zu lernen. Sie steckte eben noch mit einem Fuß in einer Zeit, wo Bildung wie Pferdesalbe war: Sie wirkt umso stärker, je heftiger man sie einreibt. Aber aller Zweifel war beseitigt, wenn sie Amelie Meyher, der entzückenden Direktorin der *Magnoliengartenschule*, in die himmelblauen Augen schaute. Jeder, der die zierliche blonde Frau mit den seidigen Locken und den niedlichen Grübchen in den runden Wangen betrachtete, verriet sie ihrem hingeschiedenen Leopold, muss sie gernhaben!

Wahrscheinlich wäre für die Hofrats-Wahltochter alles noch gut ausgegangen, wenn nicht vor ein paar Monaten an einem sonnigen Winternachmittag ein Mann im Nobelaltersheim aufgetaucht wäre, der alles noch einmal ins Wanken brachte. Denn in dem Moment, als Axel Springfeld den sauber aufgeräumten, dezent nach Desinfektionsmittel und Altdamen-Parfum duftenden Raum betrat, hatte die Hofratswitwe eine Vision. Statt des kleinen, molligen Mannes mit dem riesigen Strauß rosa Nelken und einem fixfertig ausgearbeiteten Bauplan für ein neues Museum, kam Fritz Wunderlich auf sie zu, beugte sich über sie und küsste sie auf den Mund. Wie damals vor 70 Jahren, als sie ihm als verliebter Backfisch einmal in seiner Garderobe aufgelauert hatte. Dem Hofrat hatte sie natürlich nie etwas davon erzählt. Auch jetzt sagte sie es ihm nicht. Vielleicht auch deshalb, weil sie keine Zeit mehr hatte. Denn schon am nächsten Morgen, es war ein grauer Wiener Jännertag, tat sie in den Armen ihrer philippinischen Pflegerin den letzten Atemzug. Allerdings nicht, ohne vorher noch ihr Testament geändert zu haben, man könnte auch sagen: ohne vorher noch eine Bombe gezündet zu haben.

Vielleicht wäre es nie zu diesem Aufruhr gekommen, wenn die Hofratswitwe ihren Besitz einfach an Axel Springfeld und das Museumskonsortium vererbt hätte. Dann wäre es wenigstens eindeutig gewesen. Aber im Alter, sagt man, werden die Leute oft noch einmal jung. Und in der Jugend der Hofratswitwe sagte eine Dame zu einem Mann nicht »Ja«, wenn sie »Ja« meinte. Sondern »Vielleicht«. Und mit diesem »Vielleicht« musste sich jetzt die Politik herumschlagen. Man weiß nicht, war es das letzte illuminierte Aufflackern eines romantischen Gefühls oder ein kleiner, bösartiger Scherz, den sich die Hofratswitwe vor ihrem Ableben noch gönnte. Denn sie verfügte, dass auf dem Gelände des Magnoliengartens das neue Museum gebaut werden solle. Und die *Magnoliengartenschule* trotzdem ihre Erweiterung bekäme. Effektiver kann man natürlich keinen Krieg anzetteln.

Als die Gemeinderätin Silvia Bogenbauer-Heckenschlager, die offenbar als einzige Politikerin bereit war, diese heiße Kartoffel mitten in einem Wahljahr anzugreifen, ein paar Wochen später auf einer Pressekonferenz bekanntgab, dass die Stadt das Erbe annehmen würde, hat es gleich zu rumoren begonnen. Da wäre es gut gewesen, wenn sie auf die Kommunikationsberaterinnen, die ihr ein bisschen Zurückhaltung geraten hatten, gehört hätte. Denn dass Axel Springfeld neben ihr saß und dass er auch gleich sein Museumskonzept präsentierte samt Umbauplänen von einem Stararchitekten, war nicht sehr diplomatisch. Ganz abgesehen davon, dass der Mann selbst schon polarisierte. Da haben die einen gesagt: ein Kunstkenner-Genie. Alles, was der anfasst, wird zu Gold. Und die anderen: ein Hochstapler, der zufällig Kunstwerke verkauft, weil Kochtöpfe weniger Geld einbringen. Der *Instagram*-Account #magnoliengarten hat in kürzester Zeit zigtausend Follower gehabt.

Gleich nach der Pressekonferenz sind jedenfalls schon die ersten Alternativeltern mit ihren Kinderkutschen gekommen und haben im Magnoliengarten Zelte aufgebaut und am Lagerfeuer Tofuspieße gebraten. Es war ja noch Winter. Und mit dem Frühling sind es immer mehr geworden. Da haben sich auch Studierende von der benachbarten Kunstakademie dazugesellt. Bäumchen sind gepflanzt worden und Hochbeete errichtet.

Natürlich ist die Politik da nervös geworden. Und die Wahlkampfstrategen haben sofort gesagt: Das kostet uns Wähler*innen bei der urbanen Mittelschicht. Daraufhin hat die Stadt ein Ausweichquartier in Transdanubien angeboten. Schön mit der U-Bahn erreichbar, mitten in einem neuen Wohnviertel. Aber ein paar von den Eltern ist es zu nahe an der städtischen Müllverbrennungsanlage gewesen. Kann auch sein, dass ihnen die Sozialbauten zu nahe waren. Jedenfalls hat Amelie Meyher das Angebot rundheraus abgelehnt.

Danach sind die Auseinandersetzungen härter geworden. Die Medien haben vom Magnoliengartenstreit berichtet, Politiker sind interviewt worden. Für die Opposition ist es natürlich ein gefundenes Fressen gewesen. Da sind die Hackeln von allen Seiten tief geflogen. Und als die Stadt im März zum ersten Mal versuchte, das Gelände durch die Polizei räumen zu lassen, ist es erst richtig losgegangen. Binnen kürzester Zeit sind die Server zusammengebrochen, so viele Fotos von angeketteten

Demonstrant*innen und Polizisten, die unbeholfen danebenstanden, sind in den sozialen Netzwerken gepostet worden.

Natürlich ist die Gemeinderätin und mit ihr die Partei als reaktionäre Betonschädel dagestanden, die noch nie etwas von Bürgerbeteiligung gehört haben. Jahrelange Sonntagsreden von Common Government und Förderung kreativer Freiräume kannst du natürlich mit einer solchen Aktion in Sekunden zunichtemachen. Silvia Bogenbauer-Heckenschlager soll es fast ihren sicheren Listenplatz gekostet haben. Deshalb ist ihr nichts mehr anderes übrig geblieben als die Flucht nach vorn. Sprich: Geld in die Hand nehmen und ein großes Bürgerbeteiligungsprojekt anzetteln.

Und da ist Anna Berninis Fonsi ins Spiel gekommen. Als Institutsvorstand der benachbarten Kunstuni war er, das erzählte er Anna Bernini gleich an ihrem ersten Abend, die ideale Vermittlerfigur. Gleich darauf hat er schon die ersten Straßenfeste organisiert, Kreativworkshops für Kinder und einen Kunstworkshop, bei dem die Lehrerinnen der *Magnoliengartenschule*, Eltern und Interessierte aus der Nachbarschaft mitmachen konnten. Unter dem Motto *Face to Face* sollten sich die verfeindeten Seiten gegenseitig porträtieren und so näherkommen. Fonsi war von der Idee begeistert. Es sollte ein Modellierungsworkshop werden.

Aber dann passierte genau das, was oft mit Ideen passiert, die jeder gut findet, aber niemanden interessieren. Als es soweit war, hatte auf der Museumsseite niemand Zeit, und auf der Schulseite wollte niemand Modell sein, sondern alle wollten selbst gestalten. Lehrerinnen, Mütter, Sympathisantinnen. Und wegen der Diversität wurden noch zwei asylsuchende Jugendliche aus dem benachbarten *Hotel Lysa* eingeladen. »Lysa« heißt umgedreht »Asyl«. Ein Hotel, in dem gleichzeitig asylsuchende Jugendliche als Kellner oder Köche ausgebildet werden. Ein tolles Projekt. Und so ist es gekommen, dass Fonsi Anna Bernini sofort gefragt hat, ob sie das Kopfmodell sein wollte. Eine andere Frage hat er ihr auch noch gestellt. Und beide hat sie mit »Ja« beantwortet.

Aber vielleicht hätte *Face to Face* wirklich noch zur Versöhnung der beiden Streitparteien führen können, wenn nicht einen Tag vor der Vernissage noch ein PR-mäßiger Supergau passiert wäre, der den Axel-Springfeld-Skeptikern voll recht gegeben hat. Allerdings glaube ich nicht, dass selbst seine größten Gegner damit gerechnet haben, dass Axel Springfeld ausgerechnet über einen *MeToo*-Skandal stolpern würde. Doppelte Buchhaltung, Preistreiberei, Gewinne nicht an Sammler weitergeben, das ja, aber bestimmt keine Nötigung junger Künstlerinnen! Selbst in ihren schlimmsten Verdächtigungsfantasien hätten seine Gegner nicht geglaubt, dass dieser arrogante Bonvivant sich seine häufig wechselnden Begleiterinnen, lauter hochbegabte Künstlerinnen, durch demütigende Erpressungen – hinknien und so weiter – erkauft haben könnte!

Aber genauso ist es gewesen. Zehn bekannte Künstlerinnen haben in einem Video, das seit 23 Stunden im Netz kursierte und inzwischen eine schneller wachsende Klickrate besaß als ein Royal-Sexskandal, detailliert davon erzählt. So etwas wäre in jedem Fall ein großes Problem für Axel Springfeld und das Museumsprojekt gewesen. Zum Todesstoß aber ist es nur geworden, weil eine der auspackenden Künstlerinnen Amelie Meyher geheißen hat und Direktorin der *Magnoliengartenschule* gewesen ist.

KAPITEL 2

Beim Mogeln kommt es ja immer darauf an, auf welcher Seite man steht: auf der Seite vom Mogeln oder vom Bemogeltwerden. Mogeln ist lustiger. Einen Einkaufsbummel zur Mittagspause dazumogeln, ein paar Freunderldienste bei der Steuer vorbeimogeln, bei Rotblinken sich noch schnell über die Kreuzung drübermogeln, nie fühlt man sich unsterblicher! Als Frau ist man von klein auf aufs Mogeln trainiert. Sobald man einen Lippenstift von einem Lutscher unterscheiden kann, mogeln sich Frauen eine gesunde Gesichtsfarbe hin und dunkle Augenringe weg. Mit dem Push-up-BH mogeln wir uns eine Körbchengröße dazu und mit der richtigen Unterwäsche ein paar Kilo weg. Früher nannte man das Korsett. Jetzt heißt es »Shaping Dessous«. Damit können wir uns ruhig das *Kleine Schwarze* um zwei Kleidergrößen zu klein kaufen, das Shaping-Wunder modelliert uns schon hinein. Das ist ein ungeheurer Fortschritt, seit man sich zu Aschenputtels Zeiten überflüssige Körperteile noch abschneiden musste. Wir modernen Stiefschwestern müssen gar nicht mehr leiden. Solang wir uns nicht hinsetzen, essen, reden, tanzen oder lachen. Aber das macht nichts, weil Spaß haben wir eh keinen. Und wenn wir lange genug zu wenig Luft bekommen, werden wir mit der Zeit sogar so blöd, wie wir uns verkaufen lassen.

Als Anna Bernini jetzt über den Rasenstreifen auf den ungeduldig von einem Bein auf den anderen steigenden Fonsi zuging, fühlte sie sich ziemlich unwohl. Nicht nur weil die Menschenmassen, die da wartend auf den Skandaldirektor um den Eingang herumstanden, so sensationsgierig dreinschauten. Sondern auch, weil sie so gut ausschauten. In dem Sinn jedenfalls, als viele der anwesenden Frauen so wirkten, als hätten sie ihre Diäten und Fitnessübungen etwas konsequenter durchgezogen als zum Beispiel Anna Bernini. Dass sie das, womit sie ihre perfekten Bodys verhüllten, bei einer Billig-Textilkette gekauft haben, konnte man auch nicht gerade sagen. Wobei bei manchen die Verhüllung eher symbolisch war. Vielleicht hatten die begleitenden Männer nicht alle ganz so perfekt ausgesehen. Aber dafür hatten sie bestimmt andere Talente. Zum Beispiel, sich mit den richtigen Personen ablichten zu lassen.

Möglich, dass im Moment nicht für alle Besucherinnen und Besucher der Vernissage klar war, ob der unter vielen Buhrufen von Seiten der Magnoliengartenbesetzerinnen und viel Geknipse von Seiten der Regenbogenpresse ankommende Axel Springfeld eigentlich die richtige Person war. Aber die Versuchung war einfach zu groß, beim Sturz eines Kunstgottes live dabei zu sein und morgen beim Teeküchentratsch als Einzige ganz genau die Schamesröte beschreiben zu können, die dem Axel Springfeld während seiner Eröffnungsrede in die Wangen gestiegen war, oder die Schweißperlen, die ihm von der Stirn getropft sind.

Aber alle, die nur aus diesem Grund hergekommen sind, wurden bitter enttäuscht. Denn Axel Springfeld errötete genauso wenig, wie er schwitzte oder gar stotterte. Axel Springfeld war wie immer. Arrogant, süffisant und amüsant. Deshalb war es auch kein Wunder, dass es dem eloquenten Kunstmenschen schon wieder mühelos gelang, die Zuhörerschaft in seinen Bann zu ziehen. Und den einen oder anderen vielleicht sogar dazu brachte, am Wahrheitsgehalt des *MeToo*-Videos zu zweifeln. Jemand, der so nonchalant von Kunst reden konnte, konnte doch nicht gleichzeitig verlangen, dass die Künstlerinnen …, aber ich bin sicher, dass sich niemand genau ausmalte, was die Künstlerinnen tun mussten, damit er ihre Werke reichen Sammlern zeigte.

Amelie Meyher hat jedenfalls nichts von dem gemacht, was sich Axel Springfeld angeblich ausgedacht hatte. Das hatte sie im Video betont. Damit hat sie sich vielleicht eine Kunstkarriere verbaut. Aber womöglich hätte sie auch so irgendwann auf Kunsttherapie und Kunstpädagogik umgesattelt. Auf der Vernissage erschienen war sie jedenfalls noch nicht, da konnten sich noch so viele Köpfe immer wieder erwartungsvoll zum Eingang drehen. Von Amelie Meyher keine Spur.

Anna Bernini war am Eingang stehen geblieben. Unschlüssig, ob sie nicht umkehren sollte. Und zwar aus dem natürlichen Instinkt eines Menschen, der davor zögert, in voller Kleidung ein Dampfbad zu betreten. Umso mehr musste es einen wundern, dass ausgerechnet ein Schweißphobiker wir Fonsi so schnell in der Entourage Axel Springfelds und der Gemeinderätin verschwunden war. Auch nicht gerade ein Umstand, der Anna Bernini verlockte einzutreten. Aber weil man nicht ewig an der Schwelle stehen bleiben kann und ein bisschen vielleicht auch aus Neugierde auf die verschiedenen Anna-Bernini-Kopfkreationen des *Face to Face*-Workshops, machte sie dann doch ein paar Schritte in den Raum hinein. Und natürlich war ihr Sommerkleid in Sekundenschnelle so nass, als wäre sie ins eineinhalb Kilometer entfernte Stadionbad gefallen.

Das Glashausatelier war zwar voller Leute. Aber von den Teilnehmenden am Modellierworkshop war niemand zu sehen. Auch sonst schienen keine Künstler anwesend zu sein. Wenn man von den Menschen absah, die das Kunststück beherrschten, gleichzeitig fünf belegte Brötchen auf der einen Handfläche zu balancieren und mit der anderen Hand nach einer Sektflöte zu greifen und sich dabei den Hals nach dem Skandaldirektor zu verrenken oder sich gegenseitig zuzuflüstern, dass der Sowieso »auch alt« und die Sowieso »zu stark geliftet« worden ist.

Jetzt versuchte sich Anna Bernini durch die Menschenmenge bis zu Fonsi durchzudrängen. Aber da hätte sie genauso gut versuchen können, aus einem vollen Kinosaal hinauskommen, nachdem jemand »Feuer!« gerufen hat. Anna Bernini blickte ein bisschen neidisch auf die magere 70-Jährige neben sich, die nur ein bisschen mit den Ellbogen winken musste, und schon war sie vorne in der ersten Reihe. Interessanterweise beherrschen oft gerade die kleinsten und dünnsten Personen das Keinen-Millimeter-von-der-Stelle-Weichen am besten. Außer ihnen war es nur den Fotografen gelungen, sich so nahe an Axel Springfeld und Silvia Bogenbauer-Heckenschlager heranzupirschen, dass sie seine spöttisch heruntergezogenen Mundwinkel und ihre hektisch roten Wangen erkennen konnten.

Aber gerade als Anna Bernini zwei Sektgläser von einem vorbeischwebenden Tablett genommen und sich überlegt hatte, ob sie ihre Polizeimarke vielleicht als Ellbogenersatz verwenden sollte, bewegte sich plötzlich der ganze Pulk um 20 Meter nach vorne. Man musste sich schon auf die Zehenspitzen stellen, um zu wissen, warum. Das Lokalfernsehen war angekommen.

Und so stand Anna Bernini plötzlich allein da mit ihren beiden Sektgläsern und der Versuchung, damit hinaus ins Freie zu flüchten, wo es die Demonstranten im Magnoliengarten sicher gemütlicher hatten als sie. Von den malerisch um die Bäume lagernden Menschen wanderte ihr Blick hinauf zu den hübschen Schäfchenwolken, die am tiefblauen Himmel dahinsegelten, und in ihrem Kopf summte es: »Die Wolken ziehen dahin und ziehen auch wieder her. Der Mensch lebt nur einmal und dann nicht mehr.«

Ein Esoteriker würde wahrscheinlich sagen: »Das war Vorahnung.« Ein Psychologe: »Der Alkohol macht einen sentimental.« Anna Bernini schlenderte mit ihren beiden Sektgläsern hinüber zu den Kunstwerken, die unbewegt von ihren Stelen auf das Publikum herabglotzten, bevor ihr Burgis tickende Uhr einfallen und der Verdacht aufkommen konnte, dass der großgewachsene Radprofi in der ersten Zuhörerreihe nicht derjenige sein würde, der etwas daran änderte.

Erst als Anna Bernini ein *Face* nach dem anderen abschritt, wurde ihr bewusst, dass sie sich etwas Unrealistisches erhofft hatte. Nämlich, dass niemand das Auffallendste in ihrem Gesicht so deutlich dargestellt hatte, wie es in Wirklichkeit war. Aber egal, wie unbegabt die einzelnen Kursteilnehmenden auch gewesen sein mochten, manche vergriffen sich sogar bei den grundsätzlichsten Dimensionen des Gesichts, doch eine überdimensionale Nase schafften sie alle. Ja man könnte sogar sagen: Wer die *Faces*-Stirnreihe unbefangen von der Seite betrachtete, hätte vielleicht sogar gesagt, der Titel der Ausstellung müsste eigentlich *Noses* heißen.

Man darf Anna Bernini nicht verurteilen, wenn sie nach der sechsfachen Bestätigung der Tatsache, dass ihre Nase die normalen Nasenausmaße einer Frau ein bisschen sprengte, der freundlich vorbeischwebenden Kellnerin ein drittes Glas Sekt abnahm. Deshalb war sich Anna Bernini im ersten Moment auch nicht sicher, ob der letzte Kopf, der siebte in der Reihe, wirklich anders aussah, oder ob sie ihn sich nur schöngesoffen hatte.

Aber als Anna Bernini nähertrat und auf dem Schildchen »Alfons Laller, *Anna*« las, hoffte sie für einen wilden Moment, dass er, der Kursleiter und ihr Liebhaber, als Einziger ihre Nasendimension richtig dargestellt hatte. Und alle anderen falschlagen. Doch im nächsten Augenblick musste sie sich eingestehen, dass er nicht nur ihre Nase wesentlich zarter modelliert hatte als die anderen, sondern auch ihr Kinn, ihre Stirn und ihre Wangen. Und man muss sagen: Je länger sie Alfons Lallers *Anna* betrachtete, desto unglücklicher wurde sie. Denn wie groß, sagte sie sich, muss der Fonsi meine Nase finden, wenn er sie so klein gemacht hat. Das Interessante war aber: Das Gesicht kam Anna Bernini trotzdem bekannt vor. Es sah jemandem ähnlich. Nur dass dieser Jemand nicht sie selbst war. Sondern ...

»Die Burgi!«, flüsterte Anna Bernini und blieb abrupt stehen. Es bestand kein Zweifel. Dieses *Face* war ihrer Schwester wie aus dem Gesicht geschnitten. Sogar der vorwurfsvolle Ausdruck war gleich. Der schiefe Mund und das Zwinkern im linken Auge. Aber wie konnte das sein? Anna Bernini beugte sich vor und untersuchte ihr gipsernes Antlitz, das eigentlich das gipserne Antlitz ihrer Schwester war. Und während sie mit immer größerer Faszination an der Burgi-Ähnlichkeit herumrätselte, hätte sie plötzlich schwören können, dass sich der gipserne Kopf leicht hin und her bewegte. Das ist ja wieder typisch, dachte sie, dass meine kleine Schwester die Moraltante spielen muss. Anna Bernini stellte sich vor dem Kopf auf, hob das Glas demonstrativ langsam an ihre Lippen und trank die Hälfte aus. Die Burgi schnaubte verächtlich. Natürlich wusste Anna Bernini, was das hieß.

»Wenn du mir noch einmal mit der tickenden Uhr kommst, stoß ich dich vom Sockel!«, zischte Anna Bernini.

Burgis Gipsmund öffnete sich einen Spalt, und was herauskam, war ein saures Rülpsen. So als hätte sie vergessen, die Zähne zu putzen, nachdem sie eine Fleischkäsesemmel gegessen hatte. Wobei die echte Burgi so etwas natürlich niemals gemacht hätte. Fleischkäse war in ihren Augen das reinste Gift, und nach dem Essen nicht die Zähne putzen, war der Tod auf Raten.

Anna Bernini rümpfte die Nase, und ihre Gipsschwester lachte scheppernd. Anna Berninis Blick war automatisch dem Lachen gefolgt. Da lag es zerschmettert in 1.000 Scherben auf dem Boden. Dafür war Anna Bernini mitten in der nächsten Glas-an-den-Mund-Bewegung erstarrt. Nur die Geruchsrezeptoren arbeiteten noch. Und Burgis Mundgeruch hatte sich gewaltig intensiviert. Anna Bernini gelang es sogar, einzelne

Bestandteile des Fleischkäses herauszufiltern. Zwiebel zum Beispiel und Knoblauch, der schon ein paar Tage über die genießbare Grenze hinausgegammelt gewesen sein musste. Aber es kann auch sein, dass sich schon ein bisschen Schweißgeruch dazu gemischt hatte. Denn obwohl Anna Bernini ihren Blick noch immer nicht vom zerschmetterten Burgilachen lösen konnte, merkte sie doch, wie sich die Atmosphäre um sie herum verdichtete. Und dann spürte sie mehr, als sie hörte, wie das Stimmengemurmel langsam verebbte und das gesamte Vernissagepublikum erschrocken die Luft anhielt.

Im Augenblick der Gefahr wachsen wir alle über uns hinaus, und deshalb wusste Anna Bernini jetzt, ohne dass sie den Kopf gehoben und hingeschaut hätte, wie der Burgi das Gesicht herunterfiel. Jetzt, wo ihr die Nase und das halbe Kinn fehlten, hatte sie wieder ein bisschen Ähnlichkeit mit ihr selbst bekommen. Die Stirn wirkte höher, die Wangen schmäler, die Augen größer. Aber im nächsten Moment lag auch diese Ähnlichkeit zerbröselt auf dem Fußboden.

Das Seltsame war aber: Der Sockel war trotzdem nicht leer. Anna Bernini schaute so konzentriert nicht hin, dass ihr schon die Hals- und Nackenmuskeln wehtaten. Und im ganzen Raum war es totenstill geworden. Sogar die Kohlensäureperlen in den Sektgläsern mussten aufgehört haben, Zerplatzgeräusche von sich zu geben. Nur so lässt es sich erklären, dass plötzlich mit der Lautstärke einer AN602-Bombe etwas auf den Boden knallte, so dröhnend, dass es auch das letzte Alternativpädagogen-Häufchen ganz hinten im Magnoliengarten noch hörte und es den Vernissagegästen noch tagelang in den Ohren surrte. Obwohl nur ein fünf Kilo schweres totes Ding aus Fleisch, Haut und Knochen auf den Boden aufgeschlagen war.

KAPITEL 3

Das menschliche Leben ist gepflastert mit Unwahrscheinlichkeiten. Angefangen von einer 400-Billionen-zu-eins-Chance, überhaupt geboren zu werden bis zur statistischen Wahrscheinlichkeit von eins zu 29 Millionen, bei einem Flugzeugabsturz ums Leben zu kommen. Oder von null Komma acht Prozent, einem Autounfall zum Opfer zu fallen. Nur jeder 72. Mensch lernt im Laufe seines Lebens jemanden kennen, der jemanden kennt, dem schon einmal ein Dachziegel auf den Kopf gefallen ist. Ich kenne keine Zahlen, aber ich vermute, die Wahrscheinlichkeit, eines Tages als abgeschlagener Kopf in einer Gipsbüste entdeckt zu werden, ist geringer. Noch dazu von einer Chefinspektorin der Mordabteilung, ungefähr 97 Vernissagegästen und mindestens ebenso vielen Handykameras. Aber an irgendetwas müssen wir alle sterben, und man kann es sich nicht aussuchen.

Das Problem heutzutage ist natürlich, dass man nichts mehr im Verborgenen tun kann. Nicht einmal tot aufgefunden werden. Alles wird sofort gelikt oder geteilt. Manchmal schneller, als man »Hilfe!« rufen kann. Beim Magnoliengartenmord war es ähnlich. Da haben die Alternativpädagogengrüppchen schon laut aufgeschrien, als das, was gerade noch ein Kunstwerk war und *Anna* geheißen hat, noch gar nicht ganz mit dem Fallen, Aufprallen und Hin- und Herkullern aufgehört hatte. Die Alternativpädagogen haben schon nach der Polizei gerufen, als die Polizistin, die direkt vor dem toten Kopf gestanden ist, noch gar nicht wahrhaben wollte, was geschehen ist. Und die ersten Alternativpädagogeneltern haben schon über eine neue Schule für ihre Kinder nachgedacht, als die meisten Vernissagegäste noch gar nicht wussten, dass das Ding, das gerade von einem Sockel zu Boden gestürzt war, das tote Haupt Amelie Meyhers, der Direktorin der *Magnoliengartenschule*, war.

Innerhalb einer Zehntelsekunde waren die drei Gläser Sekt, die Anna Berninis Gehirn gerade noch vernebelt hatten, verdampft. Das Adrenalin ist Anna Bernini ins Blut geschossen und hat das eben noch angeheiterte Modell eines Kunstworkshops in eine Polizistin verwandelt, die tat, was die Chefin einer Mordgruppe der Kriminalpolizei in so einer Situation zu tun hat: dafür zu sorgen, dass die Menschen nicht in Panik davonrannten, bevor ihre Leute gekommen waren, um die Personalien und ein paar Antworten aufzuschreiben.

Anna Bernini hatte mitten in das Geschrei und das Chaos hinein ihren Ausweis in die Höhe gereckt und »Polizei!« gerufen. Aber erst als sie der zu Tode erschrockenen Serviererin das mit Sektgläsern vollgestellte Tablett aus der Hand genommen und auf den Boden gedonnert hat, ist es still geworden.

Allerdings nur für eine Sekunde. Gleich danach kam umso mehr Bewegung in die 97 Vernissagegäste. Die eine Hälfte stürmte zum Ausgang, damit vielleicht die frische Luft die Magennerven wieder beruhigt, die andere Hälfte zog es in die Gegenrichtung. Hin zum Geschehen, damit sie morgen erzählen konnten, dass sie den abgeschlagenen und in einer Büste versteckten Kopf der *Magnoliengartenschule*-Direktorin mit eigenen Augen gesehen hatten. Aber die Alternativpädagogen waren ihnen schon Hunderte Schock-Smileys voraus und stürmten bereits ins Glasatelier, als drinnen noch niemand wusste, zu welcher Gruppe er gehören möchte.

Später wird Anna Bernini im Polizeibericht des Kollegen Dreher der Dienststelle Praterstern lesen, dass zwischen dem Einlangen des ersten Notrufs, es folgten danach noch 117, bis zum Eintreffen der Streife am Tatort sieben Minuten vergangen sind. Für Anna Bernini waren es allerdings die längsten sieben Minuten ihres Lebens.

Im Auge des Taifuns herrscht Stille, heißt es. Aber das stimmt nicht. Im Auge des Taifuns herrscht Erstarrung. Mitten im großen Durcheinander von Gästen, Zaungästen und eintreffenden Polizeistreifen stand Fonsi wie schockgefroren vor »seiner« Anna. Beziehungsweise dem grässlichen Springteufel, der aus seiner Anna herausgehüpft war. Anna Bernini, die daneben stand, verstand zum ersten Mal, was ihr Zeichenlehrer gemeint haben musste, als er von den Kubisten erzählte. Die Auflösung der Dinge durch Dekonstruktion. Denn in seiner Versteinerung hatte sich Fonsis Gesicht in lauter Rechtecke zerlegt. Das breite Rechteck der Stirn, das lange, schmale Rechteck der Nase, die noch schmaleren, kräftigen Rechteckstriche der Augenbrauen, unter denen die zwei dunklen Rechtecke der Augen Anna Bernini jetzt anschauten, oder wenigstens so ausschauten, als würden sie sie anschauen. Nur der Mund bildete kein Rechteck. Wäre Anna Bernini ein Georges Braque gewesen oder sonst ein Künstler aus dieser Generation, dann hätte sie Fonsis Mund vielleicht ganz weggelassen. Denn der Mund schien von dem Grauen, das die Augen gesehen hatten, aufgesogen worden zu sein. Vielleicht war das der Grund, warum Anna Bernini zuerst gar keine Frage stellte. Dabei wären ihr einige auf der Zunge gelegen: Wie kann dieses Ding in dein Kunstwerk kommen? Wann hast du deinen Kopf zum letzten Mal gesehen? Wo hast du ihn aufbewahrt? Wer hatte Zugang zu diesem Ort? Und so weiter. Nur die Frage: »Hast du etwas damit zu tun?«, kam ihr nicht in den Sinn.

Dafür stand genau diese Frage ihrem Kollegen Schramek ins Gesicht geschrieben, als er jetzt auf Anna Bernini zukam. Das Glashausatelier war schon weitgehend leer. Polizisten hatten den Eingang abgeriegelt und die letzten Journalisten hinausgescheucht. Deshalb wirkte sogar ein Ein-Meter-90-Mann mit 30 Kilo Übergewicht jetzt in dem riesigen Atelier ein bisschen verloren. Wobei das auch an seiner Kleidung gelegen haben könnte. Denn ein *Rapid*-Leiberl und Shorts, die sogar für einen weit kleineren und dünneren Mann noch gewagt gewesen wären, und nicht zuletzt der Geruch nach Holzkohle, der ihn umwehte, ließen einen eher an einen Sonntagabend auf der Donauinsel denken als an einen Ort der Kunst. Und dorthin wünschte sich der Schramek, Anna Berninis erster Mordermittler, auch sichtlich zurück.

»Ist das der Künstler?«, fragte er, als er bei Anna Bernini angekommen war. Dem abgeschlagenen Kopf schenkte er nur einen beiläufigen Seitenblick. »Und der Kopf soll aus einer Büste gefallen sein?«, fragte er. Seinen rechten Zeigefinger schob er sich dabei in den Mund, offensichtlich um dort etwas aus seinen Zähnen zu befreien. Grillkoteletts können zäh sein.

»Da kommt die Ärztin«, sagte Anna Bernini nur und deutete mit dem Kopf zum Eingang, in dem gerade eine junge Frau mit Arztkoffer erschien.

Der Schramek wandte sich träge um. »Ja, eine neue«, sagte er gleichmütig und versuchte, sein Zahnzwischenraumproblem jetzt mit Saugen und Schnalzen zu lösen.

In der Zwischenzeit hatten an den Rändern des Wirbelsturms die ordnenden Kräfte der Polizeiinspektion ein bisschen Ruhe in die hysterisch hinaus- und neugierig hereinströmenden Menschenmassen gebracht. Die letzten Sensationsgierigen waren hinausgejagt worden. Herein kamen nur mehr Kollegen: Ermittler, Spurensicherer und Mitglieder der Mordkommission.

Der erste Lichtblick für Anna Bernini war das Auftauchen ihres jüngsten Gruppenmitglieds, Felix Stammer, von den älteren Kollegen liebevoll »Gruppinger« genannt, der jetzt so aussah, als würde er am liebsten an der Tür noch umdrehen. Vor allem, als er seinen Kollegen sah. Wie eines dieser Klotürenmännchen, x-beinig und die Hände verkrampft vor dem Bauch verknotet, durchquerte er das nun fast menschenleere Glashausatelier und stellte sich mit dem Rücken zum Schramek neben Anna Bernini.

Aber sein Manöver nützte ihm nichts. Denn obwohl Schrameks Augen winzig waren, ganz im Gegensatz zu allem anderen, was man vom Schramek sehen konnte, waren sie dennoch scharf, wenn es darum ging, etwas zum Spötteln zu finden.

»Oho«, grölte er, »ich wusste ja gar nicht, dass du einen so schönen Busen hast!«

»Das ist ...«, begann der Stammer.

»Schon gut«, würgte Anna Bernini jede weitere Unterhaltung ab. Obwohl man sagen muss: Wenn es nicht pietätlos gewesen wäre, hätte man über Stammers Aufzug schon lachen können. Denn bei jemandem, der eigentlich schon mit gebügelter Hose und Seitenscheitel auf die Welt gekommen ist, war ein bodenlanges T-Shirt mit aufgemalten Brüsten und dem Spruch »Und jetzt noch einmal 30 cm höher« natürlich doppelt erheiternd.

»Mein Schwager ...«

»Sie brauchen sich nicht zu rechtfertigen, Sie waren heute grillen wie halb Wien. Ist ja Sonntag und heiß.«

»Lobau«, brachte der Stammer gerade noch heraus. Und da musste selbst Anna Bernini ein bisschen grinsen. Denn die Lobau ist Wiens bekanntester Nacktbadeplatz.

»Und da hast du wohl nur die Wahl gehabt zwischen dem Gwand von deinem Schwager und dem Adamskostüm, gell!«, sprach der Schramek aus, was alle dachten.

Felix Stammers Gesicht überzog sich mit einer dunklen Röte. Die im nächsten Moment von einer tödlichen Blässe abgelöst wurde. Denn erst jetzt, als die junge Ärztin zwei Schritte zur Seite und neben dem toten Kopf in die Knie gegangen war, konnte er auf den Fundort sehen. Anna Bernini folgte seinem Blick und zwang sich, die unsinnige Angst zu überwinden, dass dieser Kopf mit der grausig verfärbten Haut und den großen toten Augen entgegen aller Wahrscheinlichkeit womöglich doch der ihrer Schwester Burgi sein könnte.

Die Ärztin nahm den zarten Frauenkopf vorsichtig in ihre Hände und drehte ihn zur Seite, sodass sie den Hinterkopf untersuchen konnte. Da klaffte eine etwa zweifingerbreite Wunde, durch die offensichtlich Gehirn ausgetreten war. Alle hielten den Atem an. Deshalb schraken auch alle so heftig zusammen, als plötzlich eine lange, dunkle Gestalt nach vorn schnellte. Und noch ehe die Kriminalbeamten oder die Ärztin auch nur aufschreien konnten, hatte Fonsi schon den Kopf Amelie Meyhers gepackt und laut aufschluchzend auf seinen Schoß gezerrt.

Vor Entsetzen taumelte Anna Bernini zwei Schritte zurück. Am liebsten hätte sie weggeschaut. Aber als Polizistin darfst du nicht wegschauen, wenn sich ein Zeuge so auffällig benimmt.

»Hearst, was ist denn mit dem los!«, erfing sich der Schramek als Erster wieder.

Natürlich war das die Frage, die auch Anna Bernini am meisten beschäftigte. Aber das war weder die Zeit noch der Ort, dem seltsamen Benehmen Fonsis auf den Grund zu gehen. Und sie war vor allem nicht die richtige Person dafür.

Sie gab den beiden Spurensicherern, die gerade dabei gewesen waren, den Tatort zu fotografieren, ein Zeichen, und sie beugten sich zu Fonsi hinunter und nahmen ihm den toten Kopf ganz sanft wieder aus den Händen.

»Soll ich ihm eine Spritze geben?«, fragte die Ärztin.

Anna Bernini schaute Fonsi fragend an. Und obwohl sie nicht sicher war, ob er nicht vielleicht den Kopf geschüttelt hatte, nickte sie der Ärztin auffordernd zu.

Doch kaum hatte die Nadel Fonsis Fitnessstudio-Jahreskartenbesitzer-Bizeps durchstochen und der Patient ein bisschen mit den Lidern geflattert, zerrte ihn der Schramek auch schon auf die Füße und führte ihn ab. Anders kann man es nicht nennen. Und obwohl das nicht die Art war, wie Anna Bernini gerne Zeugen behandelt sehen wollte, unternahm sie jetzt nichts dagegen.

»Der Kopf wurde post mortem vom Rumpf getrennt«, sagte die Ärztin, als sie wenig später hinter Anna Bernini ins Freie trat. »Sie haben die Wunde am Hinterkopf gesehen. Schaut nach einem harten Gegenstand aus.«

Anna Bernini nickte. »Und wann ist sie gestorben?«

»Vor circa 48 Stunden.«

»Nicht früher?«

Die Ärztin schüttelte den Kopf. »Den genauen Todeszeitpunkt muss natürlich der Kollege von der Gerichtsmedizin feststellen. Aber nein. Da bin ich mir ziemlich sicher.«

Anna Berninis Blick glitt über den grell erleuchteten Einsatzort, über Dutzende von geschockten Menschen, über Kollegen mit Leichensuchhunden, über Schaulustige und Medienleute hinweg zu einem Himmel ohne Sterne. Und mit einem Mal kam es ihr so vor, als hätte sie die ganze Zeit die Luft angehalten, so gewaltig war jetzt das Aufatmen. Fast hätte sie die Ärztin umarmt für ihre gute Nachricht. Denn mit dem Todeszeitpunkt stand zwar noch nicht fest, wer Amelie Meyher ermordet hatte, aber dass es Fonsi nicht gewesen sein konnte, war immerhin sicher. Er hatte nämlich für den Tatzeitpunkt ein bombensicheres Alibi. Und mindestens drei Freunde, die es bestätigen konnten. Dabei war sie noch am Mittwochabend so grantig gewesen, dass er das freie *Christi-Himmelfahrts*-Wochenende ohne sie zu fragen einfach mit einer Mountainbiketour mit seinen Freunden verplant hatte. Aber gegen eine Mordanklage war natürlich ein bisschen Abstimmungsunsensibilität ein kleines Vergehen.

Aber interessanterweise ist mit dem tiefen Aufatmen die Lust auf eine Zigarette gekommen. Da sieht man wieder einmal, wie weit der Mensch inzwischen von der Natur entfernt ist. So ein widersinniges Bedürfnis würde ein Baum nie entwickeln.

»Komm, schenk mir eine Zigarette!«, rief sie dem vorbeieilenden Chef der Tatortgruppe zu. Der schaute sie aus seinem weißen Astronautenanzug heraus prüfend an und griff in seinen Werkzeugkoffer, wo neben Fläschchen, Pulver, Pinzetten, Lupen, Pinsel und 1.000 anderen Dingen auch eine halb leere Schachtel *Smart* lag.

»*Smart* hab ich das letzte Mal auf dem Schulklo geraucht«, grinste Anna Bernini und zupfte sich eine Zigarette aus der Packung.

Der Spurensicherer zuckte die Schultern. »Glaubst du, das wird ein schwieriger Mord?«

»Jetzt schon, oder?«, grinste Anna Bernini und hob die Zigarette in die Höhe.

Der Kollege deutete einen Gruß an und eilte weiter. Anna Bernini blies den Rauch aus und lächelte vor sich hin. Jeder im Landeskriminalamt wusste, dass Anna Bernini »eigentlich« mit dem Rauchen aufgehört hatte. Das war bei einem Nichtraucherseminar, das sie nur gemacht hatte, damit die Burgi endlich aufhörte, ihr mit diesem Rauchentwöhnungs-Seminar in den Ohren zu liegen. Garantierter Erfolg, sonst Geld zurück. Und der Trick war: Man darf rauchen, so viel man will. Man muss sich nur verpflichten, dass man nach jeder gerauchten Zigarette einen Tag lang schweigt. »Eine Zigarette kostet Sie durchschnittlich acht Minuten Lebenszeit«, hatte der Nichtraucher-Guru gesagt, »in diesem Seminar kostet es Sie 24 Stunden Schweigen. Das ist alles.« Anna Bernini hatte nur gelacht. Sogar gewettet hatte sie mit Burgi, dass dieser lächerliche Trick bei ihr nicht funktioniert. Und es war ihr bis heute ein Rätsel, warum er es dann trotzdem tat. Aber so war es. Allerdings muss man zugeben: Seither hatte sie sich bei jedem schwierigen Mordfall einen Rückfall ins Rauchen erlaubt. Bei den Kollegen wurde schon darüber gespottet, weil »schwierig« natürlich ein dehnbarer Begriff war. An manchen Tagen, wenn man mit dem falschen Fuß aufgestanden ist, kommt es einem schon schwierig vor, den Telefonhörer abzunehmen und dem Kollegen von der Streife zu sagen: »Ja, wir schauen uns die Leiche an.« Aber in diesem Fall, das fühlte Anna Bernini ganz deutlich, hätte sie sogar zur Zigarette gegriffen, wenn die Raucherentwöhnung tatsächlich erfolgreich gewesen wäre.

Anna Bernini starrte hinüber zum benachbarten Magnoliengarten. Die herabgefallenen Blüten hatten helle Pfützen um die Baumstämme gebildet. Im Zwielicht der letzten Tagesminuten wirkten sie wie vom Sturm herabgewehte Leintücher, die man vergessen hatte einzusammeln. Ihr einst strahlendes Weiß war zu einem trüben Grau verblasst. Wer schmutzige Wäsche in der Öffentlichkeit wäscht, dachte Anna Bernini, darf sich nicht wundern, wenn ein bisschen Dreck an ihm hängen bleibt.

Bald trudelten die ersten Befragungsergebnisse der Kollegen ein. Aber viel ist noch nicht herausgekommen. Da war auf der einen Seite nur geschocktes Schweigen, ratloses Achselzucken und sensationsgieriges Gaffen, und auf der anderen Seite nur hilflose Wut und wüste Beschuldigungen. Da sind sogar den wertschätzendsten Alternativelternteilen Kraftausdrücke über die Lippen gekommen, die selbst ein Urwiener wie der Schramek zum ersten Mal gehört hat. Dass hinter dem Mord an der Schuldirektorin die Museumsleute steckten, manche sagten sogar »Museumsmafia« dazu, war für alle ausgemachte Sache. Einen Beweis, eine Spur oder auch nur einen halbwegs interessanten Hinweis hat die Polizei allerdings nicht bekommen. Es sei denn, man würde die Aura-Analyse einer der Mütter ernst nehmen, die behauptete, Axel Springfeld hätte eine so giftige Aura gehabt wie vorher nur Hitler und Stalin.

Apropos Axel Springfeld. Von allen schwierigen Zeugen war der gestürzte Kunstliebling der schwierigste. Anna Bernini hatte ihn gebeten, zusammen mit der Gemeinderätin in einem der Büros der Kunstuni auf sie zu warten. Und zugegeben, es hat ein bisschen mehr als fünf Minuten gedauert. Aber dass er deshalb jeden Polizisten anschreit, dass er sofort den Polizeipräsidenten sprechen wolle, war schon eine Belastung, vor allem für die jungen Kolleginnen und Kollegen. Kein Wunder, dass sich inzwischen jeder weigerte, ihn zu bewachen.

Gerade kam wieder eine Polizistin mit Tränen in den Augen auf Anna Bernini zu. »Er hat gerade ein Taxi gerufen. Er sagt, in einer Stunde sitzt er im Flugzeug nach Frankfurt.«

»Sagen Sie ihm, wenn er jetzt heimfliegt, werden ihn die deutschen Kollegen morgen wieder zurückschicken. Wenn ihm das lieber ist, bitte schön!«

Die Streifenpolizistin schaute Anna Bernini zwar so an, als würde sie lieber einen bis an die Zähne bewaffneten Gotteskrieger von etwas abhalten als diesen Furcht einflößenden Kunstgott, aber als Exekutivorgan kann man sich das Sicherheitsproblem eben nicht aussuchen.

KAPITEL 4

Es gibt nur eines, das noch schlimmer ist als ein unliebsamer Kollege. Und das ist ein unliebsamer Kollege, dem man zu ewigem Dank verpflichtet ist. Zum Beispiel, weil er einem vor einem halben Jahr im Kompostwerk der Stadt Wien das Leben gerettet hatte, als ein Strizzi und Rosenhändler es mit einer Pistolenkugel beenden wollte. Falls es ein Fegefeuer gibt, dann ist es bestimmt bevölkert mit lauter unsympathischen

Menschen, die einem das Leben gerettet haben. Oder mit Menschen, die diesen dankbar sein müssen. Das ist in Beziehungen genauso. Da hält die eine Seite der Beziehung, sagen wir der Ehemann, nach einem neuen Glücksversprechen auf zwei Beinen Ausschau, während die andere Beziehungshälfte schon mit dem Anwaltsbrief wedelt, in dem steht: »Ich nehme den SUV, unsere DVD-Sammlung kannst du behalten.« Im Berufsleben ist es auch nicht viel anders. Kaum hat die Arbeitnehmerin innerlich gekündigt, zum Beispiel weil sie die Cheflaunen nicht mehr wegmeditieren kann, flattert ihr schon eine Kündigung ins Haus. Abneigung ist fast immer gegenseitig. Da darf man sich nichts vormachen.

Die nächste halbe Stunde verbrachte Anna Bernini wie ein Pilot im Blindflug. Jede Körperzelle aufs Höchste angespannt, alle Sinne messerscharf auf ihre Aufgabe gerichtet: die vielen gleichzeitig ausschwärmenden Ermittlungsbeamten, Spurensicherer, Leichenhundestaffeln, Cyberermittler zu dirigieren, alle Fäden in der Hand zu behalten und zu hoffen, dass einer von ihnen irgendwo eine Spur aufnimmt. Denn in den ersten 48 Stunden, heißt es, ist die Spur heiß. Danach wird es von Stunde zu Stunde schwieriger, den Täter noch einzuholen. Deshalb gilt es jetzt, keine Zeit zu verlieren, keine falschen Entscheidungen zu treffen und ein Team zu haben, das perfekt wie ein Uhrwerk zusammenspielt.

Aber das ist nicht so einfach. Wenn man einen Schramek hat, der manchmal den Unterschied zwischen Zeuge und Beschuldigter verwechselt. Zum Beispiel, wenn der Zeuge nicht ganz Österreicher ist. Oder vielleicht schon Österreicher, aber mit der falschen Religionszugehörigkeit oder Hautfarbe oder sexuellen Orientierung. Oder wenn er ein bisschen zu viel studiert hat oder gar Künstler ist. Oder wenn ihm einfach seine Nase nicht gefällt.

Trotzdem blieb Anna Bernini nichts anderes übrig, als Fonsi dem Schramek zu überlassen. Denn als Schöpfer des Kunstwerks, in dem sich Amelie Meyhers Kopf befand, war Alfons Laller natürlich ein Hauptzeuge. Und zwar einer, den sie nicht befragen konnte oder wollte. Auf die übrigen Zeugen – die restlichen Kursteilnehmer, Sicherheitspersonal des Glashausateliers, Caterer und alle, die Zugang zum Atelier oder den Bildhauerwerkstätten hatten – setzte sie den Stammer an. Und die unangenehmsten Aufgaben blieben ihr natürlich selbst. Wobei die Kommunikation mit der Staatsanwaltschaft davon noch das Angenehmste war. Denn Evi Singer, die Diensthabende, war fast so etwas wie eine Freundin von Anna Bernini.

Zu den weniger angenehmen Aufgaben zählte die Kommunikation mit dem Oberst, dem Leiter des Landeskriminalamts in der Leopoldsgasse. Deshalb hatte sie auch seine ersten drei Anrufe ignoriert. Nicht weil sie ihn nicht gemocht hätte. Wenn es nicht seltsam klingen würde, würde ich sagen: Die Kommunikation mit ihm war deshalb so unangenehm, *weil* sie ihn gemocht hatte. Oder besser gesagt: den Oberst, der er einmal gewesen ist. Vor seinem Schlaganfall vor ein paar Jahren. Der offene, geradlinige Polizist, der seine Vorstellung von partizipativem Führungsstil lebte, ohne sich darum zu scheren, was seine Vorgesetzten vielleicht davon hielten. Aber das kleine Blutgerinnsel in seinem Gehirn muss genau diesen Charakterzug erwischt haben. Denn von einem Tag auf den anderen ist der Oberst zu einem dieser Opportunisten geworden, die er früher immer so verachtet hat.

»Frau Chefinspektorin«, hörte sie jetzt die sonore Stimme an ihrem Ohr, »was ist da los? Der Polizeipräsident sagt mir, dass es einen islamistischen Terrorangriff in der Sportklubstraße gegeben hat. Die Gemeinderätin und der Professor Springfeld sollen auch dort sein.«

»Herr Oberst«, begann Anna Bernini betont ruhig, »ich weiß nicht, woher der Herr Polizeipräsident dieses Gerücht hat. Aber es ist falsch. Wir haben einen toten Kopf in einer Büste gefunden. Mehr wissen wir noch nicht.«

»Aber das war doch ein Kopf, der in einem Workshop entstanden ist, bei dem afghanische Jugendliche teilgenommen haben.«

»Aber Herr Oberst«, rief Anna Bernini schon viel weniger ruhig, »das schaut überhaupt nicht nach einem islamistischen Mord aus! Der Kopf ist post mortem vom Rumpf getrennt worden. Und warum sollten sie ihn in einer Gipsbüste verstecken?«

»Post mortem?«, klang der Oberst fast ein bisschen erschrocken. »Aber es ist doch ein Bekennervideo aufgetaucht!«

»Was soll aufgetaucht sein? Nein! Das stimmt überhaupt nicht!« Anna Bernini musste sich jetzt ernsthaft zusammenreißen, um den Oberst nicht anzuschreien.

»Aber … aber …«, wirkte der Oberst jetzt ein bisschen eingeschüchtert, »haben Sie es nicht selbst dem Herrn Polizeipräsidenten geschickt?«

In Anna Bernini keimte plötzlich ein Verdacht auf. »Herr Oberst«, rief sie eilig, »ich ruf Sie gleich wieder an!«

»Aber …«

Anna Bernini hatte schon aufgelegt und ihr Handy in ihre Gesäßtasche gesteckt, gleich neben die Dienstpistole, die sie am liebsten gezogen hätte. Aber auch so dürfte sie auf den Schramek, der sie gleich darauf durch den Magnoliengarten auf sich zulaufen sah, wie die *Cobra* gewirkt haben, die ein Kaufhaus mit Geiseln stürmt.

Er stand in der Nähe der Villa bei einem Grüppchen von Personen, unter denen Anna Bernini zwei Frauen vom Bildhauereiworkshop erkannte. Sie nickte ihnen flüchtig zu, packte den Schramek am Ärmel und zerrte ihn hinter einen Baum.

»Was hast du dem Präsidenten für ein Video geschickt?«, brüllte sie ihn an.

Der Schramek aber ließ sich mit seiner Antwort Zeit, spitzte die Lippen und sagte langsam: »Das hab ich dir doch auch geschickt.«

»Blödsinn!«, rief Anna Bernini.

»Na, dann schau nach auf deinem Handy.«

Widerstrebend holte sie ihr Handy hervor. »Da ist nichts! Kein Video im Eingang!«

»Oh, dann hast du wahrscheinlich einen schlechten Empfang gehabt«, meinte er gleichmütig.

»Dann erzähl's mir jetzt gefälligst!«, wollte sie keine Zeit mit Streitereien verlieren. »Was ist das für ein ›Bekennervideo‹, und wo hast du es her?«

»Das hat der Grubinger gefunden.«

»Welcher Grubinger?«

»Na, der IT-Praktikant.«

»Welcher IT-Praktikant?«

»Entschuldige, wenn ich das sage, aber du hörst dich heute wie ein Papagei an.«

Anna Bernini war im ganzen Leben noch nie so nahe an einem Mord im Affekt gewesen. Aber das, dachte Anna Bernini, ist genau, was der Schramek erreichen will. Dass ich die Nerven wegschmeiße und er wieder verbreiten kann, was für eine labile Person die Bernini ist. Also hat Anna Bernini jetzt einmal richtig durchgeatmet und den IT-Praktikanten mit einem zwischen den Zähnen gemurmelten »Ich versprech' dir, das wird noch ein Nachspiel geben« vorerst auf sich beruhen lassen. »Und jetzt: Zeig mir das Video!«

Wenn Anna Bernini erwartet hatte, jetzt gleich einen vollbärtigen Mann mit IS-Fahne im Hintergrund zu sehen, der im düstersten Arabisch wüste Beschimpfungen ausstößt oder gar eine fingierte Hinrichtung vollzieht, wurde sie enttäuscht. Denn das, was ihr der Schramek jetzt vorführte, war nichts als ein harmloses Pornofilmchen.

»Was soll denn das sein?«

»Schau genauer hin. Da ist der Kopf von der Schuldirektorin auf die Frau montiert, die sich da …«

»Jaja, ich hab gesehen, was die Frau da macht. Wo hat das dein IT-Praktikant her?«

»Das hat einer der afghanischen Kursteilnehmer ins Netz gestellt.«

Anna Bernini runzelte die Stirn. Sie sah die beiden jungen schweigsamen Burschen vor sich, wie sie kaum wagten, ihr und den anderen Frauen ins Gesicht zu sehen. »Das kann nicht sein. Das sind sehr liebe, höfliche Burschen. Nur ein bisschen schüchtern. Und sie sind vor den Taliban geflohen!«

»Das sagen sie alle«, zuckte der Schramek die Achseln. »Aber nicht bei allen stimmt es.«

»Ich glaube«, sagte sie nachdenklich, »Amelie Meyher hat den unbegleiteten Minderjährigen vom *Lysa* gratis Deutschunterricht gegeben.«

»Da siehst du es! Ich wusste, es gibt eine Verbindung.«

Eine Verbindung zu Amelie Meyher gab es. Das stimmte. Allerdings hatte jeder Teilnehmer und jede Teilnehmerin am Bildhauereiworkshop eine Verbindung zur Schuldirektorin. Anna Bernini überlief es kalt. Und so ging sie anstatt zurück ins Glashausatelier, um die Streifenpolizistin endlich von der Bewachung Axel Springfelds zu erlösen, der inzwischen mit *Amnesty International* gedroht hatte, in die Gegenrichtung. Tiefer hinein in den Magnoliengarten. Dorthin, wo das Weiß der Magnolienblüten vom Grau der Magnolienbäume und das Grau der Magnolienbäume vom Schwarz der Magnoliengartenvilla aufgesogen worden war. Dort blieb Anna Bernini stehen, drehte sich zur Villa um und starrte gedankenverloren auf die einsam im Abendwind hin und her schwingende Laterne, als könnte sie Licht in den Magnoliengartenmordfall bringen.

KAPITEL 5

Bildungsexperten machen sich ja immer mehr Sorgen um die Lesekompetenz unserer Jugendlichen. Von der Schreibkompetenz ganz zu schweigen. Schuld ist natürlich das Internet. Zu Beginn des Internetzeitalters hat es kurz so ausgesehen, als würden die Jugendlichen jetzt sogar mehr lesen und schreiben, weil sie sich unaufhörlich per SMS fragten: »Wo bist du?«, »Was machst du gerade?« oder »Was gibt's zum Mittagessen?« Aber als die Handynetze immer mehr ausgebaut wurden, wurde das überflüssig. Ein Selfie von sich beim *H&M* oder von sich beim *McDonald's* reichte. Ein Bild, sagen sich die heutigen Jugendlichen wahrscheinlich, sagt mehr als 1.000 Worte. Und auch da, wo 1.000 Worte und mehr verlangt werden, hilft das Smartphone. Welcher Youngster könnte heute noch eine Schule oder eine Universität abschließen ohne all die Foren, von denen er seine Hausaufgaben herunterladen kann. Und so mancher Politiker stünde heute ohne akademischen Titel da, wenn es all die Abschreibportale nicht gäbe.

Aber die Schule, die Anna Bernini jetzt betrat, war anders. Nicht dass sie ganz auf Computer und Internet verzichtet hätte, aber bis zur fünften Schulstufe hatte Amelie Meyher in ihrem berühmten Buch *Der größte Feind der Bildung ist die Schule* geschrieben, darf kein Kind ein Handy in die Hand bekommen. Einen Bleistift ja, ein Schulheft ja, Buntstifte ja, aber kein digitales Gerät. Das, so war die Alternativpädagogin überzeugt, tötet die Fantasie. »Einem Kind ein Handy zu geben ist so, als würde man in die Wurzel eines Baumes Löcher bohren.«

Als Anna Bernini jetzt, durch den dunklen Magnoliengarten auftauchend, die erleuchtete Veranda betrat, fuhren die vier Frauen, allesamt Lehrerinnen, die dort auf den locker verteilten Korbsesseln saßen, erschrocken zusammen. Und als sie Anna Bernini erkannten, sprich: die Polizei, sprangen sie auf und standen stocksteif, als hätte sie jemand zum Appell gerufen. Dabei war militärischer Drill natürlich das Letzte, was die Lehrerinnen der Amelie-Meyher-Alternativpädagogik gutgeheißen hätten. Disziplin engt die kindliche Entwicklung ein. Aber auf der anderen Seite braucht man als Lehrperson undisziplinierter Kinder wiederum besonders viel Disziplin, damit einem nicht das eine oder andere zornige Wort entschlüpft, wenn ein Kind alternatives Verhalten zeigt. Zum Beispiel, wenn es beim Fußballspielen eine der Skulpturen der Bildhauerstudent*innen zertrümmert. Sicher hat man auch Verständnis für die wütende Studentin. Aber vor allem Verständnis für das kindliche Sporttalent. Aber auch die eisernste Disziplin lässt sich nicht 100-prozentig durchhalten. Da kann sich trotz Verständnis irgendwo im Gehirn eine bösartige Fantasie zusammenbrauen, in der es vielleicht um einen Pracker geht und um den Hosenboden des Fußballerwunderkindes.

Anna Bernini lächelte Judith Perner zu, die sie vom Bildhauereiworkshop kannte, und gab den drei anderen Lehrerinnen die Hand, bevor sie sich setzte. Aber die Steifheit hat die vier Frauen nicht verlassen. Im Gegenteil. Vor lauter zurückgehaltener Wut war sie so groß, dass es fast ein Wunder war, dass sich ihre Beine überhaupt abbiegen ließen.

Nach dem Aufnehmen der Personalien fragte Anna Bernini in die Runde: »Wann haben Sie Amelie Meyher zum letzten Mal gesehen?«

»Bei der Mitarbeiter*innensitzung am Mittwoch«, kam es kurz angebunden von einer der Lehrerinnen.

»Aha, wann war das genau?«

»Am Nachmittag«, antwortete dieselbe Lehrerin.

»Weiß eine von Ihnen, was Amelie Meyher am verlängerten Wochenende vorhatte?«

»Sie wollte zu ihrer Mutter nach Graz fahren«, sagte Judith Perner leise und senkte den Kopf.

Anna Bernini notierte es und begann, die Lehrerinnen auszufragen. Gab es Feindschaften, ungewöhnliche Ereignisse, auffälliges Benehmen? Das war eine große Herausforderung an die Wutzurückhaltemauern der Lehrerinnen. Und Anna Bernini konnte sehen, dass ihre Hände zitterten von all den Ohrfeigen, die sie gerne verteilt hätten. Aber natürlich nicht an schlimme Kinder, sondern an die schlimmen Leute vom Museumsprojekt, obwohl sie sich tapfer bemühten, die eine oder andere wertschätzende Äußerung zu machen. Gerade die beiden Kunsterzieherinnen fanden, ein Museum sei »an sich« begrüßenswert. Sogar über Axel Springfeld schob eine Lehrerin eine positive Bemerkung durch ihre zusammengebissenen Zähne. Sein Kunstverstand sei immerhin bemerkenswert gewesen. Wobei die zurückgehaltene Wut ihre Nasenflügel blähte, als wollten sie gleich mit der ganzen Person davonfliegen.

Aber das Thema Axel Springfeld brachte die Wutzurückhalte-Mauer natürlich an ihre Belastungsgrenze. Es war nur eine Frage der Zeit, bis sie irgendwo Risse bekam. Anna Bernini wunderte sich nicht, dass es Judith Perner war, eine sehr gute Freundin von Amelie Meyher, aus der es schließlich herausbrach.

»Dieses verdammte Schwein«, rief sie. »Dieses sexistische Arschloch! Dieser alte, geile Sack! Dieser impotente Wichser! Diese arrogante, kleine, fette …«

»Judith, bitte!«, meldete sich plötzlich eine scharfe Stimme.

Die Frauen zuckten zusammen. In der Dunkelheit hatte niemand den Mann durch den Magnoliengarten kommen gesehen. Jetzt stieg er vorsichtig die Stufen zur Veranda herauf, als wollte er mit einem besonders sanften Auftreten sein herrisches Dazwischentreten wieder wettmachen.

Er blieb vor Anna Bernini stehen und reichte ihr die Hand: »Lukas Seidl, ich bin Präsident des *Vereins Magnoliengartenschule*.«

Anna Bernini betrachtete ihn. Er war vielleicht 40. Nicht eigentlich groß und nicht eigentlich trainiert. Sein Gesicht war nicht eigentlich markant, seine Augen nicht eigentlich schön, seine Ausstrahlung nicht eigentlich charismatisch. Aber wenn er lächelte, kräuselte sich die Oberlippe ein bisschen, so als würde einen der Vereinsvorstand in ein kleines, lustiges Geheimnis einweihen.

Ob man jemanden anziehend findet oder nicht, entscheidet das Unbewusste angeblich in einer Zehntelsekunde. Aber manche Menschen können das Unbewusste überlisten und werden erst auf den zweiten Blick interessant. Und erst auf den dritten sehr interessant. Und in ganz seltenen Fällen werden sie auf den vierten Blick sogar unwiderstehlich. Natürlich nicht für Anna Bernini. Denn als Polizistin bist du mindestens so gut im Attraktionszurückhaltemauer-Aufbauen wie irgendeine Alternativpädagogin mit ihrer Wutzurückhaltemauer. So etwas lernt man ja schon in der Grundausbildung. »Für einen Polizisten im Dienst gibt es keine Männer und Frauen«, hatte der Pivarek immer gesagt, »da gibt es nur Menschen. Und wie sie aussehen, interessiert uns nur, wenn wir auf dem Überwachungsvideo sehen, dass sie der Schalterbeamtin einen Revolver vorhalten und ›Das ist ein Banküberfall!‹ rufen.«

Anna Bernini war also blind für die Ausstrahlung des Vereinsvorstandes. Genauso wie für die dichten schwarzen Haare, die dem Schulvorstand wellig in die Stirn fielen wie diesen italienischen »O sole mio«-Sängern in den 1930er-Jahren. Haare von einem Schwarz wie ein frisch lackiertes Leichenauto. Aber seine Stirn war breit und solide, die Nase kurz, aber gerade und das Kinn kräftig. Mit einem Wort: so vertrauenerweckend, dass man einem Finanzberater mit diesem Aussehen sofort sein gesamtes Bares für irgendeine schwindlige Anleihe anvertraut hätte.

Apropos Bargeld. Anna Bernini fragte den Vereinsvorstand geradeheraus, warum sie eigentlich das Übersiedlungsangebot der Gemeinderätin nicht angenommen hatten. »Das war doch nicht ungroßzügig von der Stadt, oder? Schließlich gehören ihr jetzt die Magnoliengartengründe.«

Der Vereinsvorstand antwortete nicht gleich. Aber sein Körper versteifte sich, als arbeite auch er an einer Wutzurückhaltemauer. Sein Blick war starr auf den dunklen Garten gerichtet, als er schließlich sagte: »Wir haben Schulden gemacht für die Erweiterung der Schule. Wir haben in Pläne investiert. Es ist alles fixfertig.« Er wandte Anna Bernini seinen glühenden Blick zu. »Und wir haben das moralische Recht auf unserer Seite. Das moralische Recht und das höhere Recht.«

»Das *höhere Recht*?«, fragte Anna Bernini, obwohl sie beim Anblick des verklärten Gesichtsausdrucks am liebsten nur genickt hätte.

»Amelie Meyher hat ihr pädagogisches Konzept an diesem Ort entwickelt. In diesem Magnoliengarten. Ihre Schule gehört hierher und nirgendwo anders hin. Gerade jetzt. Wir werden bestimmt nicht aufgeben.«

Die Atmosphäre hatte sich nach seinen letzten Worten unmerklich verändert. So als hätte es einen kühlen Hauch aus den Tiefen des Magnoliengartens auf die Veranda geweht. Alle Blicke waren auf den Vorstand gerichtet, der dastand wie ein Bauer in einem Heimatfilm, der entschlossen ist, seinen nach einem Blitzeinschlag niedergebrannten Hof wieder aufzubauen. Aber in den Augen der Lehrerinnen sah Anna Bernini nicht nur Entschlossenheit und zurückgehaltene Wut, sie sah auch Zweifel. Und sie sah Angst.

Als Anna Bernini wenig später wieder die Stufen zum Magnoliengarten hinabstieg, wandte sie sich noch einmal zu der Gruppe auf der Veranda um. Wie man es macht, wenn man Angst hat, dass man den Gashahn nicht abgedreht hat. Früher hat man das Gas ja nicht gerochen. Da hat es einen umgebracht, bevor man es überhaupt merkte. Deshalb hat man dem Gas einen Geruch beigemischt. Wenn Gefühle riechen könnten, dachte Anna Bernini, hätte einen das Gefühlsgemisch dieser fünf Personen, das jetzt aus ihren defekten Gefühlszurückhaltemauern herausströmte, jedenfalls umgehauen.

Auf dem Weg zurück ins Glashausatelier sog sie den bittersüßen Duft der verwelkenden Magnolienblüten ein, und mit einem Mal begann die Polizistin Anna Bernini ein inneres Zwiegespräch mit der Zeugin Anna Bernini.

Begonnen hat die Polizistin Anna Bernini mit einer Reihe von offenen Fragen: Wer hat an diesem Modellierworkshop teilgenommen? Wie sind die Kursabende abgelaufen? Ist Ihnen etwas aufgefallen oder seltsam vorgekommen? War am letzten Kursabend etwas anders als an den vorhergehenden?

Und die Zeugin Anna Bernini begann zu erzählen: Es haben sechs Personen teilgenommen. Die Magnoliengartenlehrerinnen Judith Perner und Eveline Maibeck, eine ältere Nachbarin aus der Sportklubstraße namens Rebecca Malkowski, zwei Mütter von Magnoliengarten-Schulkindern, Johanna Pallenberg und Katja Popowa, sowie zwei 16-jährige afghanische Jugendliche namens Mohammed Sayyid und Jassin Ahmadi. Aufgefallen ist der Zeugin Anna Bernini eigentlich nichts. Alle waren eifrig bei der Sache. Der Kursleiter, Professor Laller, war ein geduldiger und aufmerksamer Lehrer, der darauf schaute, dass jeder am Schluss ein Werk hatte. Das war bei den beiden Lehrerinnen, beide Kunsterzieherinnen, sowieso kein Problem, auch die beiden afghanischen Jungs hatten unverkennbar Talent, richtig gut war Katja Popowa, eine Russin. Die andere war bemüht und die Nachbarin sympathisch. Nein, Amelie Meyher ist nie dabei gewesen und war auch nie Thema der Unterhaltung.

An dieser Stelle fragte die Polizistin Anna Bernini natürlich ein bisschen nach. Kann sich die Zeugin Anna Bernini an Einzelheiten erinnern? Gespräche? Blicke? Ungewöhnliche Vorkommnisse?

Aber als typische Zeugin konnte sich Anna Bernini natürlich an nichts erinnern. Zeugen muss man ja immer die Erinnerungen aus der Nase ziehen. Das muss ein natürlicher Reflex sein. So wie man um ein Feuer einen Bogen macht. Lieber nicht anstreifen. Wer weiß, ob man dann nicht der Nächste ist, bei dem der Hut brennt.

Die wirklich interessanten Dinge erzählen Zeugen lieber jemand anderem. Einer Freundin zu Beispiel. Anna Bernini war da auch keine Ausnahme. Ihrer Freundin Eva hatte sie immer wieder von den Kursabenden berichtet. Dass die Stimmung so komisch war, zum Beispiel. Dass niemand geredet hat. Dass sie, obwohl Modell, von Abend zu Abend weniger beachtet worden ist. Vor allem vom Kursleiter, hat Anna Bernini ihrer Freundin Eva vorgejammert. Und dass das kein Wunder war, weil mindestens zwei Frauen im Workshop wahre Schönheiten waren. Eine der Lehrerinnen aus der Schule, Judith Perner, eine Rothaarige wie aus einem Gemälde Raphaels, und die russische Mutter. Wenn es möglich gewesen wäre, dass Natalia Vodianova, das russische Supermodel, nach Wien übersiedelt ist, hätte sie gesagt: Sie hat sich heimlich in Döbling niedergelassen und schickt ihr Kind jetzt in die *Magnoliengartenschule*. Und wäre auch noch Amelie Meyher da gewesen, eine zarte Blondine mit einem feinen Gesicht, dann wären in diesem Kurs mindestens drei Teilnehmerinnen gewesen, die hübscher als das Modell waren.

Anna Bernini lachte laut auf, als sie sich jetzt an Evas Antwort erinnerte: »Aber du hast so schöne Augen!« Und dann dachte sie an den letzten Kursabend. Und zwar als Polizistin, die das oft Entscheidende nur sieht, wenn sie auf das Atmosphärische schaut.

Alle waren sie anwesend gewesen: Judith Perner, das russische Supermodel, die zweite Mutter, die durchgesetzt hatte, dass es beim Kaffeeautomaten keine Plastikbecher mehr gab, die ältere Dame, die allen Kuchen mitgebracht hatte, und die zwei jugendlichen Asylsuchenden aus dem *Lysa*. Gesprochen hat, wie immer, niemand. Geredet ist aber trotzdem geworden. Weil Fonsi schon am zweiten Kursabend ein Hörbuch mitgenommen hat. Wenn es nach Anna Bernini gegangen wäre, hätte es nicht unbedingt Lyrik sein müssen. Aber die Stimmung ist dadurch besser geworden, wenn man sagt: Depression ist besser als Aggression.

Nach dem Kursabend sind alle auseinandergerannt, als hätte jemand eine Stinkbombe geworfen. Die alte Dame hätte ihren Kuchen wieder mitnehmen müssen, wenn Anna Bernini nicht behauptet hätte, dass Sachertorte ihr Lieblingskuchen sei. Sie erinnerte sich, dass der Raum vom Hausmeister verschlossen wurde und alle Köpfe dortgeblieben sind. Nur dass nachher noch einer von ihnen ausgetauscht worden ist.

KAPITEL 6

Früher, als die Menschen noch in Frauen und Männer eingeteilt wurden, hätte man bestimmt gesagt: Polizistin ist eher ein Männerberuf, und wer bei der Polizei Karriere machen will, sollte nur Y-Chromosomen haben. Damals saßen in den oberen Etagen des Polizeiapparates ausschließlich Männer. Und je weiter man nach unten kam, desto höher wurde der Frauenanteil. Bis er ganz unten bei den Schreibkräften und Assistenzdiensten sogar dominant wurde. Damals wäre eine Frau eher bei *Rapid* aufgenommen worden, einem traditionsreichen Wiener Fußballklub, als in der Mordkommission. Außer als »Sekretärin« des Chefinspektors vielleicht. Erst 2004 hat es in Österreich die erste weibliche Innenministerin gegeben. Aber ich weiß nicht, ob man sie einen Mordfall hätte lösen lassen.

Miss Biggy jedenfalls bezeichnete sich immer noch gerne als »Sekretärin«. Reine Koketterie natürlich. Denn in Wahrheit wurde Miss Biggy von ihren Kollegen, egal ob männlich, weiblich oder divers, um Hilfe gebeten, wenn es darum ging, eine besonders unauffindbare Verbrecherbande im Darknet aufzuspüren oder die Firewall eines internationalen Drogenkartells zu knacken, selbst wenn es sich IT-Sicherheitspersonal aus dem *Silicon Valley* leisten konnte. Die jungen Beamten rissen immer ganz weit die Augen auf, wenn sie erfuhren, dass sich hinter dem Namen »Miss Biggy« gar kein genialer IT-Jüngling verbarg, sondern eine füllige ältere Dame, die Probleme mit den Bandscheiben hatte, gerne *Gauloise* rauchte und Informationen aus dem großen weltweiten Netz fischte, als wäre es ein Aquarium mit fünf Goldfischen.

Das Klicken eines Feuerzeugs war das Erste, das Anna Bernini von ihr hörte, als sie ihren Anruf entgegennahm, gefolgt von einem geräuschvollen Räuspern. »Der Ehemann war's jedenfalls nicht«, sagte sie, und Anna Bernini sah das verschmitzte Grinsen Miss Biggys vor sich.

»Weil sie keinen hatte?«

»Nein, weil er schon seit zwei Wochen in Südamerika ist. Er heißt Marcel Meyher, gebürtiger Belgier. Er besitzt ein *Fairtrade*-Unternehmen und ein paar Bioläden. Derzeit ist er bei Kakaobauern im Tiefland von Alto Beni unterwegs.«

Anna Bernini hörte ein langes, geräuschvolles Einatmen. Bestimmt saß Miss Biggy im Büro, vor sich auf dem Schreibtisch die von Zigarettenstummel überquellende Rachenputzerdose, die sie als Aschenbecher benutzte.

»Er dürfte derzeit zwischen Tomachi und Alcoche unterwegs sein«, fuhr Miss Biggy fort. »Er hat eine bolivianische SIM-Karte«, bemerkte Miss Biggy zwischen Anziehen und Ausblasen.

»Weißt du auch, wo er heute zu Mittag gegessen hat?«, grinste Anna Bernini.

»Wo, weiß ich nicht, aber was«, gab Miss Biggy ungerührt zurück.

»Und zwar?«

»Einen Mais-Bohneneintopf mit scharfen Chilis.«

»Ernsthaft?«

Miss Biggy ließ ihr kurzes, heiseres Lachen hören, das vielleicht auch ein Husten war. So genau wusste man das nicht.

»Etwas anderes gibt es in dieser Gegend nicht.«

»Wann ist er abgereist?«

»Am 8. Mai ist er von Schwechat nach La Paz geflogen.«

»Also vor zwei Wochen«, überlegte Anna Bernini laut.

»Weißt du sonst noch etwas über ihn?«

»Sein Einkommen ist bescheiden.«

»Hast du seine Bankkonten geknackt?«

»Nein, noch nicht. Aber dafür muss man sich ja auch nur anschauen, was er den Kleinbauern für den Kakao zahlt – und was er von den Bioschokoladen-Fabrikanten verlangt.«

»Ein guter Mensch?«

»Oder ein dummer.«

Wieder schepperte Miss Biggys Lachen durchs Telefon. Dann sagte sie: »Bring's lieber gleich hinter dich, morgen ist es noch schlimmer«, und legte auf.

Einen Augenblick blieb Anna Bernini mit dem Handy in der Hand noch unschlüssig vor dem Eingang zum Glashausatelier stehen, dann drückte sie auf die Nummer. Denn auch wenn dieser Anruf morgen vielleicht noch schlimmer war, dann war er im Moment jedenfalls weniger schlimm als die Befragung Axel Springfelds, der seit seinem letzten Ausrasten sicher nicht umgänglicher geworden war.

Beim ersten Läuten passierte gar nichts. Beim zweiten Läuten auch nicht. Beim dritten und vierten Läuten hörte sie einen weit entfernten Klingelton. Und beim fünften Läuten hob endlich jemand ab.

»M…h?«

»Hören Sie mich?«, rief Anna Bernini.

Als Antwort kam ein Rauschen.

So ein Rauschen kann natürlich alles Mögliche bedeuten. Dass die Verbindung nicht funktioniert, dass die Verbindung nur in eine Richtung funktioniert, oder dass sie funktioniert, aber der Gesprächsteilnehmer steht vor einem Wasserfall.

»Hören Sie mich?«, rief Anna Bernini deshalb noch einmal.

Als Antwort wurde das Rauschen lauter.

Natürlich hätte Anna Bernini jetzt wieder auflegen und noch einmal anrufen können. Andererseits, sagte sie sich, wenn er mich nicht verstünde, hätte er ja aufgelegt. Und obwohl das wahrscheinlich nur Wunschdenken gewesen war, redete sie einfach weiter.

»Hier spricht Anna Bernini, Chefinspektorin des Landeskriminalamts Wien. Hören Sie mich?«

Das Rauschen war immer noch da. Aber man merkt, dass dahinter ein Mensch lauscht, sagte sich Anna Bernini. Also sagte sie zum aufmerksam lauschenden Rauschen den Satz, den sie mehr als jeden anderen hasste. Mehr als »Magst du uns einen Tisch reservieren?«, »Deine Uhr tickt auch schon« oder »Wir haben uns auseinandergelebt«. Und dieser Satz lautete: »Ich habe leider eine schlechte Nachricht für Sie.«

Wäre Marcel Meyher jetzt vor ihr gestanden statt in Bolivien vor einem Wasserfall, hätte er an Anna Berninis Augen ablesen können, dass die Nachricht nicht nur schlecht, sondern niederschmetternd war. Aber auch so hoffte Anna Bernini, dass das Rauschen jetzt zwei und zwei zusammenzählen würde.

»Ihre Frau ist leider tot«, versuchte sie, dem Rauschen so mitfühlend wie möglich die Wahrheit beizubringen. »Wir vermuten ein Gewaltverbrechen.«

Jetzt kommt gleich der Aufschrei, dachte Anna Bernini und hielt den Atem an. Manche schweigen auch. Doch niemand schweigt so, wie eine tote Handyleitung schweigt.

»Hören Sie mich?«, rief Anna Bernini in den unermesslichen Äther. Aber der Äther antwortete nicht einmal mehr mit einem Rauschen. Also legte Anna Bernini auf und rief noch einmal an. Und dann noch einmal und dann noch einmal und dann noch x-mal. Ein paarmal kam auch eine Verbindung zustande, aber meistens nur so lange, dass Anna Bernini dem verzweifelten Ehemann ein »Sorry, ich verstehe Sie nicht!« oder »Was war das Letzte, das Sie gehört haben?« zurufen konnte.

Als Anna Bernini nach zehn Minuten in Schweiß gebadet aufgab, weil sie nicht sicher war, ob Marcel Meyher zum Schluss ins Telefon gebrüllt hatte: »Das gibt es nicht!«, »Ich höre Sie nicht!« oder »Ich habe die Gicht!«, wusste sie, dass es doch noch etwas Schlimmeres gibt, als einem Angehörigen den Tod eines geliebten Menschen beibringen zu müssen. Und das war, es über ein schlechtes Handynetz tun zu müssen.

Als sie das Glashausatelier wieder betrat, merkte sie erst, wie sehr es draußen offenbar schon abgekühlt haben musste, so groß war der Hitzeschock. Und zusammen mit dem Schweiß brachen all die ungebetenen Fantasien hervor, die hinter ihrem Rücken einfach fröhlich weitergewirkt haben dürften wie Schüler, die am Klo rauchen, wenn man es ihnen auf dem Schulhof verbietet. Anders lässt es sich nicht erklären, dass Anna Bernini inmitten des großen, menschenleeren Raumes immer noch Fonsi am Boden knien sah, wie er Amelie Meyhers Kopf umklammert hielt, obwohl Fonsi schon längst zu Hause und der Kopf bereits unterwegs zur Gerichtsmedizin war.

Sie blieb mitten im Raum stehen und horchte in die Stille. Und plötzlich rauschte es wieder in ihren Ohren, so laut, als wäre der Wasserfall von Bolivien auf einmal bis hierher zu hören. Dabei war es nur das Verdrängungsrauschen, das sich eingeschalten hatte, damit es all die lauten Zweifel übertönte.

KAPITEL 7

Mangelnde Empathie, hatte Anna Bernini in ihrer Ausbildung zur Kriminalinspektorin gelernt, ist eines der Merkmale von Kapitalverbrechern. 25 Prozent der Führungskräfte leiden ebenfalls darunter. Damit will ich nichts über Führungskräfte gesagt haben. Aber es gibt Fälle, wo es sich überschneidet. Da weiß ich nicht, ob sie prozentmäßig eher zu den Führungskräften oder zu den Verbrechern gezählt werden. Bei Adolf Hitler ist es klar, aber bei Napoleon scheiden sich schon die Geister.

An Napoleon musste Anna Bernini aber denken, als sie eine Minute später im kleinen Büro des Glashausateliers Axel Springfeld gegenübertrat. Nicht nur wegen seines dezenten Schmerbauchs, der einen sofort an getrüffelte Gänseleberpastete und getrockneten Schinken vom Mangalitzaschwein denken ließ, auch nicht wegen der schmalen, eigentlich schönen Nase, sondern wegen seines Blicks. Der von hier bis vor die Tore von Moskau zu reichen schien. Nur dass dieser Napoleon hier im Moment eher über die Schlachtfelder von Waterloo blickte.

Er saß auf einer leeren Prosecco-Kiste und trommelte mit den Fingern ungeduldig auf seine Oberschenkel. Jeder Mensch hätte in so einer Situation ein bisschen lächerlich gewirkt. Da war Axel Springfeld auch keine Ausnahme. Nur dass einem bei ihm das Lachen in der Kehle stecken blieb. Allerdings glaube ich nicht, dass es das Gruseln war, warum die Gemeinderätin so weit weg saß, wie es in einem zwölf Quadratmeter großen Raum überhaupt möglich war. Sondern eher wegen des Gesprächs, das die beiden gerade geführt haben dürften. Die Gemeinderätin schnaufte noch immer heftig. Ihre Wangen waren ebenso rot, wie die von Axel Springfeld bleich waren. Beides vor Zorn vermutlich.

»Wie lange wollen Sie mich hier noch festhalten?«, herrschte der Springfeld-Napoleon Anna Bernini an, als putzte er gerade einen kleinen Sergeanten zusammen, der ihm die falschen Stiefel gebracht hat. »Den verpassten Flug und die Hotelnacht stelle ich jedenfalls dem Staat Österreich in Rechnung!«

»Das übernimmt selbstverständlich die Stadt Wien«, bemerkte die Gemeinderätin mit zusammengebissenen Zähnen. Und es klang so, als hätte sie das schon 17-mal gesagt.

»Ich habe nichts gesehen und weiß nichts. Also kann ich doch wohl in mein Hotel zurückgehen!«

Unter Axel Springfelds Feldherrnblick wäre so mancher zusammengeschrumpft. Aber Anna Bernini zuckte nur mit den Schultern. »Erstens kannten Sie das Mordopfer. Und zweitens hatten Sie allen Grund, es zu hassen.«

»Hassen! Was für ein vulgärer Ausdruck!«, sagte er mit einem Lächeln, das einem das Blut in den Adern gefrieren ließ.

»Das Video, das seit gestern im Netz kursiert, könnte Sie die Karriere kosten«, sagte Anna Bernini nicht weniger kalt. »Aber Sie haben natürlich recht. Sie hatte mindestens ebenso viel Grund, *Sie* zu hassen.«

»Was soll das heißen?«, rief er und sprang auf die Beine. »So etwas muss ich mir nicht bieten lassen! Ich möchte sofort Ihren Vorgesetzten sprechen!«

»Beruhigen Sie sich. Und setzen Sie sich«, sagte Anna Bernini ungerührt. »Beantworten Sie mir einfach ein paar Fragen. Dann dürfen Sie auch gleich in Ihr Hotel zurück.«

Axel Springfeld öffnete den Mund. Aber Anna Bernini ließ ihm keine Zeit für weitere Worte. »Wann haben Sie Amelie Meyher das letzte Mal gesehen?«

»Ohne meinen Anwalt sage ich gar nichts«, murrte er.

Anna Bernini zuckte die Achseln. »Bitte, wie Sie wünschen. Dann kommen Sie morgen um 8 Uhr mit Ihrem Anwalt ins Landeskriminalamt.« Sie zog eine Visitenkarte aus der Hosentasche und reichte sie ihm. »Da steht auch meine Telefonnummer drauf, falls Sie es sich anders überlegen.«

Auf einmal wirkte Axel Springfeld so klein, wie er war, aber klein beigegeben hat er deshalb noch lange nicht.

»Ich weiß nicht, wann ich sie das letzte Mal gesehen habe«, räumte er mit einer nonchalanten Handbewegung ein. »Bei meinem letzten Wienaufenthalt vermutlich. Als wir die Pläne besprachen. Das war ...?« Axel Springfeld hob fragend die Augenbrauen und schaute zur Gemeinderätin, als wäre sie seine Sekretärin.

»... vor ungefähr zwei Monaten. Am 29. März«, sagte sie knapp.

»Na bitte, ich denke wohl nicht, dass man ihr den Kopf schon vor zwei Monaten abgeschlagen hat, oder?«

Die Gemeinderätin schnappte hörbar nach Luft, Anna Bernini knirschte mit den Zähnen. »Seit wann sind Sie in Wien?«

»Seit gestern Abend.« Axel Springfeld wandte sich wieder der Gemeinderätin zu. »Was die Gemeinderätin natürlich bezeugen kann.«

Silvia Bogenbauer-Heckenschlager nickte finster. Doch Anna Bernini hätte schwören können, dass sie ihr, der Polizistin, mit den Augen ein ganz winziges Kopfschüttelzeichen schickte.

Es war knapp vor Mitternacht, als Anna Bernini wieder auf dem schmalen Grasstreifen vor dem Glashausatelier stand und auf den Schwamminger wartete.

»Na, heute dürfte Ihre Freizeit ein bisschen anstrengender gewesen sein als mein Dienst«, grinste er, als sie einstieg.

Anna Bernini wischte sich den Schweiß von der Stirn und lächelte schwach.

»Und? Sind die anderen Körperteile auch schon aufgetaucht?«, fragte er.

»Nein, die Leichenhunde suchen noch.«

Einen Augenblick schwiegen beide. Dann läutete Anna Berninis Handy. Es war der Stammer mit seinen vorläufigen Ermittlungsergebnissen. Er hatte mit dem Hausmeister, mit der Kuratorin der *Faces*-Ausstellung, dem Sicherheitspersonal, den Caterern und mit fast allen Kursteilnehmenden gesprochen, »aber aufgefallen ist angeblich niemandem was«, sagte er resigniert.

»Vielleicht der Schock«, sagte Anna Bernini und seufzte.

»Naja, der Hausmeister hat gesagt: ›In der Nacht schlaf ich, und ob eingebrochen worden ist, müsst ihr selber herausfinden.‹«

»Und?«, fragte Anna Bernini.

»Die Techniker sagen: nein.«

»Aha. Und Schlüssel …«

»… haben mehrere Personen. Der Institutsleiter, Alfons Laller, und fünf weitere Lehrende. Miss Biggy und ich versuchen sie gerade alle zu erreichen. Aber wegen *Christi Himmelfahrt* sind viele seit Mittwoch weg. Dasselbe gilt für die Teilnehmenden am Modellierkurs.«

Gleich darauf verabschiedete sie sich. Und so, als wäre das »Gute Nacht« ihres jüngsten Gruppenmitglieds ein Kommando gewesen, lehnte Anna Bernini den Kopf zurück und schloss die Augen. Im einlullenden Kinderwagengefühl des Chauffiertwerdens verschmolzen die letzten Wachbilder des Riesenrads und der darauf zurollenden vergnügungssüchtigen Menschenmassen mit dem ersten Traumbild. Eine Tür, die sich in der Dunkelheit öffnet, eine Hand, die nach einem Handy tastet, ein kurzes Zögern, ein erstarrtes Profil. Fonsi?, denkt Anna Bernini. Dann schließt sich die Tür, schließen sich die Augen.

Doch eine halbe Stunde später, als Anna Bernini zu Hause in ihrem Bett lag, nachdem sie eine Schlaftablette mit einem Glas Wein hinuntergespült hatte, träumte sie wieder von Fonsi. Sie waren zusammen auf dem Friedhof in dem kleinen Tiroler Dorf, in dem sie aufgewachsen ist. Sie saßen auf dem Grab einer Tante, die schon lange gestorben war. Neben ihr lag ihr Mann, der Onkel Paul, vor dem sich alle Kinder im Dorf gefürchtet hatten, weil er genauso aussah wie Frankensteins Monster:

mit hoher, eckiger Stirn, tief liegenden schwarzen Augen und einem dünnen Strichmund. Die Angst war nicht vollkommen unbegründet. Denn der Onkel hatte die Tante mehrmals krankenhausreif geschlagen. Er war früh an einer Leberzirrhose gestorben. Die Tante wäre jetzt befreit, haben all die Frauen im Dorf geflüstert, die zu Lebzeiten immer weggeschaut hatten. Aber am Ende hatte die Tante ihren Ehemann nur um ein paar Monate überlebt. Die Nachbarin hatte sie auf dem Dachboden gefunden. Gott sei Dank keines der Kinder. Ein tragisches Schicksal. Im Traum saßen Anna Bernini und Fonsi auf ihrem Grab und picknickten. Sie aßen, tranken, redeten. Alles schien ganz normal. Nur dass die Grabplatte an der Stelle, auf der Anna Bernini saß, wie in Zeitlupe nach unten sank.

KAPITEL 8

Es mag sein, dass der Ursprung des menschlichen Erfindungsreichtums in der Kompensation seiner physischen Mängel liegt, sprich: Ich habe keine so scharfen Zähne wie der Tiger, ich kann nicht so schnell laufen wie die Gazelle, aber dafür weiß ich, wie man beide in einen Hinterhalt lockt. Aber gleich nach der Nahrungsmittelbeschaffung muss der Mensch seinen Erfindungsreichtum auf die Ausreden verlegt haben. Es ist sonst unmöglich, dass wir darin so gut geworden sind.

Nehmen wir nur Anna Bernini. Sie hätte eigentlich schon längst in der Leopoldsgasse an ihrem Schreibtisch sitzen müssen. Oder wenn nicht das, dann hätte sie wenigstens den Oberst, der schon siebenmal bei ihr angeläutet hat, zurückrufen müssen. Aber statt nach dem Aufstehen schnurstracks ins Büro zu gehen, am besten gleich in das des Obersten, blieb sie 100 Meter vor dem Polizeigebäude stehen. Genauer gesagt: am Karmelitermarkt. Das war an und für sich nichts Ungewöhnliches. Im Gegenteil, die Tradition, dass sich die Polizisten vom Landeskriminalamt in der Früh noch gerne am Karmelitermarkt stärken, bevor sie mit dem Verbrecherjagen beginnen, ist so alt wie das Landeskriminalamt selbst. Nur dass sie früher vielleicht eher ein Bier getrunken haben oder einen G'spritzten, und heute eher einen Smoothie oder einen Matcha-Latte. Zumindest die jüngeren.

Anna Bernini traf sich regelmäßig zur »Bürobesprechung« mit Miss Biggy am Karmelitermarkt. Und niemand in der Dienststelle hätte sich getraut, es anders zu nennen. Falls doch, hätte Miss Biggy gesagt: »Sogar unser WLAN reicht bis hierher. Also ist es auch unser Büro.« Ihr Stammcafé hieß *Garage*. Damit ist es im Grunde auch schon beschrieben. Nein, es befand sich nicht selbst in der Tiefgarage, aber direkt neben der Einfahrt. Und so unglamourös wie sein Name, waren auch seine Gäste. Oder sagen wir so: Die *Garage* bildete den einzigen Überschneidungspunkt zwischen den beiden gänzlich gegensätzlichen Gästegruppen der Karmelitermarkt-Gastronomie. Den Bobos, die am Samstagsmarkt das Biogemüse zu Naschmarktpreisen kauften, aus dem Mülltrennen eine Wissenschaft machten und Regenbogenplakate aus ihren WG-Fenstern hängten, und den früheren Bewohnern des Karmelitermarktviertels, die zum Pferdeleberkäse neigten, schon am Morgen bei einem Krügerl saßen und über jede Menge Tagesfreizeit verfügten. Die Gastronomiebetriebe des Karmelitermarktes waren so streng unter den beiden Gruppen aufgeteilt wie früher die WC-Anlagen zwischen Frauen und Männern. Aber in die *Garage* kamen die Vertreter beider Gruppen, die keine Berührungsängste hatten. Es waren Menschen, die die günstigeren *Garage*-Preise schätzten und trotzdem einen ordentlichen Espresso von so einem Beuschelreißer unterscheiden konnten, den es zum Beispiel im *Poldistüberl* gab. Die Gefahr, dass die *Garage* das subversive Element war, das für eine Vermischung der beiden Karmelitermarkt-Gästegruppen verantwortlich wäre, war aber vernachlässigenswert, denn den Croissant-Gourmets unter der Bobo-Partie waren die Frühstückskipferln in der *Garage* nicht fein genug, und für die Centumdreher unter der anderen Gruppe war die Melange nicht billig genug.

Miss Biggy schaute Anna Bernini missmutig entgegen. Das lag bestimmt daran, dass der Asphalt vor der *Garage* jetzt um 10 Uhr am Vormittag schon so heiß war, dass der ukrainische Koch in der Küche eigentlich gleich darauf das Spiegelei braten hätte können.

Aber es war kein Spiegelei, das der Kellner gerade vor Miss Biggy auf den Tisch stellte, sondern ein doppelter Espresso und ungefähr 15 einzelne Zigaretten.

»Was soll denn das sein?«, grinste Anna Bernini.

»In der *Garage* kann man die Zigaretten einzeln bestellen«, sagte Miss Biggy, als wäre das eine Erklärung für jemanden, der Zigaretten normalerweise nur stangenweise kaufte.

»Ist die Trafik geschlossen?«, forschte Anna Bernini weiter.

»Wieso? Darf ich die Zigaretten nicht kaufen, wo ich will?«, grantelte Miss Biggy zurück. Was bei einer Person, für die Grant schlechtes Benehmen war, das sie höchstens beim Oberst tolerierte, ziemlich ungewöhnlich war.

»Geht es dir schon gut?«, versuchte sich Anna Bernini das Benehmen ihrer ältesten Kollegin zu erklären.

»Hast du einen Mord aufzuklären oder willst du ein Alte-Damen-Schwätzchen abhalten?«

Das war bestimmt nicht so barsch gemeint, wie es geklungen hat. Denn Anna Bernini und Miss Biggy waren seit dem Tag befreundet, als die junge Kriminalbeamtin nach ihrem ersten Femizid Miss Biggys Büro in Tränen ertränkte. Dass Anna Bernini damals nicht auf dem Absatz kehrtgemacht und auf einen Verwaltungsposten ins Innenministerium gewechselt war, war nur Miss Biggys wogendem Busen zu verdanken, an dem man sich besser ausweinen konnte als irgendwo anders auf der Welt. Und einer ihrer Wunder-*Gauloises* natürlich auch, die sie für besondere Gelegenheiten im blechernen Federpennal im untersten Fach ihres Schreibtischs aufbewahrte.

Anna Bernini beäugte Miss Biggy noch für eine Weile skeptisch. Aber da die Kollegin eine solche Unschuldsmiene aufsetzte, kapitulierte sie. »Okay, was hast du für mich?«

»Das Wichtigste weißt du schon. Die Kollegen haben keine elektronischen Geräte in Amelie Meyhers Wohnung gefunden.«

»Was nicht heißt, dass du nicht trotzdem etwas entdeckt hast, stimmt's?«

Miss Biggy konnte sich ein Grinsen nicht verkneifen. »Wegen der Gesprächsauswertungen muss ich natürlich noch auf die StA warten.« StA war die Abkürzung für Staatsanwaltschaft.

»Natürlich«, lachte Anna Bernini. »Aber?«

»Aber dafür hab ich was über sie gefunden, das dich interessieren dürfte.«

In Miss Biggys Augen war wieder dieses verschmitzte Glitzern erschienen und auf ihren Wangen dieses freudige Glühen, das Anna Bernini so an ihrer Kollegin mochte. Sie hatte ihre riesige Altdamen-Handtasche auf den mächtigen Schoß gehoben und begann, umständlich darin herumzukramen. Jeder, der sie so gesehen hätte, hätte gesagt: Sie sucht nach ihrem

Strickzeug, einem Spitzentaschentuch oder Sterbebildchen. Aber was sie schließlich herauszog, war das modernste Tablet, das man bekommen konnte. Während Anna Bernini noch einen Espresso für sie beide bestellte und heimlich auf den schnell schmelzenden Zigarettenvorrat auf Miss Biggys Teller schielte, tippte die ältere Dame mit der Lesebrille auf der Nase auf den Bildschirm.

»Ich habe ein paar Fotos, die dir gefallen werden«, grinste sie und drehte das Tablet zu Anna Bernini um.

»Der Springfeld und die Bogenbauer-Heckenschlager! Das gibt's doch nicht! Wo hast du das her?«

Miss Biggy hatte sich zurückgelehnt und genüsslich eine Zigarette angezündet. »Meinst du, das verrate ich der Polizei«, lachte sie scheppernd.

»Schau mal ganz genau hin. Was siehst du hinter dem schmusenden Paar für ein Wandmuster?«

»Ein altes würde ich sagen. Schaut aus wie ein heruntergekommenes Vorstadtbeisl. So eines, wo hinter der Budel noch diese Holztüren mit den großen Griffen dran sind. Wie beim *Billardcafé* bei uns ums Eck. Nein!!! Ist es das *Billardcafé*!?«

Miss Biggys Mundwinkel waren von Sekunde zu Sekunde mehr in die Höhe gewandert. Sodass sie jetzt, als sie strahlend nickte, schon wieder ganz die alte Miss Biggy war, der nichts mehr Spaß machte, als ihre Umgebung zu verblüffen.

»Aber wie hast du das gefunden?«

»Also gut. Ich bin mit dem *Billardcafé*-Besitzer auf *Facebook* befreundet«, zuckte Miss Biggy lässig die Schultern. »Ich glaube nicht, dass ihm klar war, wen er da postet. Vermutlich wollte er nur beweisen, dass sich doch hin und wieder Gäste in sein Beisl verirren.«

»Das ist natürlich ein interessanter Stadtratsch, den du mir da aufgetischt hast. Allerdings weiß ich noch nicht, wie ich eine Verbindung zum Mord an Amelie Meyher herstellen könnte.«

»Das war ja erst das Vorspiel«, grinste Miss Biggy. »Aber jetzt schau dir das hier an!«

Anna Bernini beugte sich vor, um das nächste Foto genauer zu sehen. »Die Bogenbauer-Heckenschlager und der Springfeld beim Heurigen«, bemerkte sie etwas enttäuscht.

»Ja, genau. In Stammersdorf«, nickte Miss Biggy und schaute ihre Chefin erwartungsvoll an. »Und was siehst du noch?«

»Nichts. Weinranken, ein Mäuerchen, Lavendelbüsche …«

»Schau auf den Tisch!«

»Auf dem Tisch stehen eine Karaffe Weißwein, ein Brotkorb, Aufstriche, ein Backhendlsalat …« Anna Bernini runzelte die Stirn.

»Und wie viele Gedecke siehst du? Wie viele Gläser?«

»Drei«, murmelte Anna Bernini verständnislos.

Dann wischte Miss Biggy das Foto nach links, und es erschien wieder ein neues auf dem Bildschirm. Und dann fiel bei Anna Bernini der Groschen.

KAPITEL 9

Ob man ein erfolgreicher Politiker wird oder nicht, hängt nicht von der Intelligenz ab. Oder von den Ideen oder dem Engagement oder dem Geschick. Obwohl man das alles sicher gut brauchen kann. Aber ob man in der Politik etwas wird oder nicht, hängt mehr von anderen Dingen ab. Zum Beispiel, woher man kommt. Rein abstammungstechnisch. Als Spross einer katholischen Pfarrgemeinderätin und eines Bauernbundobmannes hätte man etwa bei der SPÖ Simmering schon ein gewisses Handicap. Nicht dass es unmöglich wäre, es zu überwinden. Wenn man dafür zum Beispiel schimpfen kann wie ein Fiaker oder bei der Gewerkschaft ist oder in einem Gemeindebau wohnt. Aber wenn schon der Großvater in einem Gemeindebau aufgewachsen ist und der Urgroßvater sogar beim *Schutzbund* gegen die *Heimwehr* gekämpft hat, wie der von Silvia Bogenbauer-Heckenschlager, ist das praktisch schon der garantierte Listenplatz für den Bezirksrat. Wenn man nicht leutscheu ist und nicht mit einem abschreckenden Äußeren gestraft, schafft man es sicher auch bald in den Gemeinderat. Und wenn man ehrgeizig ist und nicht auf den Mund gefallen, kommt man vielleicht sogar weiter.

Das jedenfalls war die Absicht von Silvia Bogenbauer-Heckenschlager. Und das Magnoliengartenerbe hätte ihr dazu verhelfen sollen. Im Moment schaute es allerdings eher so aus, als hätte sie sich damit ihr politisches Grab geschaufelt. Weil sie den Fehler gemacht hat, den man gerne macht, wenn man zu ehrgeizig ist. Man unterschätzt den Gegner. Jetzt hat die Gemeinderätin zwar nie direkt gesagt, dass sie die Alternativschule so schnell wie möglich loswerden wollte, oder dass ihr das Museumsprojekt so wichtig war, Tatsache war aber, dass sie leider zu wenig genau geschaut hat, mit wem sie sich da eigentlich ins Bett legte. Nicht nur im übertragenen Sinn. Aber das ist natürlich Privatsache. Dabei hätte es ja Kassandras gegeben, die vor dem großen Museumsgenie aus Deutschland gewarnt hatten. Aber nachher ist man immer gescheiter.

Ich würde nicht die Hand dafür ins Feuer legen, dass die Gemeinderätin am Morgen nach der Entdeckung der Leiche Amelie Meyhers nicht mit dem Gedanken aufgewacht ist, dass sie doch ihrer Großmutter glauben hätte sollen, die immer zu sagen pflegte: »Der gescheiteste Mann wird dumm, wenn es um Frauen geht.« Als Putzfrau dürfte die Großmutter so einiges zu sehen bekommen haben. Und vielleicht hat die Gemeinderätin flüchtig bedauert, nicht eine Museumskonzeptionist*in beauftragt zu haben. Dabei wusste sie zu diesem Zeitpunkt noch gar nicht, mit was für einer Bombe im Rucksack Chefinspektorin Anna Bernini gerade auf dem Weg zu ihr war. Ihr reichte es bestimmt, dass der Vorraum zu den Klubräumen von so vielen Journalistinnen und Journalisten belagert wurde, dass die Klubassistentin schon heimlich beim Sicherheitsdienst angefragt hat, ob man da nicht etwas dagegen unternehmen könnte. Aber der sagte: Nur wenn einer randaliert. Das Randalieren wäre aber eher etwas für die Gemeinderätin gewesen, wenn sie ihren Gefühlen freien Lauf gelassen hätte.

Aber bevor Silvia Bogenbauer-Heckenschlager im Büro verschwinden und die Tür hinter sich schließen konnte, schlüpfte jemand mit gezücktem Polizeiausweis, einem »Ich hätte da noch ein paar Fragen« und einem Grinsen auf den Lippen, auf das ein Krokodil noch stolz gewesen wäre, mit herein. Silvia Bogenbauer-Heckenschlager war aber nicht der Mensch, der lange mit einem Krokodil gefeilscht hätte. Jedenfalls nicht, wenn die Gefahr bestand, dass auf einem Online-Portal einer Zeitung ein Foto auftauchen würde, das eine wild gewordene Gemeinderätin zeigt, die sich weigert, der Polizei Auskunft zu geben.

Wortlos dirigierte sie die Kriminalbeamtin deshalb in eine freie Ecke, um einen neutralen Gesichtsausdruck und einen ruhigen Blick bemüht. »Also gut«, zischte sie, »aber bitte schnell, ich muss gleich in die Sitzung.«

In heiklen Situationen ruhig bleiben, lernt jeder Politiker und jede Politikerin bestimmt schon beim ersten Pressecoaching. Lächeln, dachte die Gemeinderätin aber offenbar, gehört nicht unbedingt zum Verhaltenskodex. Dass man die lästige Fragerin nicht böse anfunkelt, muss genügen.

Doch auch Anna Bernini hatte bei ihrer Ausbildung gelernt, wie man ein Pokerface aufsetzt, wenn man ein Ass in Ärmel hat. Man darf nicht blinzeln, wenn man es auf den Tisch haut. »Was wollten Sie und Axel Springfeld am Mittwoch, dem 18. Mai, mit Amelie Meyher bei der *Urschl* in Stammersdorf besprechen?« Anna Bernini hatte ihr Smartphone ganz langsam zur Gemeinderätin umgedreht und schaute ihr jetzt gespannt ins Gesicht.

Und da muss man schon sagen: Die Affektkontrolle kann einem leider kein Spindoktor beibringen. Innerhalb von zwei Sekunden waren von der morgens sorgfältig aufgetragenen gesunden Gesichtsfarbe Silvia Bogenbauer-Heckenschlagers nur mehr zwei rote Kreise übrig, die der Rougepinsel hinterlassen hatte.

»Woher haben Sie das?«

»Ich bin bei der Polizei«, lächelte Anna Bernini.

Ein paar Minuten starrte die Gemeinderätin sie stumm an. Dann öffnete sie eine Schublade und holte zum größten Erstaunen Anna Berninis dieselbe Rachenputzerdose heraus, die auch Miss Biggy besaß. Aus ihrer Handtasche fischte sie eine dünne Damenzigarette und ein Feuerzeug und kommandierte Anna Bernini mit einem kleinen Kopfzucken zum Fenster. »Ich habe dafür gekämpft, dass man sie öffnen kann«, sagte sie und ruckelte so lang an den alten Fensterflügeln, bis sie mit einem besorgniserregend lauten Geräusch aufschwangen. Dann zündete sie sich die Zigarette an und warf Anna Bernini einen prüfenden Blick zu.

»Wollen Sie auch eine?«

Anna Bernini nahm eine Zigarette, die Gemeinderätin gab ihr Feuer, und beide Frauen ließen gemächliche Rauchschwaden auf den brütend heißen Rathausplatz hinausschweben.

»Sie und Axel Springfeld haben gestern eine Falschaussage gemacht«, bemerkte Anna Bernini im Plauderton. »Daraus könnte ich Ihnen einen Strick drehen.«

»Aber das wollen Sie nicht«, stellte die Gemeinderätin trocken fest.

Ein Seitenblick auf ihre gleichmütigen Züge sagte Anna Bernini, dass die Gemeinderätin sie schon längst verstanden hatte. »Was ich will«, sagte sie langsam, »ist, den Täter finden. Und deshalb möchte ich wissen, warum Sie die *Magnoliengarten-schule*-Direktorin getroffen haben, nicht wann.«

Silvia Bogenbauer-Heckenschlager nickte.

»Also?«

Die Gemeinderätin antwortete nicht gleich. Sie hatte den Kopf wieder zum Fenster gedreht. Den Blick geradeaus auf das Burgtheater gerichtet, das Auge in Auge mit dem Rathaus daran erinnerte, wie nahe sich Politik und Schauspielkunst manchmal sind.

»Sie behandeln das vertraulich?«, fragte sie schließlich.

»Das kommt darauf an, was Sie mir erzählen.«

Die Gemeinderätin taxierte die Polizistin aus den Augenwinkeln, so als würde sie überlegen, welche Wahrheit sie jetzt auf den Tisch legen sollte. Denn als Politikerin kann man ja nicht überleben, wenn man die Wahrheit für etwas Absolutes hielte. Da wäre man lieber Theologin oder Philosophin geworden. Als Politikerin hingegen weiß man, dass das Wahlvolk eine andere Wahrheit verträgt als ein Parteigenosse. Und der wieder eine andere als die Polizei. Und die wiederum eine andere als der Lebenspartner. Schon möglich, dass einem da vor lauter Wahrheits-Jonglieren auch einmal eine aus der Hand fällt.

»Ich wollte der *Magnoliengartenschule* ein Angebot machen«, sagte Silvia Bogenbauer-Heckenschlager schließlich.

»Was für ein Angebot?«

»Ein tolles Angebot, wenn Sie mich fragen. Über Tote soll man ja nicht schlecht reden. Aber die Direktorin trug die Nase schon hoch. Transdanubien war ihr nicht fein genug. Also haben wir weitergesucht. Und ein schönes Objekt im Sechsten gefunden. Gleich beim Esterházypark. Es wäre viel größer und besser ausgestattet gewesen als die Magnoliengartenvilla.«

Anna Bernini schüttelte langsam den Kopf, als würde es sie persönlich schmerzen, dass eine so nette Frau wie die Gemeinderätin ihr so eine durchsichtige Lüge auftischen wollte.

»Ich glaube eher, Amelie Meyher wollte *Ihnen* ein Angebot machen.«

»Ich kann Ihnen das Angebot gerne zeigen«, sagte die Gemeinderätin und machte eine Bewegung auf den Schreibtisch zu.

»Neinnein«, hielt sie Anna Bernini auf. »Ich glaube Ihnen das schon. Beziehungsweise spielt es keine Rolle, ob das Angebot existiert hat oder nicht.«

»Wie meinen Sie das?«

Anna Bernini schaute der Gemeinderätin herausfordernd in die Augen. Doch die wandte den Blick ab.

»Wir haben einen Chat zwischen Ihnen und Axel Springfeld gefunden.«

»Das war privat«, empörte sich die Gemeinderätin.

»Bei einem Mord ist nichts privat.«

»Aber eine richterlichen Anordnung brauchen Sie schon, oder?«, gab die Gemeinderätin nicht so schnell auf.

»Die ist schnell besorgt.«

Die Gemeinderätin fixierte jetzt die Fassade des Burgtheaters, als würde sie auf die Einflüsterung einer Souffleuse hoffen. »Also gut, sagen Sie schon, was Sie gefunden haben«, gab sie schließlich auf.

»Amelie Meyher hatte versucht, Sie beide zu erpressen. Entweder die *Magnoliengartenschule* bleibt, wo sie ist, oder die ganze Welt erfährt, auf welche Weise Axel Springfeld junge Künstlerinnen ›protegiert‹ hat.«

»Das sind lauter Lügen«, sagte die Gemeinderätin kalt.

»Möglich. Aber die Chats zwischen Ihnen sind Tatsachen, die wir beweisen können«, sagte Anna Bernini und warf den Zigarettenstummel aus dem Fenster.

Der Blick der Gemeinderätin folgte dem langsam entlang der neogotischen Fassade nach unten segelnden Tschik mit einem Gesichtsausdruck, als wäre es ihre Karriere, die gleich auf dem harten Pflaster des Rathausvorplatzes aufschlägt.

Sie sagte nichts. Aber an der Art, wie sie jetzt die Augen durch den Raum wandern ließ, wie sie die tuschelnden Kollegen am anderen Ende beäugte, wie sie an ihrem Ehering drehte, konnte Anna Bernini schon ablesen, was sich im Kopf der Gemeinderätin abspielte. Jedenfalls war sie nicht überrascht, dass die Gemeinderätin jetzt den Kopf hob und ihr diesen bestimmten Blick zuwarf. Anna Bernini hatte diesen Blick schon oft im Vernehmungsraum gesehen. Meistens am Ende einer stundenlangen Befragung, wenn die Verdächtigen müde, hoffnungslos, hungrig oder alles zusammen wurden. Dann trat dieser Ausdruck in ihre Augen. Egal, um wen es sich handelte: einen kaltschnäuzigen Drogenboss, gegen den die Beweiskette so lang war, dass er sie sich dreimal um den Hals hätte hängen können, einen verzweifelten Ehemann, der genau das zerstört hat, was ihm angeblich das Wichtigste auf der Welt war, ein verwahrlostes Verbrecherkind, das sein Leben lang nichts anderes gesehen hatte als Menschen, die zuschlagen statt reden.

Silvia Bogenbauer-Beckenbauer stand am gotischen Fenster wie eine zu Stein gewordene Allegorie der Vergeblichkeit. Vielleicht hätte sie sogar resigniert genickt. Aber wenn man stocksteif ist, kann man sich das Nicken leider nur denken. Doch das Reden funktionierte noch.

KAPITEL 10

Man muss nicht alles glauben, was über die *Millennials* zu lesen ist. Dass sie alle Vorgesetzten duzen, Pünktlichkeit für einen Brauch aus dem Mittelalter halten und freiwillige Überstunden für eine Form von psychischer Gewalt. Oder dass sie bei Einstellungsgesprächen als Erstes wissen wollen, wie es mit der Life-Work-Balance aussieht. Selbst wenn es stimmen würde, wäre es auch nicht so etwas anderes als der Firmen-Mercedes oder das Spesenkonto, mit denen man ihre Eltern geködert hatte, als Letzter im Büro das Licht auszuschalten. Nur dass die Eltern noch Angst haben mussten, dass auf einen von ihnen 100 andere kommen, die die Arbeit genauso gut erledigen. Während die *Millennials* so wenige sind, dass man sie eigentlich in Gold aufwiegen müsste. Vor so einem Hintergrund darf man es ihnen nicht ankreiden, dass sie sich als genau das fühlen, was sie sind: schmale Schultern, auf denen die umgekehrte Alterspyramide ruht. Kein Wunder, dass sie manchmal nur ein bisschen lässig mit diesen zucken, wenn der Chef, für dessen Pension sie später vielleicht einmal länger arbeiten müssen, das heute schon von ihnen verlangt.

Es war fast Mittag und auf den Gassen schon so heiß, dass sich der stickige Vorraum zur Abteilung Leib und Leben im Landeskriminalamt in der Leopoldsgasse dagegen fast wie der Kühlraum in einer Fleischerei angefühlt hat. Anna Bernini stand vor der Tür zu Miss Biggys Büro. Sie war geschlossen. Obwohl der Oberst in seiner Zeit als Freidenker eigentlich offene Türen eingeführt hatte. Stellvertretend für die offene Einstellung, die die moderne Polizei heute haben sollte. »Open space, open mind«, sagte er bei jeder Gelegenheit. Das klang gut, hat aber nicht jedem gefallen. Manch einer wäre lieber weiterhin in Ruhe bei geschlossener Tür engstirnig gewesen. Vielleicht, damit er ungestört nasenbohren oder die verbrecherische Porno-Industrie observieren konnte. Aber mit der Zeit haben sich doch alle an die offenen Türen gewöhnt. Alle bis auf Miss Biggy. Sie hielt ihre Tür weiterhin geschlossen, wann immer es ihr passte. »Wenn ich die Tür aufmache«, sagte sie mit zwingender Logik zum Oberst, »dann riecht es im ganzen Haus nach Zigarettenrauch.« Der Oberst soll nur kurz die Stirn gerunzelt und dann ergeben genickt haben. Die Tür zu Miss Biggys Büro blieb also zu und ging nur auf, wenn man vorher geklopft und dann ein deutliches »Herein« gehört hat. Und natürlich die paar Male im Monat, wenn die Feuerwehr zur Tür hereingestürmt ist, weil der Rauchmelder in der Zentrale aufgeleuchtet hat. Aber nach dem 37. Fehlalarm hat sich das auch gelegt. Da hat der Branddirektor der Wiener Berufsfeuerwehr dem Wiener Polizeipräsidenten hochoffiziell mitgeteilt: Wenn der Rauchmelder in der Landespolizeidirektion, Zentrum Ost, im zweiten Stock auf Tür Nummer 18 noch ein einziges Mal anspringen sollte, zündet er die Wache eigenhändig an. Am nächsten Tag ist die Haustechnik gekommen und hat den Rauchmelder in Miss Biggys Büro mit *Tixo* abgeklebt. Seither war Ruhe.

Anna Bernini wartete das »Herein« nicht ab, sondern öffnete gleich die Tür. Aber weder strömte ihr dicker Qualm entgegen, noch hörte sie die dazugehörige Nick-Cave-Stimme Miss Biggys. Sie war nämlich nicht da. Stattdessen saß ein junger Mann an ihrem Schreibtisch, den sie noch nie gesehen hatte, und der sie jetzt anstarrte, als hätte sie sich an der Tür geirrt.

»Wo ist Miss B… Wo ist Brigitte Sandtner?«, stotterte Anna Bernini fast.

Der junge Mann erwiderte, dass sie bei irgendeiner Untersuchung sei. Dabei klang er so, als würde er sich sowieso wundern, dass eine Greisin wie Miss Biggy nicht schon längst in die Pension, wenn nicht gar in den endgültigen Ruhestand auf den Zentralfriedhof gewechselt ist. Nein, brummte er, er wisse nicht, wann sie wiederkäme. Dann heftete er seinen Blick wieder auf den Bildschirm und ergriff seine Maus, sprich: Die Audienz ist beendet.

Anna Bernini rauschte hinaus und ärgerte sich gewaltig. Obwohl sie wusste, dass der junge Mann dieser IT-Praktikant sein musste, den der Schramek dem Oberst abgeschwatzt hatte. Und wenn es nach ihr gegangen wäre, wäre sein Praktikum sehr schnell zu Ende gewesen. Am liebsten noch heute vor dem Mittagessen. Aber wenn sie ehrlich war, musste sie zugeben, dass dieser Grubinger nicht das Problem war. Obwohl man es mögen musste, wenn ein Praktikant mit einem Selbstbewusstsein wie ein Bundespräsident einen in seiner zweiten Arbeitswoche schon duzte. Aber gegangen ist es selbstverständlich um ganz etwas anderes. Es gibt ja in jedem Betrieb – und die Polizei ist da keine Ausnahme – Leichen im Keller. Die mit der Zeit zu stinken beginnen, wenn man sie nicht beseitigt. In der Mordabteilung im Landeskriminalamt war es der Machtkampf zwischen Anna Bernini und dem Schramek, der eigentlich rein von den Dienstjahren her letztes Jahr Chefinspektor werden hätte müssen. Und nicht die viel jüngere Tiroler Kollegin. Und seither, dachte Anna Bernini jetzt erbittert, geht eigentlich alles schief. Zuerst schlittert sie in dieses Burn-out, dann hat sie die *Rosenmafia* am Hals, und jetzt schon wieder ein Fall, bei dem sie keine gute Figur macht. Mit einer Leiche, die mit einem Zeugen in Verbindung stand, der ihr Liebhaber war.

Apropos Liebhaber. Anna Bernini hatte von Fonsi, seit er vom Schramek aus dem Glashausatelier geführt worden war, nichts mehr gehört. Schon deshalb nicht, weil sie seine Anrufe nicht beantwortet, seine Short Messages nicht gelesen und seine Sprachnachrichten nicht angehört hatte. Vordergründig, weil sie keine Zeit dazu hatte, in Wahrheit natürlich, weil sie keine Ahnung hatte, wie sie Beruf und Privates trennen sollte. Privat hätte sie zwar gerne gewusst, wie es Fonsi ging, beruflich musste sie befürchten, dass Alfons Laller eine ihr bisher nicht bekannte Beziehung zur Ermordeten hatte. Unter uns gesagt: Inzwischen war ihr die Beziehung natürlich schon bekannt. Denn eine Chefinspektorin der Kriminalpolizei wartet nicht, bis ihr die Informationen von selbst zufliegen, wenn sie die Informationen ganz einfach aus der elektronischen Akte ablesen kann.

Dorthin hatte der Schramek die Befragung des Zeugen Alfons Laller von heute, 23. Mai, 8:00 bis 11:00 Uhr, gespeichert. Und eines muss man schon sagen: Falls Anna Bernini eine Wut auf Fonsi gehabt hätte, weil er vom Tod einer anderen Frau so offensichtlich mitgenommen worden war, wäre allein die Befragung durch den Schramek schon Rache genug gewesen. Nicht dass der Schramek Gewalt angewendet hätte, nicht einmal verbale, aber das war auch nicht nötig bei einem, der einen allein durch die Art, wie er zuhörte, schon in den Wahnsinn treiben konnte. Zurückgelehnt mit auf dem Bauch verschränkten Händen, die Augen zu stecknadelkopfgroßen Sehlöchlein verengt, der Mund bereit, sofort spöttisch zu grinsen, sobald man sich in einen Widerspruch verheddert. Aber das Schlimmste, erzählten die Beschuldigten später immer, ist, wenn der Schramek die Lippen spitzt und mit der Zunge schnalzt. Manche behaupten, damit habe er schon mehr Leute hinter Schloss und Riegel gebracht als mit allen DNA-Auswertungen zusammen. Weil jeder normale Mensch lieber sofort jedes Geständnis unterschreibt, als noch eine Sekunde länger mit diesem Geräusch im selben Raum zu bleiben.

Bei der Befragung des Zeugen Alfons Laller war jedenfalls herausgekommen, dass er einmal mit Amelie Meyher verheiratet gewesen war, und dass die Scheidung vor fünf Jahren stattgefunden hatte. Angeblich, weil sie sich auseinandergelebt hatten. Und obwohl der Schramek sonst immer bei jedem Blödsinn nachfragte, ärgerte sich Anna Bernini, dass er da nicht nachgebohrt hatte. Warum Scheidung? Wer war schuld? Liebte er sie noch? Okay, ob sie sich noch gesehen haben, hatte der Schramek seinen Zeugen schon gefragt.

»Natürlich«, hatte der Zeuge Alfons Laller laut Protokoll gesagt, »wir arbeiten ja quasi Tür an Tür.«

»Und sonst?«, hatte ihm der Schramek wenigstens da ein bisschen auf den Zahn gefühlt.

Der Zeuge hat den Kopf geschüttelt, steht im Protokoll.

Immerhin, dachte Anna Bernini jetzt. Aber er hätte schon fragen können, ob fünf Jahre nicht ein bisschen lang dafür waren, dass er eine solche Trauer zur Schau stellte. Da zeigt so mancher Noch-Verheiratete weniger Anteil.

Zu Fonsis Glück hatte ihn der Schramek aber offensichtlich sowieso nicht im Visier. Obwohl er als Künstler schon gute Chancen gehabt hätte. Aber erstens hatte er mit der Mountainbiketour ein bombenfestes Alibi, und zweitens gab es ja zwei Zeugen, die für den Schramek schon von vornherein verdächtig waren. Das waren die beiden afghanischen Jugendlichen.

In ihrem Büro hatte Anna Bernini nur noch Zeit, ein kurzes Gespräch mit dem Pathologen, Doktor Kramer, zu führen, bevor sie dem »Kommando-1-Befehl« des Obersten ins große Konfi folgen musste.

Der »Kommando-1-Befehl« war eigentlich eine Kinderei, die sich der junge Oberst einst geleistet hatte, um seinen damaligen Chef, den Oberst Lettner, ein bisschen zu ärgern. Der Lettner seinerseits hatte den »Kommando-1-Befehl« von der Berufsfeuerwehr mitgebracht, bei der er vorher war. Obwohl das damals noch eine Ungeheuerlichkeit war, dass einer von der Feuerwehr zur Polizei wechselte. Die beiden waren sich ja spinnefeind. Sie sollen sich sogar gegenseitig den Funkkontakt gestört haben, nur damit der eine ein paar Sekunden vor dem anderen am Unfallort war. Ich persönlich glaube, das sind alles nur Angebereien aus einer Zeit, als Männer in den Blaulichtorganisationen noch unter sich waren. Und man muss ehrlich sagen: Der Oberst war da ein bisschen ein Überbleibsel.

Vor dem großen Konfi, das noch immer so hieß, obwohl das kleine Konfi schon längst zu einem Computerraum umfunktioniert worden war, traf Anna Bernini mit dem Schramek zusammen.

»Du schaust ja furchtbar aus!«, begrüßte er sie noch mürrischer als sonst.

»Dann sehen wir uns heute ja einmal ähnlich«, erwiderte Anna Bernini noch weniger diplomatisch als sonst.

Und man muss wirklich sagen, rein von der Unvorteilhaftigkeit her ist Anna Berninis bleiches Gesicht mit den violetten Schatten unter den Augen dem Schramek mit seinen 30 Kilo Übergewicht und den schweißglänzenden Hängebacken in nichts nachgestanden.

Im großen Konfi brodelte den beiden eine gewaltige Hitze entgegen, sodass es nicht lange dauerte, bis alle Anwesenden wussten: Heute hat der Schramek einmal nicht beim Pferdefleischhauer zweitgefrühstückt, sondern muss zur Abwechslung beim »Hühnerfriedhof« ein paar Gassen weiter gewesen sein. Wobei er heute rein von der Duftdominanz Konkurrenz durch den IT-Praktikanten bekommen hatte, dem sein Aftershave offenbar bei der Morgentoilette ausgekommen war.

Der Oberst war der Einzige, der immer Anzug und Krawatte trug. Egal wie heiß es draußen war. Der Tag, an dem er einmal in T-Shirt und kurzen Hosen erscheinen würde, wäre der Tag, an dem der Oberst die längste Zeit Oberst gewesen wäre. Aber besser für seine Gesundheit wäre es wahrscheinlich schon gewesen, wenn er wenigstens das Gilet zu Hause gelassen hätte. Denn die Haut halsaufwärts hatte die glänzende Farbe von Käse angenommen, der schon ein bisschen länger in der Sonne gelegen ist.

Links und rechts neben ihm saßen zwei junge Männer, die allem Anschein nach keine dicken Freunde waren. Auf den ersten Blick hätte man gesagt: Da treffen sich zwei Streithähne, und in der Mitte sitzt ein Schiedsrichter, der gerne gehabt hätte, dass sich alle zur Versöhnung die Hand reichen. Aber da hätte man genauso gut sagen können, *Borussia Dortmund* und *Bayern München* sollen Freundschaft schließen, oder Tag und Nacht sollen einmal gemeinsam auftreten. Der eine war der duftende IT-Praktikant, Kevin Grubinger hat er geheißen, und der andere war der Stammer.

»Dieser junge Mann hier«, sagte der Oberst, mit einem freundlichen Opa-Lächeln auf den IT-Praktikanten weisend, »hat etwas Interessantes im Internet entdeckt!«

»Ich weiß schon«, winkte Anna Bernini ab, »diese Videomontage. Ein Dummebubenstreich.«

Aber da ist der Schramek natürlich in die Höhe gefahren. »Da ist alles da. Ein Motiv, eine Gelegenheit und die Fähigkeit, die Tat zu begehen.«

»Blödsinn«, winkte Anna Bernini ungeduldig ab.

»Natürlich. Das ist eine Nachahmungstat! Du hast wohl noch nie etwas vom Fall des Lehrers Samuel Paty in Paris gehört?«, rief der Schramek mit hochrotem Schädel.

»Damals war's aber eine Enthauptung.«

»Ach? Und was war das hier?«

»Keine Enthauptung«, sagte Anna Bernini grantig. »Wenn du den Obduktionsbericht gelesen hättest, wüsstest du das. Der Kopf wurde post mortem vom Rumpf getrennt.«

»Prä mortem oder post mortem, das sind doch Spitzfindigkeiten.«

»Die Kopfmontage auf dem Video ist auch eine Enthauptung«, sprang der Grubinger jetzt dem Schramek bei. »Eine symbolische.«

»Dann ist ein Passbild auch eine symbolische Enthauptung«, sekundierte der Stammer.

Anna Bernini lachte laut, und der Oberst schaute verwirrt in die Runde.

»Sie haben ein Alibi«, sagte sie ruhig und streckte die Beine aus.

Für einen Moment befürchtete Anna Bernini, dass dem Schramek der Schädel platzt, so schnell schoss ihm das Blut ins Gesicht. »Ein Alibi!«, keuchte er. »Das Alibi ist doch völlig unglaubwürdig. Um 20 Uhr sollen sie im Bett gelegen sein. 16-jährige Jungs!«

»Es gibt Zeugen dafür«, lächelte Anna Bernini nachsichtig.

»Ja, tolle Zeugen. Die Zeugen machen sie sich doch gegenseitig! Brav nebeneinander in ihren Zweibettzimmern sollen sie gelegen sein. Ein Witz!«

»Ich meine aber nicht diese Nacht. Nicht die vom *Christi-Himmelfahrts*-Tag. Sondern die Nacht davor. Da waren sie doch, wie du in deinem Bericht geschrieben hast, die ganze Nacht in einem arabischen Café. Dafür gibt es Zeugen, wie du richtig gesagt hast.«

»Ja, und was soll ihnen das nützen, wenn Amelie Meyher in der Nacht vom *Christi-Himmelfahrts*-Tag ermordet worden ist?«

»Ich hab' ja gesagt: Du hättest den Obduktionsbericht lesen sollen. Da steht nämlich drin, dass sich die Ärztin getäuscht hat. Besser gesagt: Sie hat die Zeichen richtig gedeutet, aber weil der Kopf luftdicht eingeschlossen war, hat sich der Verwesungsprozess verlangsamt. Deshalb hat der Kramer den Todeszeitpunkt um 24 Stunden zurückdatiert.«

»Aber …? Aber …?« Der trübe Blick aus den weit aufgerissenen Schramekaugen wanderte langsam wie ein Radar von einem zum anderen. »Aber …?«

»Aber es gibt eine andere Spur«, sagte Anna Bernini und gab dem Stammer ein Zeichen.

Der steckte den Beamer an seinem Laptop an, und im nächsten Moment starrte ein überdimensionaler Axel Springfeld mit herrischem Blick und heruntergezogenen Mundwinkeln so lebensecht von der Wand, dass der Oberst beinahe aufgestanden und einen Diener gemacht hätte. Neben ihm saß Silvia Bogenbauer-Heckenschlager. Dass sie es war, erkannte man allerdings nur an ihren blonden Haaren, die sie am Hinterkopf ein bisschen toupierte, wie es die Frauen in den 60er-Jahren machten. Weil sonst sah sie eher aus wie ihre eigene Großmutter. Nur Amelie Meyher, die Dritte auf dem Bild, wirkte wie das blühende Leben. Eine zynische Ironie des Schicksals, wenn man bedenkt, dass ausgerechnet sie diejenige war, die zwei Tage später tot war.

»Schauen Sie auf das Datum«, sagte jetzt der Stammer und kringelte mit einem Lichtstift die Ziffern am unteren rechten Bildrand ein. »18. Mai, 22:30 Uhr.«

Alle Blicke wanderten jetzt von den drei Personen an der Wand zu Anna Bernini.

»Aber das würde ja heißen«, sagte der Oberst und nestelte unruhig an seiner Krawatte herum, »dass die Gemeinderätin und Professor Springfeld gestern die Unwahrheit gesagt hätten!«

»Genau!«

»Aber auf der anderen Seite«, versuchte der Oberst, sich selbst zu beruhigen, »könnte das Treffen auch einen ganz harmlosen Hintergrund haben.«

»Leider hatte es das aber nicht. Denn Amelie Meyher wollte die beiden erpressen. Entweder sie bekommt die Schule, oder sie veröffentlicht das Video, das Axel Springfeld den Kopf kosten wird. Und wie wir alle wissen, hat Amelie Meyher das Video veröffentlicht.«

»Und den Kopf hat es aber Amelie Meyher gekostet«, konnte sich der Schramek den doofen Kommentar nicht verkneifen.

»Aber das kann nicht sein!«, rief der Oberst. »Der Herr Professor Springfeld … ich meine … die Gemeinderätin!« Der Oberst schaute Hilfe suchend vom einen Kriminalbeamten zum anderen.

»Er war es nicht«, sagte der Schramek schließlich barsch.

»Aha«, sagte Anna Bernini, »und warum nicht?«

Inspektor Schramek lächelte leicht und schnippte ein unsichtbares Stäubchen von seinem gewaltigen Oberschenkel. »Tjaaa, weil Axel Springfeld eine Glatze hat.«

Der Schramek zeigte seine kleinen Mäusezähne. Ein seltener Anblick, der einem einen Schauer über den Rücken jagte. »Die Tatortgruppe hat ein Haar gefunden. Und zwar in den Gipsresten. Es ist schwarz und etwa fünf Zentimeter lang. Mit Wurzel.«

»Was?«, rief Anna Bernini, »aber …«

»Du hättest eben den Tatortbericht lesen sollen«, gab der Schramek grinsend zurück. Er lehnte seinen mächtigen Leib so weit im Sessel zurück, wie es nur möglich war, ohne dass sich die Stuhlbeine vom Boden hoben, faltete die Hände auf dem Bauch und spitzte die Lippen.

Doch bevor er mit dem Zungenschnalzen anfangen konnte, schlug Anna Bernini mit der flachen Hand auf den Tisch. »Das kann aus wer weiß welchen Gründen da hineingekommen sein.«

»Jaja«, grinste der Schramek jetzt noch breiter. »Das passt dir nicht, gell. Die beiden *Lysa*-Burschen hast du jetzt nämlich selbst entlastet. Und sonst gibt's im näheren Umfeld nur einen, der kurze, schwarze Haare hat. Und das ist …«

Anna Bernini stand abrupt auf. »In meiner Mordgruppe gibt es keine voreiligen Verdächtigungen!«, rief sie. »Es gibt nur Kriminalbeamte, die ihre Arbeit machen.«

»Aha«, rief der Schramek seiner Chefin lachend nach, »und was wäre jetzt meine Arbeit?«

»Ich weiß, was meine ist«, sagte sie würdevoll, »ich sorge dafür, dass alle Personen, die im Kurs waren oder Zugang zur Werkstatt oder zum Material hatten und kurze schwarze Haare haben, eine DNA-Probe abgeben müssen. Und du sorgst dafür, dass sie es auch tun.«

Im Hinausgehen rief sie ihm noch zu: »Außerdem hat *dieser* Zeuge auch ein Alibi. In der Nacht zu *Christi Himmelfahrt* war er nämlich bei mir.«

Beim Schließen der Tür sah Anna Bernini nur noch, wie sich der Schramek gemütlich mit der Hand über den Bauch fuhr wie eine Katze, die sich schon auf den letzten Hieb freut, mit dem sie der Maus das Genick bricht. Aber da hat der Schramek die Rechnung ohne die Maus gemacht. Denn die Maus ist ihm zuvorgekommen.

KAPITEL 11

In langjährigen Beziehungen kommt es gelegentlich vor, dass der eine Teil misstrauisch wird. Vielleicht weil der andere Teil in letzter Zeit so oft an »nichts« denkt, wenn man ihn fragt, warum er so abwesend vor sich hinstarrt. Oder weil er ständig Überstunden macht, obwohl gerade Betriebsurlaub ist.

Oder weil er auf Reisen teure Mitbringsel kauft, die auf wundersame Weise verschwinden. In so einer Situation muss sich der misstrauische Teil entscheiden, wie er reagieren soll. Das ist Typensache. Die einen bekommen einen Eifersuchtsanfall, die anderen engagieren einen Detektiv, und wieder andere stecken den Kopf in den Sand. Aber irgendwann gibt es für jeden den Augenblick, zum Beispiel, wenn sich lange blonde Haare auf dem Autositz finden und der andere Teil behauptet, er hätte eine Autostopperin mitgenommen, oder wenn fremde Herrensocken im Wäschekorb auftauchen, dann müssen sich die Kopf-in-den-Sand-Steckenden entscheiden, ob sie sich weiter blöd stellen wollen oder den anderen Teil doch endlich zur Rede.

Als Anna Bernini wieder in ihrem Büro war – wie sie dorthin gekommen ist, hätte sie gar nicht sagen können, vermutlich war sie gerannt – freute sie sich darauf, endlich die Tür hinter sich zuzuwerfen und in Ruhe verzweifelt sein zu können. Aber wie so oft, wenn man das erreicht hat, was man zu wollen scheint, ist man damit nicht zufrieden. So war es auch bei Anna Bernini. Sie öffnete das Fenster , obwohl sie damit mehr Stickigkeit in den Raum hineinließ, als sie von dort verjagte, zündete sich eine Zigarette an und dachte darüber nach, ob es die richtige Entscheidung war, den Magnoliengartenfall wegen Befangenheit zurückzulegen, oder ob sie nicht vielleicht einfach vor einer Verantwortung davongelaufen war.

Der Schramek wäre jedenfalls fast vor Schreck mit seinem Sessel umgekippt, als sie vor drei Minuten wieder ins große Konfi hineingerauscht war und laut gerufen hatte: »Ich lege den Fall wegen Befangenheit nieder.«

Der Oberst hatte den Kopf gehoben und sie beinahe so angeschaut wie früher, vor dem Schlaganfall, als er sich noch für andere Menschen interessiert hatte. Fast ein bisschen bewundernd, würde ich sagen.

Sicher, es war eine Augenblicksentscheidung gewesen. Aber eine, auf die sie umso stolzer wurde, je länger sie jetzt darüber nachdachte. Sie hatte moralische Grundsätze und Verantwortung gezeigt. Aber auf die große Erleichterung wartete sie dennoch vergebens. Wenn sie ganz ehrlich war, waren von der Zenterlast, die seit gestern ihr Herz beschwerte, kaum zehn Deka abgefallen. Wenn Anna Bernini jetzt auf der Couch bei ihrer Psychoanalytikerin gelegen wäre, hätte die sie vielleicht gefragt, wie viel ihre Entscheidung wirklich mit Moral zu tun gehabt hatte. Oder ob sie nicht eher einer Verantwortung davongelaufen war, statt sich ihr zu stellen.

Aber bevor die zehn Deka herabgefallener Zenterlast sich wieder auf ihre Stimmung legen konnten, griff Anna Bernini zum Telefon, um doch noch etwas für den Magnoliengartenfall zu tun.

»Oho, die Hauptstädterin!«, meldete sich Georg Oberkofler, von allen »Schorsch« genannt. Er leitete ein Innsbrucker DNA-Labor, und Anna Bernini kannte ihn seit ihrer Schulzeit.

»Na, was tut sich so in der Heimat?«, fragte Anna Bernini zurück, obwohl sie »Oho, der Herzensbrecher!« ausrufen hätte müssen, wenn sie auf sein Stänkern traditionskonform eingegangen wäre. Daraufhin hätte er eine Bemerkung über ihr Herz machen können. Zum Beispiel, dass es steinhart sei. Das würde ziemlich anzüglich klingen. Wodurch sie die Gelegenheit hätte, etwas ebenso Anzügliches über eines seiner Körperteile, das auch gerne so steinhart gewesen wäre, zu sagen. Da fällt mir jetzt kein Beispiel ein. Worauf ihm wahrscheinlich etwas noch Anzüglicheres eingefallen wäre. Und so weiter. Aber Anna Bernini war offenbar wirklich schon eine »Hauptstädterin« geworden, die ganz vergessen hatte, dass in Tirol als Charme galt, was überall sonst Beleidigungen-Austauschen geheißen hätte.

Jedenfalls sagte sie jetzt einfach: »Kannst du bitte die DNA-

Proben vom Magnoliengartenfall ganz oben auf deinen Stapel legen.«

»Für dich mache ich ja alles, wie du weißt. Aber ich weiß nicht, wovon du sprichst«, klang er jetzt ein bisschen enttäuscht.

»Die Proben bekommst du morgen. Tust du das für mich?«

»Natürlich. Wenn du auch etwas für mich tust«, versuchte er es doch noch einmal mit dem Tiroler Charme.

»Ich hab dich so oft abschreiben lassen. Das reicht noch fürs Probenvorreihen bis zu meiner Pension«, lachte sie und legte auf.

Danach stand sie eine Weile vor dem offenen Fenster, obwohl die Luft inzwischen ungefähr so erfrischend war wie das, was hinten bei einem Autoauspuff herauskommt. Und der kurze Anflug von guter Laune, den das Stänkern mit dem Schorsch hervorgerufen hatte, war auch schon verpufft.

Jeder normale Mensch hätte jetzt wenigstens das Fenster geschlossen. Aber Anna Bernini war davon überzeugt, dass sie dann ersticken müsste. So als hätte sich etwas Großes in ihrem Büro eingenistet, das ihr den ganzen Sauerstoff wegatmete.

Anna Bernini hielt es jetzt jedenfalls in ihrem Zimmer nicht mehr aus. Als sie wenig später wieder Miss Biggys Büro betrat, war sie zuerst einmal erleichtert, dass die ältere Kollegin wieder an ihrem Schreibtisch saß. Aber nicht lange. Denn Miss Biggy saß zwar hinter dem gewaltigen 70er-Jahre Büromöbel, aber weder lächelte sie noch überschüttete sie sie mit Rechercheergebnissen, wie sie es sonst immer tat. Sie bot ihr auch keine Zigarette an, ja nicht einmal einen Sessel. Was bei der legendären Unbequemlichkeit von Miss Biggys Besuchersesseln aber sowieso eher einer Einladung zur Folter gleichgekommen wäre.

»Wieso rauchst du nicht?«, fragte Anna Bernini ohne Einleitung.

»Was soll das heißen? Man raucht ja nicht immer.«

»Du schon.«

»Jetzt nicht mehr.«

»Wieso? Du willst doch nicht aufhören?«

»Wollen!« Miss Biggy schnaubte durch die Nase, als hätte Anna Bernini ihr unterstellt, den Opferstock im Dom ausrauben zu wollen.

»Aha. Das war dein Termin. Du warst beim Arzt?«

»Ja, das muss man, wenn man eine Kur beantragen will.«

»Will man eine Kur beantragen?«

»Der Oberst hat gesagt, ich soll das jetzt einmal machen.« Miss Biggys Unterlippe zitterte leicht. »So kurz vor der Pension.«

»Das hat der Oberst gesagt?« Anna Bernini war ehrlich überrascht. Wo doch jeder im Landeskriminalamt wusste, dass der Oberst ohne Miss Biggy nicht einmal die Telefonnummer seiner Gattin auf seinem Smartphone finden würde. Hieß das, dass auch der Oberst …?, überlegte Anna Bernini.

»Aber falls *du* rauchen willst, gerne!«, unterbrach Miss Biggy Anna Berninis Gedankengänge und versuchte ein Lächeln. Leider vergeblich. »Meine hab' ich allerdings weggeschmissen.«

Anna Bernini war noch nie besonders gut darin gewesen, ihre Gefühle zu verbergen. Vielleicht hätte sie sonst mit dem Gedanken gespielt, zurück in die Heimat zu gehen und beim Schulkollegen im Labor anzuheuern. Aber täglich 35-mal ein Augenrollen oder einen Stoßseufzer unterdrücken zu müssen, wäre nichts für sie gewesen. Miss Biggy dürfte das Mitleid im Gesicht der Chefinspektorin jedenfalls nicht verborgen geblieben sein. Denn jetzt hob sie trotzig das Kinn und schaute ihrer Chefin mürrisch ins Gesicht. »Wegen der Rechercheergebnisse hättest du nicht extra herkommen müssen.« Miss Biggy blinzelte auf ihren Bildschirm. »Ich habe keine weiteren Gespräche gefunden.«

»Welche Rechercheergebnisse?«, fragte Anna Bernini, die im Moment nur an einer Form von Rechercheergebnissen Interesse hatte: Last-Minute-Angebote auf die einsame Insel.

»Na, bist du nicht deshalb da?«, fragte Miss Biggy verwundert und nahm ihre Chefin schärfer ins Visier. Und auf einmal war es Miss Biggy, die ihrer Chefin mitleidsvoll ins Gesicht blickte, so als wüsste sie von dem großen Unsichtbaren, das in Anna Berninis Zimmer die ganze Luft wegatmete.

Anna Bernini runzelte irritiert die Stirn. »Was hat der Arzt gesagt?«

»Nichts.«

»Das glaub ich dir nicht. Du würdest nie zum Rauchen aufhören, wenn du nicht etwas ganz Schlimmes hättest!«

»Pfff, wenn ich was Schlimmes hätte, würde ich bestimmt nicht aufhören«, sagte Miss Biggy trocken, und fast schimmerte schon wieder ein bisschen von ihrer alten Verschmitztheit hinter den dunklen Wolken hervor. »Was sollte das dann noch nützen!«

Anna Bernini betrachtete ihre Kollegin. Ihr gekräuseltes schwarz-grau meliertes Haar wirkte heute irgendwie dünner. Und ihre ironisch nach oben gebogenen Mundwinkel schienen auf einmal die Richtung geändert zu haben.

»Ich bin raus aus dem Fall«, sagte Anna Bernini schließlich und wunderte sich selbst, dass ihr plötzlich Tränen über die Wangen liefen. Das musste der Schlafmangel sein. Oder …?

»Und raus aus der Beziehung«, hörte sich Anna Bernini jetzt zu ihrer eigenen Überraschung laut aussprechen, was sie sich noch nicht einmal zu denken getraut hatte.

Da hievte sich Miss Biggy schwer aus ihrem Sessel, umrundete den Schreibtisch, bückte sich und holte etwas aus dem Papierkorb heraus, das einer halb zerknüllten *Gauloises*-Packung sehr ähnlich sah. Mit einem breiten Grinsen bot sie Anna Bernini eine Zigarette an.

»Ich fang erst morgen mit dem Aufhören an.«

Als Anna Bernini wieder in ihr Büro zurückkehrte, sah sie das große Unsichtbare sofort und wunderte sich, wie sie es vorher nur übersehen hatte können. Aber so geht es jedem. Die Psychologen nennen das den »rosaroten Elefanten«. Man sieht das größte Problem nicht, wenn man es nicht sehen will. Aber das Gute bei den großen rosaroten Elefanten ist: Sobald man sie erkennt, beginnen sie schon zu schrumpfen. Als Anna Bernini an ihrem Schreibtisch Platz nahm, war ihr rosaroter Elefant schon auf die Größe eines durchtrainierten schwarzhaarigen Mannes geschrumpft, der womöglich etwas mit der Ermordung seiner Ex-Frau zu tun hatte.

Anna Bernini starrte auf ihr Handy und biss die Zähne zusammen, bis ihr die Kiefer wehtaten. Dann zog sie es langsam zu sich heran. Ein paar Minuten später war aus dem Kontakt »Fonsi« wieder der Kontakt »Alfons Laller« geworden. Fast hätte sie vorne noch ein »Univ. Prof.« dazugesetzt.

KAPITEL 12

Wenn man aus Atlanta oder Sidney oder meinetwegen aus Nagasaki zum Studieren nach Wien geht, weil man schon mit fünf den Donauwalzer fehlerfrei am Piano, der Geige oder dem Cello spielen konnte, dann erlebt man die erste große

Enttäuschung an der Reichsbrücke. Es kann auch die Brittenauer, die Floridsdorfer oder die Stadlauer Brücke sein. Ganz egal, wohin einen der Taxifahrer bringt, nachdem man ihm am Flughafen mit erwartungsvoller Vorfreude das Fahrziel »Danube« genannt hat. Denn Wien liegt nicht an der Donau. Linz liegt an der Donau, Krems liegt an der Donau, Klosterneuburg liegt an der Donau oder Budapest, aber Wien liegt nicht an der Donau. Sondern am Donaukanal.

Bis vor zehn, 15 Jahren ist der Donaukanal für die Wiener nur das Nasse gewesen, das den Ersten vom Zweiten Bezirk trennt. Für die Hundehalter im Zweiten, Zwanzigsten und Neunten vielleicht noch ein guter Ort zum Gassigehen. Für die Jogger die Illusion, eigentlich im Grünen zu laufen. Und für die Profiradfahrer die kurze, von lästigen Fußgängern und Rentnerradlern verstellte Anfangsstrecke vor dem großen Donauradweg. Ein paar Jugendliche machten hier die ersten Erfahrungen mit Drogen oder den sexuellen Aspekten des Erwachsenwerdens. Aber sonst war am Donaukanal nichts los. Das änderte sich erst, als findige Wiener Lokalbetreiber das Konzept des »Strands« aus anderen Metropolen nach Wien brachten. Man schüttet irgendwo Sand auf, stellt ein paar Liegestühle drauf, installiert leistungsfähige Lautsprecherboxen, verkauft teure Partygetränke, und schon strömen die Menschen in Scharen herbei. An einem warmen Sommerabend wie dem heutigen wurde hier so viel *Aperol* ausgeschenkt, dass man davon bestimmt den Donaukanal orange färben hätte können.

Es war schon fast 22 Uhr, als Anna Bernini ihr Getränk, es war ein Sommerspritzer, vom schweißnassen Barmann entgegennahm. Vorher hatte sie geduldig in der langen Schlange von oberlässigen Jungs und hysterisch kichernden Mädchen, von herausgeputzten Schönheiten und kraftstrotzenden Jungmännern, von gut gelaunten Paaren, schwatzenden Freundinnengruppen, überarbeiteten Büromenschen und der einen oder anderen verlorenen Gestalt gewartet, bis sie an die Reihe kam. Obwohl Heimfahren sicher die bessere Option gewesen wäre für jemanden, der nur deshalb nicht im Stehen einschlief, weil die Musik zu laut war. Aber Anna Bernini wollte partout nicht nach Hause fahren, weil man in der Öffentlichkeit viel besser über seine Probleme nachdenken kann. Beziehungsweise nicht über sie nachdenken, aber sich ihnen für die Dauer eines Sommerspritzers und eines Partysongs überlegen fühlen kann.

»Ach geben Sie mir gleich noch einen«, brüllte Anna Bernini den Barkeeper an, als er ihr das Wechselgeld über den Tresen reichen wollte. Er schaute ihr einen Sekundenbruchteil lang in die Augen, grinste und reichte ihr eine halbe Minute später noch einen Sommerspritzer. Doppelt hält besser, dachte Anna Bernini, als sie sich mit den beiden Bechern und ihren kräftigen Ellbogen den Weg zurück aus der Menge kämpfte. Aber schon als sie endlich einen freien Sitzplatz an der Kaimauer ergattert und sich auf dem immer noch heißen Stein niedergelassen hatte, wusste sie, dass sie mindestens noch einen dritten und vierten Becher gebraucht hätte, um all die unangenehmen Gefühle und Gedanken zu verbannen, die sich immer mächtiger in den Vordergrund drängten.

Bei den unangenehmen Gefühlen sind ja immer besonders die unangenehm, die eigentlich angenehm sein sollten, es aber nicht sind. Aber zu wissen, dass man das Richtige getan hat, macht das Richtige eben nicht angenehmer, vor allem wenn es mit Liebeskummer verbunden ist. Das weiß jeder, der sich schon einmal zwischen zwei Personen entscheiden musste. In Anna Berninis Fall war es zwar eher die Entscheidung zwischen Beruf und Liebe gewesen. Wobei, das dachte sich Anna Bernini, als sie jetzt auf die glitzernde Wasseroberfläche des Donaukanals starrte und zuerst den einen, dann den anderen Sommerspritzer austrank, ihr Doktor Egger den Liebeskummer wohl nicht durchgehen hätte lassen. Anna Bernini hörte schon die spöttische Stimme ihrer Analytikerin: »Den Kummer spreche ich Ihnen nicht ab«, würde sie sagen, »aber die Liebe.« Und heimlich, weil es die Analytikerin ja nicht sehen konnte, nickte sie. Schließlich war sie es gewesen, die in Sachen Liebe auf der Bremse gestanden ist. »So weit sind wir noch nicht«, hatte sie ihrem Fonsi doch erst vor zwei Wochen ins Ohr geflüstert, als ihm ein »Ich liebe dich« ausgekommen ist. Aber in dem Moment, wo wir etwas verlieren, erscheint es uns eben als das Erstrebenswerteste, das wir uns nur vorstellen können. Das ist nicht gerade eine menschliche Eigenschaft, die zum Glück führt.

Wenig später stand Anna Bernini wieder vor dem Barkeeper, der ihr einen amüsierten Blick zuwarf und ungefragt zwei weitere Becher Sommerspritzer über den Tresen schob: »Noch eine Runde für euch, hä?« Dabei zwinkerte er so neunmalklug, als wüsste er genau, dass es für Anna Bernini im Moment weit und breit kein »euch« mehr gab.

Als sie sich wieder durch Wiens Partyjugend drängte, die sich inzwischen genauso verdoppelt zu haben schien wie Anna Berninis Sommerspritzer, dachte sie nicht mehr an Fonsi, sondern an das, was ihr ihre Freundin bei der Spurensicherung vor einer halben Stunde am Telefon erzählt hatte: Die Leichenhunde hätten noch immer nicht die restlichen Leichenteile gefunden. Aber was die Gipsreste anbelange, könnte man zumindest schon sagen, dass sie nicht von den Werkstätten der Bilderhauereistudierenden stammten. Sondern Baustoff waren.

»Übrigens«, hatte Tanja Moser auch noch gesagt, »wir haben deinen ursprünglichen Kopf auch noch gefunden. In einer Mülltonne.«

»Und?«, hatte Anna Bernini schon nicht mehr ganz zungenschlagfrei gefragt.

»Der sieht dir total ähnlich.«

Nach diesen Nachrichten hatte Anna Bernini sofort Durst auf noch mehr Sommerspritzer bekommen.

Als sie sich jetzt mit ihren beiden, inzwischen nicht mehr ganz vollen Bechern wieder ihrem Platz an der Kaimauer näherte, war der Platz besetzt. Und zwar von einer rothaarigen Frau, die still am Boden saß, die Beine über den Rand baumeln ließ und düster in den Donaukanal stierte. Mit einem Wort: genau dasselbe tat wie Anna Bernini vor zehn Minuten. Neben ihr standen zwei Plastikbecher mit einer hellen Flüssigkeit. Also wird auch noch gleich eine gackernde Freundin oder ein verliebter Freund auftauchen, dachte Anna Bernini verbittert. Sicher wird gleich ein wildes Schmusen beginnen.

Jetzt ist das natürlich kindisch, wenn man an einem so belebten Ort den Besitzanspruch auf ein ganz bestimmtes Fleckchen erhebt. Auch wenn es ein besonderes Fleckchen war. Schräg unter der Salztorbrücke, mit Blick auf den Stephansdom, direkt an einer Treppe, die zum Wasser hinunterführte. Da könnte man ja gleich einen bestimmten Fleck im *Louvre* für sich reservieren oder einen Platz am Times Square oder einen am Samstag in der Schlange bei *H&M*. Aber so ist der Mensch. Vor allem, wenn er schon zwei Sommerspritzer getrunken und dazu eine Wut im Bauch hat.

Ich sage es nicht gern, aber als Anna Bernini mit ihren beiden Plastikbechern unschlüssig hinter der frechen Person stand, die es sich inzwischen vermutlich auch noch zu zweit auf ihrem Platz gemütlich gemacht hatte, erwog sie sogar kurz, die Polizeimarke zu ziehen. Aber dann drehte die Person den Kopf und lächelte Anna Bernini an. Es war Judith Perner, die Lehrerin aus der *Magnoliengartenschule*. Anna Bernini lächelte zurück und ließ sich erleichtert neben ihr auf die Kaimauer sinken.

»Oder erwartest du noch jemanden?«, fragte sie, auf den zweiten Becher deutend.

Doch Judith Perner schüttelte den Kopf. »Ich hasse es nur, mich ewig vor der Bar anstellen zu müssen.«

Zuerst ein verlegenes Lächeln, das sich bald zu einem Gekicher ausweitete, als sie feststellten, dass sie sich mit vier Weißweingetränken zuprosten konnten.

Alkohol hat bestimmt viele Nachteile, aber dass er schüchterne Menschen noch schüchterner macht oder dass er peinliches Schweigen nicht überwinden könnte, gehört nicht dazu. Im Gegenteil, ich wette, schon in der Mittelsteinzeit waren es die vergorenen Früchte, die dafür sorgten, dass die Neandertaler dem Homo sapiens näherkamen. Und bei den Körperteilen, die dabei involviert waren, soll es sich nicht nur um Fäuste gehandelt haben. Wie käme der durchschnittliche Europäer sonst auf zwei Prozent Neandertalergene. Abgesehen davon soll die Neandertalerspezies sowieso die intelligentere Menschenart gewesen sein.

Anna Bernini und Judith Perner hätten natürlich auch ohne Alkohol miteinander gesprochen. Aber ohne Alkohol hätte Anna Bernini dafür gesorgt, dass sie bei unverfänglichen Themen wie Laufen im Prater, welche Schuhe sind dafür die besten, soll man schnell oder langsam laufen, blieben. Vielleicht hätten sie auch über den Mord geredet, aber ohne Alkohol hätte Anna Bernini selbstverständlich sofort klargestellt, dass sie diesen Fall an ihren Kollegen abgegeben hatte. Sicher, hätte sie gesagt, könne sie ihm etwas ausrichten, aber eigentlich wäre es besser, diese Dinge mit dem Kollegen gleich direkt zu besprechen. Schramek hieße er übrigens, und hier sei seine Handynummer. Vielleicht wäre das korrekter gewesen. Aber Alkohol und Korrektheit vertragen sich leider nicht. Auf der anderen Seite: Die Korrektheit verhindert vielleicht den einen oder anderen peinlichen Fehltritt, aber oft auch das Herauskommen der Wahrheit. Ich halte es für unwahrscheinlich, dass Judith Perner ohne Alkohol so viele Dinge über die Vorgänge in der *Magnoliengartenschule* erzählt hätte, wie sie es mit Alkohol getan hat. So gesehen könnte man also ohne Weiteres sagen:

Der Alkohol hätte in dieser Nacht den Magnoliengartenfall einen Riesenschritt in Richtung Lösung bringen können. Vielleicht sogar einen weiteren Mord verhindern. Wenn der Alkohol nicht diese verflixten Nebenwirkungen hätte, wenn man zu viel davon erwischt.

KAPITEL 13

Alle Lebewesen brauchen Schlaf. Auch Fruchtfliegen und Küchenschaben. Vielleicht nicht ganz so viel wie Menschen. Denn als Tier muss man sich den Schlaf auch leisten können. Es lauern überall Fressfeinde. Deshalb machen Enten und Eulen beim Schlafen nur ein Auge zu. Andere Tiere schlafen mit einer Gehirnhälfte. Zum Beispiel Delphine. Während die eine Hälfte schläft, erinnert sich die andere Hälfte, dass man hin und wieder zum Atmen auftauchen muss. Ich weiß nicht, ob es auch bei Tieren Schlafstörungen gibt, beim Menschen kommt das jedenfalls häufig vor. Von Jahr zu Jahr leiden mehr darunter. In Deutschland liegen angeblich sieben von zehn Menschen nachts wach und zählen Schafe. In Österreich ist es knapp die Hälfte. Das ist natürlich ein Problem. Denn im Schlaf passieren viele nützliche Dinge. Körper und Geist erholen sich. Bei älteren Männern bildet sich im Schlaf Testosteron. Wer zu wenig schläft, ist dann am nächsten Tag zu wenig durchsetzungskräftig oder zu wenig aggressiv. Was in manchen Berufen, ich denke da zum Beispiel an Verbrecherkreise, lebensgefährlich sein kann. Außerdem neigt man zu Übergewicht, sagt die Forschung, und das führt wiederum zu Krankheiten. Kurzum: Durch Schlafstörungen entsteht ein enormer volkswirtschaftlicher Schaden. Aber auf der anderen Seite kommt auch wieder etwas herein. Wenn man davon ausgeht, dass auch die Produzenten von Schlafmitteln Steuern zahlen müssen.

Aber auch Schlafmittel haben ihre Tücken. Zum Beispiel machen sie einen nicht nur müde, wenn man schlafen will. Sondern oft auch dann, wenn man eigentlich schon aufstehen sollte. Und viele von ihnen haben eine leicht amnesische Wirkung. Vor allem, wenn man sie mit ein paar Sommerspritzern kombiniert.

So ist es nicht verwunderlich, dass Anna Bernini beim Aufwachen am nächsten Tag gerade noch wusste, wer sie war. Und nach dem Augenöffnen sogar noch, wo sie war. Aber die meisten anderen Dinge lagen noch weitgehend im Dunkeln. Zum Beispiel, welcher Tag heute war. Es war der 24. Mai. Und dann ging es Schlag auf Schlag. Ihr Gehirn lieferte in Sekundenschnelle eine Fülle von Einzelheiten aus den letzten beiden Tagen bis hin zum gestrigen Abend mit Judith Perner am Donaukanal, wo sie Tratschgeschichten aus der *Magnoliengartenschule* gehört hatte.

Das Blöde war nur: Sie wusste nicht mehr, welche genau. Aber das ist normal. Wenn ich mich entspanne, sagte sich Anna Bernini, fällt es mir wieder ein. Augen zu und langsam ein- und ausatmen. Aber da kam nichts. Dann versuchte sie es mit Konzentration. Sie kniff die Augen zusammen und durchwühlte ihr Gedächtnis nach den beunruhigenden Geschichten wie die volle Kommodenschublade nach dem Sparhunderter. Keine Chance. Die Schlaftabletten-Alkohol-Amnesie war wie eine

Zwangsjacke, die einen umso fester im Griff hat, je mehr man sich daraus zu befreien versucht.

Anna Bernini lag mit geschlossenen Augen unter dem dünnen Leintuch, das sich an diesem schon wieder stickigen Morgen wie ein dickes Daunenbett anfühlte, und hoffte, dass die Erinnerung wiederkam. Ihre Gedanken wanderten zurück zur gestrigen Nacht. Sie sah sich neben Judith Perner auf der Kaimauer sitzen. Ihre nackten Beine baumelten über der Wasseroberfläche, die Hitze lastete bis weit nach der Sperrstunde über der Stadt. Sie hatten ein paar Becher Sommerspritzer neben sich stehen und redeten und schwitzten und redeten und schwitzten. Sie erinnerte sich noch genau, wie sich ein schwatzendes Nachtschwärmergrüppchen nach dem anderen auflöste, wie sich der Kai immer mehr leerte, wie sie schließlich allein an dem breiten Treppelweg saßen. Wie sie immer weiterredeten, auch als irgendwann die Kühle des frühen Morgens über ihre nackten Füße strich. Und wie das glutrote Sonnenkreissegment hinter dem hohen Gebäude der *Raiffeisen*-Kassa hervorblinzelte, wie gleich darauf die ersten Strahlen des Tages über der Wasseroberfläche glitzerten, und wie sie dann endlich lachend und steif vor Müdigkeit aufstanden, die Gesichter grau, die Augen riesig und mit violetten Schatten unterlegt, und heimgegangen waren. Das musste erst vor zwei Stunden gewesen sein.

Anna Bernini drehte sich auf die Seite und zog das Leintuch über den Kopf nach dem Motto: Wenn ich mich schlafend stelle, wird mein Unbewusstes schon aufwachen und die Erinnerung ausspucken. Dann schrillte der Wecker zum zweiten Mal, aber Anna Bernini fühlte sich jetzt noch müder und verkaterter als vor zehn Minuten. Durch das offene Fenster drang das vertraute Kreischen der Krähen. Lustig, geisterte es durch ihr Gehirn, im Sommer gibt's viel weniger Krähen als im Winter. Warum nur? Und plötzlich dämmerte eine Erinnerung hervor. Oder eigentlich war es gar keine Erinnerung, aber die Ahnung einer Erinnerung. Anna Bernini setzte sich mit einem Ruck auf. Im Herbst kommen die Krähen aus Russland, um hier zu überwintern, hatte sie einmal gehört. »Genauso wie die Kinder der *Magnoliengartenschule*«, rief sie triumphierend und befreite ihre Füße aus dem Leintuchwust, in dem sie sich verfangen hatten. Das hatte ihr Judith Perner vorgestern Nacht erzählt! In der *Magnoliengartenschule* gibt es viele russische Kinder.

Aber jetzt, wo die Erinnerung da war, ging es Anna Bernini so wie jedem, der schon einmal an einem Morgen mit einem genialen Gedanken aufgewacht ist. Sobald man ihn laut ausspricht, schrumpft er auch schon zur größten Banalität zusammen. Seufzend schwang sie die Beine aus dem Bett und stand auf. Das ist immer der grausamste Moment nach einer durchwachten Nacht. Wenn man müder aufsteht, als man sich hingelegt hat. Anna Bernini schlurfte gähnend in die Küche und füllte frisches Wasser in die Espressomaschine. Ein Blick auf das dreckige Geschirr in der Spüle erinnerte sie an ihren Ex-Karli, mit dem es immer sinnlose Streits über das richtige Einräumen des Geschirrspülers gegeben hatte. Fängt man hinten an, was laut Karli die einzig sinnvolle Methode war, oder vorne, wie Anna Bernini es machte, weil es schneller ging. Aber das sei nur am Anfang so, hatte Karli immer gemeckert, und nachher sei es viel umständlicher, weil einem Geschirr im Wege stünde, das umfallen und kaputtgehen könnte. Frau Doktor Egger, der Anna Bernini einmal davon erzählt hatte, hatte nur mit den Achseln gezuckt und gemeint, dass man am unterschiedlichen Einräumstil immerhin merken könne, wer von ihnen beiden den zwanghaften und wer den hysterischen Charakter habe. Eine praktische Lösung zur Beseitigung der ewigen Putzstreitereien hatte sie aber auch: eine Putzfrau. Dafür stritten sie sich dann über die richtige Bezeichnung der

Person, die künftig das Putzen erledigen sollte. Zur Auswahl standen: Putzperson, Reinigungskraft oder Raumpflegerin – aber Karli hatte nicht verstanden, warum er nicht einfach weiterhin Putzfrau sagen dürfe, wenn die Zoriza, auf die sie sich schließlich einigten, eindeutig eine Frau war. Nein, auch darüber ließe sich streiten, hatte Anna Bernini entgegnet. Später hatte ihr der Karli einmal unter Tränen gestanden, dass ihn an der Gerda vor allem das gefallen hat, dass sie ihn nicht dauernd ausgebessert hat, sodass er sich schon wie ein unbegabter Volksschüler vorgekommen ist.

Während Anna Bernini zusah, wie der Kaffee vom Siebträger in die winzige Espressotasse rann und eine herrliche Crema bildete, fiel ihr plötzlich ein, dass auch Judith Perner gestern Nacht »Putzfrauen« gesagt hat. Vielleicht lassen einen die Sommerspritzer gehirnmäßig in eine feministisch frühere Phase zurückfallen.

»Die Russinnen schicken immer ihre Putzfrauen!«, hatte Judith Perner erzählt und dazu breit gegrinst. »Und die Österreicherinnen putzen selbst.« Genau! Jetzt fiel es Anna Bernini wieder ein. In der von Eltern geführten Schule putzen und kochen die Eltern selbst. Alles ist demokratisch geregelt. »Aber natürlich gibt's Unterschiede«, hatte Judith Perner spöttisch gegrinst. »Die Vorstandsfrauen haben sich natürlich nicht getraut, ihre Putzfrauen zu schicken.«

Anna Bernini stand vor der offenen Kühlschranktür, um vielleicht doch noch irgendwo etwas Essbares zu finden, als ihr dieser Satz wieder einfiel. Wenigstens war noch Milch da. Gedankenverloren füllte sie die Milch in den elektrischen Milchschäumer. Im Gegensatz zu ihr selbst erwachten jetzt wenigstens ein paar Erinnerungen an die vergangene Nacht. »Und dann natürlich die Konflikte rund ums Essen«, hatte Judith gelacht. »Das kannst du dir nicht vorstellen! Das eine Kind isst kein Gluten, das andere keine Milchprodukte, das dritte hat eine Fruktoseintoleranz, und vegan sind sowieso alle.«

Anna Bernini hatte an ihre Schwester gedacht und wissend genickt. »Aber bei den russischen Kindern kommt dann der Vater vorbei. Du weißt schon: zwei Meter groß, Muskelpaket, und der Chauffeur wartet im Auto. Der stellt sich dann zu dir hin und sagt: ›Mein Kind braucht Fleisch! Haha. Und zwar jeden Tag und keine kleine Portion.‹ Die Amelie ist da schon oft verzweifelt. Da hab' ich sie nicht um ihren Job beneidet. Das kann ich dir sagen.«

Anna Bernini goss die geschäumte Milch in ein Glas und freute sich wie jeden Morgen über ihre cremige Konsistenz. Dann tröpfelte sie ein, zwei Kaffeelöffel Espresso oben drauf, rührte um und trank. Ein wunderbarer Moment, dachte Anna Bernini. So muss es sein, wenn man als Baby zum ersten Mal erfolgreich etwas Nahrung aus dem Mutterbusen gesaugt hat. Sie lächelte. Doch schon im nächsten Moment zerfiel das wunderbare Gefühl wie der Milchschaum im Glas. Anna Bernini stellte ihren Caffè Latte auf die Untertasse zurück und runzelte die Stirn. Sie stand an ihrem Küchenfenster und schaute in den morgendlichen Augarten hinaus. Die ersten Parkbesucher, meistens Jogger oder Gassigeher, waren bereits unterwegs. Die Krähe war nicht mehr zu hören. Anna Bernini wusste plötzlich ganz genau, dass da noch etwas ganz anderes war. Etwas Entscheidendes, das ihr Judith Perner letzte Nacht erzählt hatte. Nur wusste sie nicht mehr, was es war. Ob es mit den russischen Kindern zusammenhing? Oder mit Fonsi? Die Beklemmung legte sich wie ein eiserner Reifen um ihre Brust und nahm ihr den Atem. Schnell zog sich Anna Bernini an und rannte aus dem Haus.

KAPITEL 14

Der Mensch sehnt sich nach Unverwundbarkeit. Dass diese Sehnsucht unerfüllbar ist, hält ihn nicht davon ab, dafür eine Menge Geld auszugeben. Da schlummert wohl in jedem von uns ein kleiner Siegfried. Sonst ließe es sich ja nicht erklären, dass man in bestimmten Ländern glaubt, man sei unverwundbar, weil man sich ein bisschen Drachenblut in Revolverform unters Kopfpolster legt. Bei den Radfahrern ist es der Helm. Wenn man ihn trägt, setzt man auf wundersame Weise die Gesetze der Physik außer Kraft. Da kann man reifenabriebknapp an einer zehnköpfigen Touristengruppe vorbeidonnern und muss trotzdem nicht befürchten, dass man zu Sturz kommt. Auch nicht, wenn einer in der Gruppe zufällig für seinen Gehstock ein wenig mehr Platz braucht. Sicher, es könnte sein, dass ein Tourist eventuell vor Schreck tot umfällt, aber ab einem gewissen Alter sollte man halt nicht mehr blöd am Radweg herumstehen. Es war ein Gehsteig? Naja, man muss ja nicht so kleinlich sein! Der Drachenbluthelm wirkt besonders gut bei jungen, wilden Siegfrieds, die innerlich schon mit dem Porsche unterwegs sind, den sie sich noch nicht ganz leisten können. Bei den meisten wird es aber dann doch eher ein Fahrradanhänger für die Kids. Den Helm tragen sie jetzt nur noch, damit der Nachwuchs nicht mit einem querschnittgelähmten Vater aufwachsen muss. 20 Jahre später setzen sich die Väter wieder ihre Drachenbluthelme auf und hoffen, dass sich das mit der Unverwundbarkeit noch ein bisschen ausgeht, bevor so ein jugendliches Gfrast einen niederfährt, weil es glaubt, nur weil es einen Fahrradhelm trägt, kann ihm nichts passieren.

Als Anna Bernini um 7:45 Uhr mit einem Coffee-to-go-Becher in der Hand auf einer Bank vor der *Magnoliengartenschule* saß, sah sie kaum ein Gefährt, das mehr als zwei Räder hatte, mit Ausnahme der Fahrradkutschen und der Fahrradanhänger. Dann waren es insgesamt vier oder sechs. Aber alle Personen in und auf den Gefährten hatten einen Fahrradhelm auf dem Kopf. Da gab es die praktischen schwarzen, die verwegenen pinken, die extravaganten goldenen und natürlich die bunten mit den Marienkäfern für die Kids. Wenn man nicht gewusst hätte, dass sich in der efeubewachsenen Villa eine Schule befand, hätte man eher auf ein Fahrradgeschäft getippt. Aber es gibt natürlich überall Ausnahmen. In der *Magnoliengartenschule* waren es die SUVs, die hin und wieder vorfuhren, um adrett gekleidete Kinder aussteigen zu lassen.

Mit trägem Blick beobachtete Anna Bernini, wie eine hünenhafte Gestalt in einem teuren Sommeranzug aus einer 200.000 Euro Limousine mit dunklen Scheiben, Panzerung und Diplomatenkennzeichen ausstieg. Der Mann ging stocksteif um das Auto herum, so als versuchte seine hochtrainierte, hoffnungslos unterbeschäftigte Beinmuskulatur aus der banalen Gehbewegung das Maximum an Kraftanstrengung herauszuholen. Er öffnete die Hintertür, und heraus sprangen ein kleines Mädchen mit langen schwarzseidenen Locken und ein Bub mit einer rotbraunen Strubbelfrisur. Ohne den Mann zu beachten, stoben sie in Richtung Eingang davon. Das sind vielleicht ein paar von diesen russischen Kindern, dachte Anna Bernini. Und das muss der Chauffeur sein. Als Nicht-Elternteil konnte sich Anna Bernini nicht vorstellen, dass man als Vater oder Mutter für seine Kinder auch nicht viel mehr ist als ein Chauffeur. Oder vielleicht noch ein Koch und/oder eine Nachhilfelehrerin.

Anna Bernini warf ihren Zigarettenstummel in den leeren Kaffeebecher, obwohl sie eigentlich nicht mehr rauchen hätte sollen. Weil den komplizierten Mordfall hatte sie ja an den Schramek abgegeben. Aber das hätte ihr jeder Ex-Raucher sagen können, dass man nach jedem Rückfall mit dem Aufhören wieder von vorne anfangen muss. Sie stand auf und ging langsam über den Grünstreifen hinüber zur Schule. Judith Perners roter Haarschopf war zwar noch nicht aufgetaucht, aber vielleicht, sagte sich Anna Bernini, habe ich sie ja übersehen.

Im Eingangsbereich herrschte ein wildes Durcheinander von Kindern, Eltern und Lehrpersonen. Auch den kräftig gebauten Chauffeur sah Anna Bernini wieder. Er beugte sich gerade zu dem kleinen Mädchen hinab und band ihren Haarwust mit einer Schmetterlingsschleife zusammen. Aha, doch der Vater, dachte Anna Bernini. Das Kind sagte irgendetwas auf Russisch, und der Vater lachte. Er wollte dem Kind ein Küsschen auf die Wange geben, aber das drehte sich rasch weg. Doch der Chauffeur, korrigierte Anna Bernini im Stillen.

Jetzt kam eine Lehrerin auf ihn zu und redete ihn auf Russisch an. Es musste eine Frage gewesen sein, denn er nickte, rief das Kind wieder zu sich und reichte ihm eine Aluminiumdose und ein gelbes Stoffhäschen, das einem fast leidtun konnte, so schwach wirkte es zwischen zwei Händen, die seinem lebenden Vorbild wahrscheinlich in einer Sekunde den Hals umdrehen hätten können.

Anna Bernini, die jetzt nur mehr zwei Meter vom russischen Chauffeur entfernt stand, spürte seine Körperkraft, wie man die Hitze spürt, wenn man vor einem Heizkörper steht. Jetzt wandte sich die Lehrerin zu Anna Bernini um. Ich würde nicht sagen: In diesem Moment ist im Magnoliengarten die Sonne aufgegangen, denn die hat an diesem heißesten 24. Mai seit Messgeschichte schon seit zwei Stunden gezeigt, was passiert, wenn man den CO_2-Ausstoß in der Erdatmosphäre erhöht, aber es ging jedenfalls ein Strahlen von der Lehrerin aus, das man selten bei einem erwachsenen Menschen sieht. Vor allem von ihren großen blauen Augen. Und ihr Lächeln war das breiteste und wärmste, das man sich vorstellen konnte. Hätte ich Kinder, dachte Anna Bernini, würde ich wollen, dass sie von so einer Lehrerin unterrichtet werden.

»Vy zhenshchina? Vy byli tam vchera?«, fragte sie. Und man muss sagen: Sogar ihre Stimme strahlte.

»Äh, I am Anna Bernini, police officer«, stotterte Anna Bernini ein bisschen.

»Oh«, sang die Lehrerin, und bei dem Lachen, das jetzt folgte, hätte Anna Bernini gesagt: Da wäre so manches Kirchenchormitglied in Anna Berninis Heimatdorf froh gewesen, ein nur halb so melodiöses *Ave-Maria* hinzukriegen. Wenn man einem so durch und durch fröhlichen Menschen begegnet, wirkt jeder mit einer normalen Stimmung dagegen natürlich finster. Deshalb war es kein Wunder, dass Anna Bernini jetzt vor dem böse aufblitzenden Blick des Chauffeurs direkt ein bisschen zusammenzuckte. Dass es eine Täuschung gewesen sein musste, erkannte Anna Bernini aber an seinem Lächeln und dem freundlichen Nicken.

Wobei sie sich im nächsten Moment nicht mehr sicher war, ob das mit der Freundlichkeit auch wirklich ihr gegolten hatte, denn hinter ihr war Lukas Seidl, der Vereinsvorstand, nähergekommen und streckte ihm jetzt die Hand entgegen.

»Guten Morgen, Lukas!«, rief der Chauffeur jetzt in einem fehlerfreien, aber stark mit russischem Akzent gefärbten Deutsch.

»Danke, dass Sie gleich hergekommen sind«, sagte Lukas Seidl und wollte schon mit ihm in der Villa verschwinden. Aber der Chauffeur drehte sich mit einem Lächeln, von dem Anna Bernini nicht recht wusste, ob es freundlich war oder eine Drohung, zu ihr um.

»Sie sind Kriminalpolizistin?«, fragte er und reichte auch ihr die Hand. »Ich nehme an, Sie ermitteln in diesem traurigen Mordfall?«

Anna Bernini nickte automatisch. Denn ihre Aufmerksamkeit war durch seinen Versuch, ihr mit einem einzigen freundlichen Händedruck mehrere Finger zu brechen, ein bisschen abgelenkt. Im Mittelalter hätte dieser Mann ohne zusätzliche Instrumente als Folterknecht arbeiten können. Aber manche Menschen sind sich ihrer Kraft ja nicht bewusst. Vielleicht war es eine Art Probe, überlegte Anna Bernini. Wenn ja, bestand sie sie mit Bravour. Das sah sie am kleinen Zucken in seinen Mundwinkeln. Und man muss sagen, es war auch eine Leistung. Denn neun von zehn Menschen hätten bei diesem Händedruck vor Schmerz aufgeschrien. Und vielleicht wäre auch Anna Bernini unter ihnen gewesen, wenn sie nicht etwas anderes an diesem Menschen mehr beschäftigt hätte. Denn da lag etwas in seinen Augen. Sie waren dunkel, tief liegend und von gewaltigen, wuchernden Augenbrauen überwölbt. Anatomisch also nicht die besten Voraussetzungen für einen offenen Blick. Aber es war gar nicht so sehr das Finstere oder das Glitzernde in seinen Augen, es war das Unechte. So als bestünden seine Augen nicht wie bei anderen Menschen aus Netzhaut, Aderhaut und Lederhaut, sondern als wären sie zusätzlich noch mit einer Schicht Klarlack überzogen.

Anna Bernini kam nicht mehr dazu, etwas zu diesem Chauffeur zu sagen oder ihre Zuständigkeit im Fall Amelie Meyher richtigzustellen, denn Lukas Seidl machte jetzt mit einer ungeduldigen Handbewegung klar, dass sie keine Zeit für Plaudereien hatten. Also hob der Chauffeur nur kurz die Hand und schritt neben Lukas Seidl über die Schwelle. Die beiden Frauen schauten ihnen nach. Ein muskulöser Riese und ein drahtiger Mann, der neben ihm fast zart wirkte. Und Anna Bernini hätte sogar gesagt: Wenn einer von diesen beiden Männern ein Chauffeur ist, tippe ich eher auf den Vorstand.

Doch jetzt richtete die Lehrerin ihr Augenpaar, dessen Strahlen sich inzwischen ein bisschen an den Klarlackaugen des Chauffeurs verkutzt hatte, auf Anna Bernini.

»Entschuldigen Sie. Ich dachte, Sie sind eine Mutter, die sich heute unsere Schule ansehen wollte.«

»Äh, nein. Ich wollte eigentlich eine Kollegin von Ihnen sprechen. Judith Perner. Ist sie schon da?«

»Oh! Das tut mir aber leid! Judith kommt heute später.« Sofort bildeten sich tiefe Zerknirschungsfalten auf der Stirn der Lehrerin.

»Kein Problem!«, rief Anna Bernini eilig. »Ich wollte sie nur etwas fragen.« Und weil die Lehrerin jetzt noch verzweifelter dreinschaute, fügte Anna Bernini noch hinzu: »Wir haben uns gestern Abend zufällig am Donaukanal getroffen. Und jetzt kann ich mich nicht mehr an alles erinnern, was wir geredet haben.«

»Ach so!«, lächelte die Lehrerin, und Anna Bernini war froh, dass sich ihre Stirn wieder etwas entspannte.

Ein paar Minuten später stand sie schon vor ihrem Fahrrad. Besser gesagt dort, wo sie ihr Fahrrad vor zehn Minuten abgestellt hatte, jetzt aber kein Fahrrad mehr stand, sondern die dunkle Limousine. Der Chauffeur musste sie direkt neben ihrem Fahrrad geparkt haben. Um nicht zu sagen: auf ihrem Fahrrad. Sie bückte sich, um nachzuschauen, ob ihr Fahrrad noch da war. Tatsächlich. Eingeklemmt zwischen der Limousine und dem Baum. Es herauszuziehen, ohne der Limousine einen Kratzer zuzufügen, hielt Anna Bernini für unmöglich. Und dass sie sich so eine Kratzerreparatur leisten konnte, ebenfalls. Was sollte sie jetzt also machen? Warten, bis der Chauffeur wiederkäme? Das konnte lange dauern. Also musste sie wohl hineingehen und ihn herausbitten. Doch in dem Moment, als sie sich umwandte, sah sie eine kleine Bewegung im Inneren des Wagens. Vielleicht war es auch nur eine Spiegelung der Blätter auf der Windschutzscheibe. Jedenfalls klopfte sie auf gut Glück an die dunkle Fahrertürscheibe. Nichts. Aber gleichzeitig nahm sie die Bewegung wieder wahr. Jetzt war sich Anna Bernini schon fast sicher, dass sie aus dem Auto kam. Aber weder öffnete sich das Fenster noch die Tür. Deshalb klopfte sie noch einmal und drückte ihre Polizeimarke an die Scheibe. Trotzdem musste sie noch eine halbe Ewigkeit warten, bis das Glas endlich nach unten glitt. Provozierend langsam, wie sie fand.

Sie wusste nicht, wen sie erwartet hatte, aber Natalia Vodianova war es bestimmt nicht gewesen. Also Katja Popowa natürlich. Die russische Mutter, die dem Supermodel so ähnlich sah. Trotzdem war sie der Frau im Wageninnern um Einiges voraus. Denn während sie wusste, dass sie diese Frau aus dem Bildhauereiworkshop kannte, schaute sie die andere an, als hätte sie sie noch nie gesehen. Jetzt ist es natürlich immer schwierig, Menschen wiederzuerkennen, wenn sie plötzlich in einem ganz anderen Ambiente auftauchen. Die Kellnerin als Nachbarin im Theater zum Beispiel oder den Chef in der Sauna. Wobei natürlich niemand seinem Chef in der Sauna begegnen möchte. Und wenn, würde man so tun, als erkenne man ihn nicht. Aber dass diese begabte Hobbykünstlerin das Kopfmodell nicht wiedererkannte, das sie an fünf Kursabenden so akribisch studiert hatte, war doch seltsam.

Anna Bernini steckte die Polizeimarke wieder weg und ließ auch das Erkennungslächeln stecken, wo es war. Auf Englisch erklärte sie der russischen Mutter das Problem mit dem eingeparkten Fahrrad. Doch die musste Anna Bernini jetzt aber an der Stimme erkannt haben, obwohl sie im Kurs eigentlich nur »Guten Abend« und »Auf Wiedersehen« zueinander gesagt hatten, denn auf einmal erschien ein Lächeln auf ihrem Gesicht. Und da muss man schon sagen: Vielleicht war ihr Lächeln nicht so warmherzig wie das der Magnoliengartenlehrerin. Aber dafür sah man viel mehr Zähne. Die Russin blickte jetzt in den Rückspiegel, sagte artig »Sorry!« und drehte den Zündschlüssel. Eine Minute später war Anna Berninis Fahrrad befreit. Aber der Anblick der schönen Supermodel-Mutter hinter den dunklen Limousinenscheiben hielt seine Besitzerin noch lange gefangen. Das war wahrscheinlich der Grund, warum sie sich auch das Autokennzeichen gemerkt hatte. Bei einem Diplomatenkennzeichen ist das ja einfach. Vorne ein WD und dann eine ziemlich niedrige zweistellige Nummer. Es kostete sie natürlich nur ein paar Minuten, um zu wissen, dass das Auto auf einen gewissen Pjotr Popow angemeldet war. Wirtschaftsdelegierter aus Russland und seit zehn Jahren in Wien als Immobilienhändler tätig.

KAPITEL 15

Vieles funktioniert ja nur deshalb schlecht, weil es zu schnell geht. Da gibt es Tausende Beispiele, mir fällt zufällig Sex ein. Aber auch bei der Verdauung ist es so. Je langsamer man isst, desto besser verdaut man. Wenn man einen Bissen Brot zuerst 30-mal auf der einen Kieferseite kaut und dann 30-mal auf der anderen, könnte man sich womöglich sogar den Magen sparen. Natürlich hat die Slow-Food-Bewegung nichts mit Langsam-Essen zu tun, sondern mit Langsam-Herstellen, aber die

Langsamkeit ist ganzheitlich. Sie beginnt schon beim Einkaufen. Wenn man in einem Biosupermarkt einkauft, betritt man eine Welt der Langsamkeit. Schon die Schiebetüren öffnen sich langsamer als beim Nicht-Biosupermarkt gleich daneben. Das Einkaufswagerl löst sich langsamer von seiner Halterung und lässt sich langsamer zur Brottheke bewegen. Dort wird man langsamer bedient, weil einem die Verkäuferin langsamer den Kopf zuwendet und langsamer den Mund öffnet, um zu fragen, was man wolle. Als Konsumentin wird man von der allgemeinen Langsamkeit angesteckt. Deshalb lässt man langsam den Blick über die Theke gleiten, denkt langsam darüber nach, was man heute essen will, entscheidet sich langsam und deutet dann langsam auf einen veganen Apfelstrudel. Während die Schlange von Menschen, die sich hinter einem langsam gebildet hat, langsam wahnsinnig wird.

Nach einem Vormittag, den sie weitgehend mit Däumchen-Drehen und warten, bis es endlich Zeit für ihre Mittagsverabredung mit Judith Perner war, saß Anna Bernini jetzt an einem der Hochtische des Biorestaurants in der Großen Pfarrgasse und stierte aus dem Fenster. Aber die allgemeine Langsamkeit, die sie erfasst hatte, seit sie vor zehn Minuten den Bioladen betreten hatte, bewirkte jetzt, dass auch ihre Gedanken ins Schritttempo übergegangen und gleich darauf ganz stehen geblieben sind.

Während Anna Berninis immer träger werdender Blick auf eine Gruppe Jugendlicher gerichtet war, die gerade am Schaufenster vorbeialberten, begann sie es schon zu bereuen, dass sie Judith Perner so zu diesem Treffen gedrängt hatte. Wobei »gedrängt« vielleicht das falsche Wort war. Als Anna Bernini sie vor einer Stunde endlich am Telefon hatte, offenbar war sie vorher wirklich bei einem Arzt gewesen, hatte die Lehrerin zuerst ein bisschen gezögert. Zumindest was den Ort betraf. Sie wollte sich nicht in und auch nicht vor der Schule abholen lassen. Im Prater wollte sie sich auch nicht treffen. Aber dann ist ihr der Bioladen in der Großen Pfarrgasse eingefallen.

»Der gehört dem Marcel«, sagte sie, »ich hab den Marcel eh noch nicht gesehen, seit er aus Südamerika zurück ist …«

Anna Bernini hatte sofort heftiges Mitleid bekommen, als sie sich an den Witwer Amelie Meyhers erinnerte. Und stechende Schuldgefühle, als sie an das verunglückte Telefonat dachte.

»Ist er …?«

»Es geht ihm schlecht«, hatte Judith gesagt.

Trotzdem wollte sich die Lehrerin jetzt aber unbedingt dort treffen. Und in Anna Bernini stritt sich der Polizistinnenanteil, der eine Gelegenheit zur Recherche witterte, mit dem menschlichen, der instinktiv Scheu vor großem Leid empfindet.

Der Ermittlungseifer war inzwischen jedenfalls der allgemeinen Biolangsamkeit zum Opfer gefallen. Slow Investigation, dachte Anna Bernini und gähnte. Wenn es das noch nicht gibt, sollte man es vielleicht erfinden. Im Moment wäre sie auf alle Fälle lieber friedlich an ihrem Schreibtisch gesessen und hätte mit ein bisschen Akten-Hin-und-Herschieben oder sich selber leidtun weiter die Zeit totgeschlagen, als hier auf eine Zeugin zu warten, die sie eigentlich nichts anging. Dabei hätte sie kurz den Kopf auf die Tischplatte legen und den versäumten Schlaf von letzter Nacht nachholen können …

»Anna?«

Mit einem Ruck hob Anna Bernini den Kopf und blickte in das Gesicht Judith Perners. Auch die junge Lehrerin schien bereits von der unerträglichen Langsamkeit des Genius Loci erfasst worden zu sein. Jedenfalls machte sie keine Anstalten, den rechten Arm zu einer Begrüßung zu heben oder gar Küsschen in die Luft zu hauchen.

»Ich bin froh, dass wir uns treffen«, sagte Judith, während sie sich müde auf den Barhocker neben Anna Bernini niederplumpsen ließ.

Anna Bernini blickte ihr forschend ins Gesicht. Die großen grünen Augen waren blutunterlaufen, die Schatten darunter so dunkel, dass ihnen die Hälfte der fröhlichen Sommersprossen zum Opfer gefallen waren, und das Lächeln war so langsam, dass es noch gar nicht bei den Augen angekommen war, als es schon wieder erloschen ist.

Judith warf einen Blick auf Anna Berninis Teller, bestellte ebenfalls einen Tofuburger und starrte, wie Anna Bernini vor ein paar Minuten, aus dem Fenster. Zum Warmlaufen hätte sich Anna Bernini jetzt gern auf Dinge bezogen, die sie rein theoretisch schon wusste, weil sie ihr Judith Perner gestern Nacht schon erzählt hatte. Woher man kommt, was die Eltern machen, wie viele Geschwister einen in der Kindheit genervt haben, was man studiert hat. Vermutlich haben sie sich auch schon Liebeserlebnisse, Drogenerfahrungen und Beziehungsprobleme gebeichtet, und was sich zwei Frauen sonst noch alles erzählen, die sich auf Anhieb sympathisch sind und eine Nacht lang ununterbrochen Sommerspritzer trinken. Nur leider konnte sich Anna Bernini an nichts mehr erinnern. Das ist der Unterschied zwischen One-Night-Freundschaft und One-Night-Sex. Bei One-Night-Freundschaft ist es unverzeihlich, wenn man sich am nächsten Morgen an nichts mehr erinnert, bei One-Night-Sex, wenn man sich erinnert.

Wenn man ein Gespräch so vorsichtig führen muss wie ein Kapitän einen Kutter durch seichtes Gewässer, dann kann es leicht sein, dass man irgendwann einfach auf dem Trockenen landet, sprich: Gesprächsstillstand. Aber in diesem Fall war das ein Vorteil. Denn wenn sie schon als Freundin ein bisschen versagt hatte, war es vielleicht gar nicht der schlechteste Ausweg, die Polizistin herauszukehren. Möglichst unauffällig natürlich. Anna Bernini versuchte, im Gesicht Judith Perners irgendeinen Hinweis zu finden. Aber das Einzige, das sie sicher entdecken konnte, waren Schlafmangel und Trauer. Und einen verkniffenen Zug um den Mund, den sie selbst wahrscheinlich auch hatte, und der etwas mit der Übersäuerung des Magens nach einer Nacht des Alkoholexzesses zu tun hatte. Anna Bernini seufzte. Doch es war Judith, die nach einer Weile das Gespräch zum eigentlichen Punkt lenkte.

»Warum wolltest du mich sprechen, Anna?«

Das Dumme war, jetzt, wo Judith sie das so geradeheraus fragte, wusste sie eigentlich keine Antwort. Doch erstaunlicherweise erwartete Judith offenbar auch keine. Denn sie drehte den Kopf wieder zum Fenster und murmelte: »Vielleicht ist alles auch nur ein Hirngespinst.«

»Was ist ein Hirngespinst?«, rutschte es Anna Bernini jetzt heraus.

Judith schenkte ihr einen spöttischen Blick, der Anna Bernini freute. Denn es war das erste Zeichen von Ähnlichkeit mit der fröhlichen jungen Frau von gestern Nacht, die Judith bisher erkennen ließ. »Du kannst dich nicht mehr erinnern, was ich dir erzählt habe!«, rief sie lachend aus. »Im Suff untergegangen! Das gibt's nicht! Aber vielleicht ...«, wurde sie gleich wieder ernst, »sollten wir es auch vergessen.«

»Was vergessen? Sag' schon!«

Doch Judith kam nicht mehr dazu, darauf zu antworten, denn jemand hatte hinter ihnen ihren Namen gerufen.

Erschrocken fuhren sie beide herum. Und da stand ein Mann, der vor 48 Stunden vielleicht noch als jung gegolten hätte. Vielleicht wäre er gerade dagestanden und hätte die beiden Frauen angelacht. Vielleicht hätte ihm der Schalk aus den Augen geschaut, oder es hätten sich Grübchen in seinen Wangen gebildet. Doch das, was inzwischen aus ihm geworden war, ein vor Schmerz zusammengekrümmter Mann, der nichts mehr vom Leben erwartete, konnte einen zum Weinen bringen.

»Marcel«, rief Judith, und schon war sie aufgesprungen und zu ihm gelaufen und jetzt schlang sie die Arme um ihn. Auch er legte seine Arme um sie, aber nicht wie jemand, der noch denkt und fühlt wie ein Mensch, sondern eher wie ein Roboter, dem man eine Umarmung einprogrammiert hat. Sein Blick war von einer Leere und Hoffnungslosigkeit, dass Anna Bernini schon Tote gesehen hatte, die zuversichtlicher in die Zukunft geblickt haben.

Auch Anna Bernini ging jetzt zu ihm hin, stellte sich vor und reichte ihm die Hand. Sie war auf einen Händedruck gefasst wie der von ihrem verstorbenen Großvater, der jedem seine Rechte hinhielt, als wäre sie ein in Milchsuppe aufgeweichtes »Semmele«. Eine befremdliche Erfahrung, vor allem wenn man die sehnige Bergbauernknochigkeit und den festen Blick des Großvaters bedachte. Aber da sieht man einmal, wie sehr man sich täuschen kann. Denn Marcel Meyher, dessen Gestalt zwar wie ein aufgeweichtes Semmele vor der Bioladentheke stand, zermalmte jetzt Anna Berninis Hand zwischen seinen Fingern, als wäre er der kernige Bergbauer und ihre Hand eine verirrte Ziege, die man bei den Hörnern packen und zurück zur Herde schleifen muss.

»Ihr Kollege geht davon aus, dass es diese Jugendlichen waren, oder?«, fragte Marcel Meyher, noch bevor Anna Bernini dazugekommen ist, ihm ihr Beileid auszusprechen.

Und schneller, als sie antworten konnte, haspelte er weiter: »Aber es war kein islamistischer Terrorakt? Ich verstehe das alles nicht.« Sein ganzes Gesicht zog sich vor Trauer und Wut zusammen.

»Nein«, sagte Anna Bernini schnell. »Wir ermitteln noch in alle Richtungen.« Und wieder wurde ihr schmerzhaft bewusst, dass diese »Richtungen« auch Fonsi mit einschlossen.

Marcel Meyher schluckte hart, und seine Augen flackerten. Judith Perner legte ihm die Hand auf die Schulter. Aber anstatt dass ihn diese Geste beruhigt hätte, schien sie nur ein noch viel heftigeres Zittern in Gang zu setzen. Anna Berninis Herz krampfte sich vor Mitleid zusammen, als sie sah, mit welch ungeheurer Willensanstrengung dieser Mann versuchte, seine Fassung zu wahren. Fast hätte sie ihm gewünscht, dass er in Ruhe irgendwo zusammenbrechen kann.

Und sicher dachte er dasselbe. Denn auf einmal hob er den Arm und winkte einen Mann heran, auf den er offensichtlich gewartet hatte. Der Mann war niemand anderer als Lukas Seidl. Anna Bernini ärgerte sich, dass sie schon wieder rot wurde. Offenbar musste der Magnoliengarten-Schulvorstand nur irgendwo auftauchen, und sie wurde schon zum nervösen Teenager.

Auch er wurde rot, als er sie sah. Aber Verlegenheit dürfte nicht der Hauptgrund dafür gewesen sein. Denn als er sie jetzt anschaute und: »Oh, ich wusste gar nicht, dass Sie hier auch ermitteln!« sagte, ist eigentlich eher eine gewisse Missbilligung herauszuhören gewesen.

»Neinnein, das ist nur ein Zufall«, erwiderte Anna Bernini, und errötete prompt noch stärker, »wir haben nur … wir wollten sowieso.«

Sie machte eine vage Geste, die Judith und die verwaisten Tofuburger an ihrem Hochtisch mit einschloss. Ein paar Sekunden herrschte Schweigen.

»Ach ja, Sie wollten doch schon heute Morgen Judith sprechen, erinnere ich mich«, lächelte der Vorstand jetzt verständnisvoll.

Anna Bernini warf Judith einen fragenden Blick zu, als könnte diese ihr eine Antwort auf die Frage geben, woher der Vorstand das wusste. Doch Judith war offensichtlich mit ihren eigenen unerfreulichen Überlegungen beschäftigt. Wenn man die Blässe ihres Gesichts richtig interpretierte.

Als die beiden Frauen wenig später wieder am Fensterplatz saßen, war an Essen offenbar nicht mehr zu denken. Bei Anna Bernini war das auch ein bisschen am Tofuburger gelegen, den sie sich eigentlich nur bestellt hatte, weil ihr die Linsensuppe noch weniger zugesagt hätte. Und Judith wirkte so, als käme Essen für sie grundsätzlich nicht mehr infrage.

Aber gerade als Anna Bernini begann, sich ernsthaft Sorgen zu machen, stand Judith plötzlich auf. »Ich muss los. Zur Supervision komm' ich sowieso immer zu spät.«

Auf ihrem Gesicht erschien ein so dünnes Lächeln, dass man es am liebsten mit einem Stück Kuchen aufgepäppelt hätte. Aber bevor Anna Bernini noch irgendetwas sagen oder fragen konnte, stand die Lehrerin schon vor der Schiebetür, die natürlich nicht daran dachte, sich aus ihrer Biolangsamkeit aufscheuchen zu lassen. Auch nicht von einer Person, die am liebsten vor Ungeduld dagegen geschlagen hätte. Vielleicht hatte sie sogar einen Jetzt-erst-recht-Verlangsamungsmechanismus eingebaut für Kunden, die nicht wussten, wie man sich in einem Slow-Food-Laden benimmt.

Doch schließlich hatte sich die Schiebetür doch bequemt aufzugleiten, und im nächsten Moment stand Judith in der flirrenden Nachmittagshitze. Das Sonnenlicht warf goldene Reflexe auf ihr Gesicht. Und Anna Bernini wunderte sich, warum nicht sie das Kopfmodell gewesen war. So klar war das Profil. So kerzengerade die Nase. So edel die Stirn. Und dann war Judith verschwunden. Aber nicht wie jemand, der schnellen Schrittes um die Ecke biegt, sondern eher wie jemand, der sich entmaterialisiert, um sich gleich darauf ganz woanders, vielleicht auf einem Grabstein am Zentralfriedhof, Atom für Atom wieder zusammenzusetzen. Mit geneigtem Kopf, marmornen Flügeln und langen Locken, die ihr über die Schultern fließen.

KAPITEL 16

Jeder hat die Gabe zum Unglücklich-Sein. Aber nicht jeder ist darin gleich gut. Es gibt Naturtalente, und es gibt welche, die es erst lernen müssen. Dabei ist es gar nicht schwer. Man muss nur ein paar Tricks kennen. Gut ist, wenn man seine Stimmung von Dingen abhängig macht, die man nicht beeinflussen kann. Zum Beispiel das Wetter. Menschen, die bei Schlechtwetter deprimiert sind, haben in Österreich gute Chancen auf Unglück. Steigern kann man es noch, indem man sich zur Stimmungsaufhellung nur Beschäftigungen vorstellen kann, die wiederum an schönes Wetter gebunden sind, wie Cool-mit-Sonnenbrille-im-Gastgarten-Sitzen oder Bungee-Jumping. Auch gut ist, wenn man sich beruflich schwer erreichbare Ziele setzt, diese lasch verfolgt und im Falle des Scheiterns andere verantwortlich macht. Experten raten ganz besonders zum Spitzensport. Da hat man ausgezeichnete Chancen zu verlieren. Ganz besonders unglücklich ist man als Zweiter, sagt die Wissenschaft. Leichter geht es wirklich nicht, gleichzeitig spitzenmäßig gut zu sein und sich als Verlierer zu fühlen. Aber um diesen Grad an Unglück zu erreichen, gehört auch eine Portion Pech dazu. So etwas lässt sich schwer antrainieren.

Ich will nicht sagen, dass Verbrecherjagen dasselbe ist, wie eine Abfahrt hinunterzujagen, aber Verlierer gibt es dabei auch. Und damit meine ich nicht nur die Tatsache, dass in Wien über die Hälfte der Verbrechen nicht aufgeklärt werden. Da ist man als Polizistin natürlich auch bestenfalls Zweiter. Aber es gibt auch interne Wettkämpfe um die Aufklärungsquoten. Die Altmodischeren führen noch Stricherllisten, die jüngeren Kolleg*innen haben natürlich *Excel*-Sheets – mehr oder weniger raffinierte. Nicht nur die Anzahl der aufgeklärten Straftaten, sondern auch aufgeschlüsselt nach Schwere der Tat, Anzahl der beteiligten Opfer, der Tage bis zur Festnahme, der Erwähnungen in den lokalen Nachrichten (unterteilt nach TV, Radio und Zeitungen), der Likes in den sozialen Medien und so weiter. Man kann sich bei so etwas verkünsteln. Das sind dann vielleicht diejenigen, die insgeheim lieber Buchhalter geworden wären. Aber wenn der Vater und Großvater schon bei der Polizei waren, bleibt dem Spross nicht viel anderes übrig, wenn er sich beim Sonntagmittagessen Diskussionen ersparen will. Aber auch wenn man es nicht so genau nimmt, muss man ehrlich sagen: So cool ist niemand, dass er nicht zumindest hin und wieder einen Seitenblick auf die Aufklärungsquote der Kollegen werfen würde. Das soll bis ganz hinaufgehen zu den Landespolizeikommandanten, wo der eine dem anderen jedes Zehntel Prozent neidet, das er ihm voraushat.

Wenn du, wie Anna Bernini, von einem vielversprechenden Mordfall zurücktreten musst, aus welchen verständlichen Gründen auch immer, kannst du deshalb also nicht glücklich sein. Und du bist es umso weniger, je mehr sonstige Gründe zum Nicht-glücklich-Sein du vielleicht hast.

Deshalb verbrachte Anna Bernini die nächsten Tage auf Tauchstation. Sie war zwar im Büro, schaute aber, dass sie niemandem über den Weg lief. Auch außerhalb des Büros nicht. Ganz besonders nicht begegnen wollte sie ihrer Analytikerin. Die Sitzungen in dieser Woche hat Anna Bernini alle abgesagt, weil sie nämlich »leiderleider krank« gewesen ist. Doktor Egger, schrieb nur »Okay« zurück, »melden Sie sich, wenn es Ihnen wieder besser geht.« Doch zwischen den Zeilen konnte Anna Bernini lesen: »Aha, der Widerstand ist wohl zu groß geworden. Jetzt nur nicht den Frust in Alkohol ertränken!« Und interessanterweise hat Anna Bernini den Zwischen-den-Zeilen-Rat sogar befolgt. Und das, obwohl noch ein zweites deprimierendes Ereignis stattgefunden hat. Miss Biggy ging nämlich in Krankenstand. »Bandscheibenvorfall«, antwortete sie knapp auf Anna Berninis Frage. Und als ihre Chefin mehr wissen wollte, zum Beispiel: Wo tut es weh, kann ich dir helfen, mit: »Du, ich muss jetzt auflegen. Die Schmerzen!«

Im Lauf der kommenden Tage sank Anna Berninis Stimmung so tief, dass sie mehr als einmal daran dachte, es Miss Biggy gleichzutun. Es gibt ja nichts Unangenehmeres, als untätig herumzusitzen, während die Kollegen alle Hände voll zu tun haben. Nicht nur, weil man gänzlich auf Erfolgserlebnisse verzichten muss, sondern auch, weil das Nichtstun ganz schön anstrengend sein kann. Und es wird nicht angenehmer, wenn die Kollegen gerade mit etwas beschäftigt sind, das einen selbst im höchsten Grad interessiert. Es wäre nur menschlich gewesen, wenn Anna Bernini wenigstens heimlich in der elektronischen Akte nachgeschaut hätte, wie weit die Kollegen gekommen sind. Unter uns: Das hat sie auch gemacht. Aber viel hat sie dabei nicht entdeckt. Nach wie vor waren keine weiteren Leichenteile von Amelie Meyher aufgetaucht, nach wie vor waren die elektronischen Geräte von Amelie Meyher verschwunden. Und was den Verdächtigen betraf, da gab es nach wie vor nur einen, den Fonsi, kooperierte er immer noch nicht. »Kooperieren«, sagte Inspektor Schramek. »Gestehen« hat er aber gemeint.

Mit Arbeit ablenken wäre gut für Anna Bernini gewesen. Aber es war wie verhext. Die Verbrecherwelt muss seit dem Magnoliengartenmord ein Pazifismus-Gelübde abgelegt haben. Denn keiner hat dem anderen auch nur ein Haar gekrümmt. Die Unterwelt Wiens, die sonst immer sehr schnell mit dem Messer oder dem Schlagring bei der Hand ist, wenn nur einer einen Witz über eine neue Frisur macht, obwohl manche Frisuren wirklich ein Witz sind. Aber nichts ist passiert.

Aber in der 250-jährigen Geschichte des österreichischen Beamtentums hat sich eine lieb gewordene Tradition für solche

Situationen entwickelt: »Dienst nach Vorschrift«. Es ist ganz einfach. Man macht nur das, was wirklich Vorschrift ist, und das ist: am Dienstort anwesend sein. Alles andere ist Ermessensspielraum. Denn es ist jedem Beamten freigestellt, wie er das Nichtstun individuell ausgestaltet. Bei Anna Bernini hat es geheißen: Sie ist in der Früh ins Büro gekommen, hat sich an ihren Schreibtisch gesetzt, hat sogar den Computer eingeschaltet, aber dort keine Verbrecher gesucht, sondern einen Ersatz für Fonsi. Wenn Doktor Egger das gewusst hätte, hätte sie bestimmt wissend genickt: Aha, da wird die eine Sucht gegen eine andere ausgetauscht. Auf der anderen Seite muss man sagen: Ein bisschen Herumtindern ist bestimmt besser als eine Leberzirrhose. Allerdings hat Bernini mit dieser neuen Sucht schneller eine Gehirnzirrhose bekommen, als sie wieder eine Therapiesitzung vereinbaren konnte.

Zuerst hat es ja gut angefangen. Gleich das erste »Match« hat vielversprechend ausgesehen. Rein optisch, aber auch was seine Biografie betraf. Ein Menschenrechtsanwalt, der schon mehrere Geflüchtete aus den schlimmsten Gefängnissen der Welt herausgeholt hatte. Dazu war er auch noch Witwer, hatte keine Kinder, aber eine hübsche Villa in Klosterneuburg. Aus reiner Gewohnheit hat ihn Anna Bernini ein bisschen überprüft. Obwohl sie sich gleichzeitig paranoid vorgekommen ist. Aber dann hat sie herausgefunden, dass der vielversprechende Menschenrechtsanwalt sich nur deshalb so gut mit Gefängnissen in aller Welt auskannte, weil er sie von innen kannte. Das mit der Villa in Klosterneuburg hat übrigens als Einziges gestimmt. Nur dass sie seiner dritten Ehefrau gehörte. Die er geheiratet hatte, ohne sich vorher von den beiden anderen scheiden zu lassen. Die Kollegen vom Betrug waren froh, als sie ihnen die Akte übergab. Danach hat sie sich nur noch mit Männern aus dem öffentlichen Dienst getroffen. Weil die sind vorher schon einmal von einem Kollegen überprüft worden.

Nach ein paar Treffen musste sie allerdings zugeben: Der Heiratsschwindler wäre bei Weitem der Interessanteste gewesen. Jedenfalls interessanter als der Finanzamtsbeamte, der den ganzen Abend über seine geschiedene Frau herzog. Dabei hatte Anna Bernini ein paar Wiener Schimpfwörter gelernt, die schon unter einen Tatbestand gefallen wären. Dann traf sie einen Orchideen züchtenden Lehrer. Vorsichtshalber tagsüber. Wobei sich das Abendlicht bestimmt vorteilhaft auf sein Aknenarbengesicht ausgewirkt hätte. Wenn er nicht außerdem noch ein bisschen wie abgestandene Milch gerochen und außer über Orchideen nur über alte Autos geredet hätte, wäre sie nicht einmal so abgeneigt gewesen. Der Vorletzte auf der Liste war ein Beamter aus dem diplomatischen Dienst, der schon viel in der Welt herumgekommen war. Ausgeschaut hat er auch nicht schlecht. Und das Schönbrunner Deutsch konnte er besser als ein Michael Heltau oder ein Otto Schenk. Außerdem hatte er spannende Geschichten zu erzählen. Zum Beispiel vom Abzug der Amerikaner aus Afghanistan im Jahr 2021. Damals war er in Kabul gewesen. Als er sich dann aber damit brüstete, dass er oft tagelang das Telefon nicht abgehoben hatte, damit er nicht irgendwelche Menschen mit österreichischem Pass in irgendeinem Dorf abholen musste, ist Anna Bernini aufgestanden und hat ihn mit der Rechnung für den Caffè Latte mit Cheesecake und einem perplexen Gesichtsausdruck sitzen lassen.

Dann war nur mehr ein Kandidat übrig. Es war ein fescher, frisch geschiedener Stadtplaner aus der MA18, Stadtentwicklung und Stadtplanung, mit einem dichten Bart und langen Haaren. Aber bei meinem Glück, sagte sich Anna Bernini, ist unter dem Bart ein Fliehkinn, die langen Haare sind nur ein Toupet, und die »frische« Scheidung entpuppt sich als Vielleicht-irgendwann-einmal-Scheidung-und-drei-Kinder-sind-auch-noch-da. Deshalb hatte sie es auch nicht übertrieben eilig mit dem Treffen. Dass er Freitagabend vorgeschlagen hatte, war zwar wieder ein gutes Zeichen. Denn welcher Ehemann hat schon am Freitagabend frei! Andererseits kann es auch eine besonders gute Tarnung sein. Sicher, sie hätte auch recherchieren können, aber sie hatte Angst vor dem Ergebnis. Außerdem, was hatte sie am Freitagabend sonst schon vor, außer Trübsal blasen und sich leidtun! Und schließlich, dachte sie schlau, kann ich dann auch nicht aus Einsamkeit eine Flasche Wein öffnen, wenn ich gar nicht einsam bin.

Da sieht man wieder einmal, wie gut Süchtige im Selbstbelügen sind. Denn zu zweit öffnet sich eine Flasche Wein bekanntlich noch leichter. Und genauso ist es dann auch gekommen. Wozu es noch gekommen ist, weiß ich nicht so genau. Nur dass der Stadtplaner, Paul hat er übrigens geheißen, im Magnoliengartenfall später noch eine Rolle gespielt hat.

KAPITEL 17

Als Chef hat man es auch nicht leicht. Heute erwarten sich die Mitarbeitenden ja allerhand von einem. Sie wollen, dass man Entscheidungen trifft und nicht heute das sagt, morgen das und übermorgen gar nichts mehr, sondern wartet, bis es sich von selbst regelt. Und wenn man doch einmal eine Entscheidung trifft, wollen sie, dass man sie ihnen erklärt. Sie wollen ihre Aufgaben verstehen, und die meisten wollen auch noch selber denken. Das Schlimmste aber ist: Sie wollen, dass man eine persönliche Beziehung zu ihnen aufbaut. Die einen wollen einem Fotos vom Nachwuchs zeigen, die anderen wollen einen niederreden, die dritten wollen, dass man mit ihnen mittagessen geht. Und alle wollen sie gelobt werden. Und wenn man selbst gelobt wird, wollen sie, dass man laut und deutlich sagt: »Vielen Dank, aber das Lob gebührt eigentlich meinem Team!« Sie wollen überhaupt ständig bemerkt werden. Und selbstverständlich wollen sie, dass man am Morgen im Lift nicht auf sein Handy schaut, sondern ihnen ins Gesicht. Und dass man sie nicht nur grüßt, sondern sich auch noch an ihre Namen erinnert.

Acht Tage nach ihrem Rücktritt vom Magnoliengartenfall war Anna Bernini jedenfalls nahe daran, ihren Grant am Stammer auszulassen, der auch nicht gerade ein Ausbund an Fröhlichkeit gewesen ist. Nicht unbedingt aus Arbeitsmangel, denn der Schramek hat ihn immer wieder ausgeliehen, aber aus Frust über den Führungsstil seines Kollegen.

An diesem Morgen setzte sich Anna Bernini an ihren Computer, um die angefangene *Patience* von gestern aufzulösen. Aber schon nach fünf Minuten ließ sie es wieder und schwenkte den Drehsessel zum Fenster, vor dem die Sonne unverdrossen vom Himmel heizte, als müsste sie die Erde noch heute in einen Wüstenplaneten verwandeln. Aber auch ohne Hitze wäre Anna Bernini lustlos und deprimiert gewesen. Nicht nur wegen der gewaltigen Kopfschmerzen, die seit gestern über ihren Augenbrauen pochten, sondern auch, weil niemand länger als eine Woche »Dienst nach Vorschrift« machen kann. Irgendwann hat man keine Lust mehr auf Computerspiele oder Skandalgeschichten von Promis und beginnt, Dinge zu tun, die jedem Kopfschmerzen bereiten würden. Zum Beispiel über den Sinn des Lebens nachzudenken. Er kann nämlich nicht darin bestehen, tagaus, tagein in ein Büro zu fahren und Akten zu studieren. Wobei das in Anna Berninis Fall durchaus sinnvoll gewesen wäre. So viele Akten hatten sich in den letzten Wochen auf ihrem Schreibtisch schon getürmt. Manche hatten so viel Staub angesetzt, dass das Arbeitsinspektorat vielleicht eine Maskenpflicht eingeführt hätte. Aber anstatt die langweiligen Aspekte des Polizistinnenlebens gefasst hinzunehmen, steigerte sich Anna Bernini in Lebenskrisengedanken hinein, bei denen Burgis »tickende Uhr« eine Hauptrolle spielte.

Und als sie so auf den unverschämt blauen Himmel vor dem Bürofenster stierte, in dem schon seit Menschengedenken kein Wölkchen mehr entstanden zu sein schien, fasste sie den verzweifelten Entschluss, doch endlich ihre Arbeit zu machen. Aber bevor sie den ersten Aktendeckel lüften konnte, erschien plötzlich ein strahlender Stammer in der Tür.

»Haben Sie einen reichen Großonkel in Amerika gefunden?«, schnauzte sie ihn gleich ein bisschen ungnädig an. Es ist ein psychischer Reflex, dass man manchmal den gut gelaunten Menschen die Schuld an der eigenen Misere gibt. Aber besonders reif ist es natürlich nicht.

Wenn der Stammer dasselbe Mundwerk gehabt hätte wie der Schramek, hätte er vielleicht geantwortet: »Nein, besser. Einen Toten!«

Aber da der Stammer der Stammer war, machte er nur ein betretenes Gesicht und erzählte, dass die Kollegen vom Praterstern zu einer »bedenklichen« Leiche in der Sellenygasse 9 gerufen worden sind. Es schaut nach einem Selbstmord aus. Aber für die Uniformierten ist ein Selbstmord erst ein Selbstmord, wenn die Mordkommission sagt, dass es einer ist.

»Es handelt sich um eine Frau Hedwig Dornauer«, sagte der Stammer aufgeregt. »69 Jahre. Der Amtsarzt war schon dort. Er sagt, die Frau ist vor ein bis zwei Wochen gestorben.

Genauer kann er es noch nicht sagen. Bezirksinspektor Dreher meint, es könnte eine Überdosis Schlafmittel gewesen sein. Aber man weiß ja nie.«

Den letzten Satz hat er mit so viel unterdrückter Hoffnung in der Stimme gesagt, dass Anna Bernini beim besten Willen ein Grinsen nicht unterdrücken konnte. Obwohl Grinsen wie eine Aufforderung an ihren Kopf wirkte, die Schmerzen zu intensivieren.

Falls Inspektor Stammer gehofft hatte, dass er die »bedenkliche« Leiche allein begutachten durfte, wurde er gleich enttäuscht. Denn leider hat sich das müde Gehirn seiner Chefin nicht mehr an das Versprechen erinnert, das sie beim letzten Mitarbeitergespräch gegeben hatte: »Den nächsten Toten machen Sie allein.« Und der Stammer war noch zu jung, um zu wissen, dass sich Chefs sehr selten an ihre Versprechen erinnern. Da sind Chefinnen auch keine Ausnahme.

Im Auto berichtete er, was er von den Kollegen vom Praterstern schon erfahren hatte. »Eine Frau Kaltenbrunner hat uns angerufen. Sie ist eine Nachbarin und Freundin der Toten. Sie hat gesagt, dass sie sich schon länger Sorgen gemacht hat, weil ihre Freundin hat vor zwei Wochen den *Bridge*-Abend im letzten Moment abgesagt. Dann war sie selbst auf Urlaub. Da hat sie sie immer wieder angerufen, aber nie erreicht. Heute ist sie zurückgekommen und hat dann gleich die Polizei verständigt.«

»Hmm«, machte Anna Bernini, während sie auf ihrem Handy herumtippte. »Und weiter?«

Aber der Stammer sprach nicht weiter. Jedenfalls nicht gleich. Und als er wieder anhob, ist es nur ein Stottern geworden. »D-d-die L-l-leich-ch-ch-e i-i-i-ist s-s-s-either …« Beschämt brach er ab.

Anna Bernini warf ihm einen mitfühlenden Blick zu und dachte, dass es sich mit dem Stottern-Abgewöhnen vielleicht genauso verhält wie mit dem Rauchen-Abgewöhnen. Ein Stotterer bleibt man ein Leben lang. Nur dass man mit der Zeit lernt, flüssig zu sprechen.

»Oh je, a alte Leich!«, ließ sich der Schwamminger von vorn vernehmen. »Des is nix für …«

Gerade noch fing er den zornigen Blick der Chefinspektorin im Rückspiegel auf. »Nojo, es is für alle das erste Mal, sag’ i.«

»Es ist nicht so schlimm«, log sie und schaute zum Fenster hinaus, um ihre eigene Unruhe zu verbergen.

Zwei Minuten später hielt er in der Sellenygasse vor der Hausnummer 9. Mehrere Polizeiautos, ein Rettungswagen und ein Dutzend Schaulustige waren schon da.

Beim Öffnen der Beifahrertür traf die Hitze wie ein Hammer auf ihren Schädel. Und beim Betreten des Hauses kamen noch ein paar Schläge dazu. Denn es kamen ihnen schon Schwärme von Fliegen entgegen. Und Anna Bernini wusste, was das bedeutete.

»Warum sind da so viel Fliegen?«, fragte der Stammer mit Falsettstimme.

»Seien Sie froh, dass ein paar davon da sind.«

»Warum?«

»Weil dann weniger dort sind.«

Der Stammer öffnete zwar wieder den Mund, schloss ihn aber gleich wieder. Schweigend stiegen sie nebeneinander die Treppen hinauf. In Anna Berninis Schläfen pochte es, und auch ihr Magen rumorte. Irgendwo in ihrer Hosentasche müsste noch eine … Ja, genau, ihre Finger ertasteten eine mit Brösel und Fusel gespickte Kopfwehtablette. Hastig schluckte sie sie hinunter. Doch ohne Wasser bleibt der bittere Nachgeschmack ewig auf der Zunge. Wenn man einen Sinn fürs Paradoxe hätte, könnte man sagen: Vielleicht hat sie gerade das vor der Übelkeit bewahrt, die den Stammer in dem Moment überwältigte, als im zweiten Stock die Wohnungstür Nummer 5 von innen aufflog und etwas herausquoll, das wie eine schwarze, sich sirrend fortbewegende Wolke aussah.

In diesem Moment hätten die beiden Polizisten sofort die Augen schließen und den Mundnasenschutz aufsetzen sollen. Denn bevor sie überhaupt erkannten, dass die Wolke aus Myriaden von frisch geschlüpften Schmeißfliegen bestand, waren ein paar von ihnen schon in ihre Münder geflogen, hatten sich in den Nasen festgesetzt und ihre Augen belagert. Und vielleicht waren sogar welche in ihre Gehirne vorgedrungen und machten sich über den gesunden Menschenverstand her, der nicht glauben wollte, was er da sah. Ein gewaltiges, wimmelndes Fliegenungeheuer, das sich mit einem Getöse über die Treppe hinabwälzte, dass es einem die Ohren verschlug.

Und dahinter kam, wie eine übernatürliche Erscheinung, eine kleine, pummelige Gestalt zum Vorschein. »Ui, die Kieberer sind auch schon da!«, gluckste es hinter dem blau-roten Polizei-Mundnasenschutz hervor.

Der Anblick des freundlich zwinkernden Inspektor Dreher hätte sicher eine beruhigende Wirkung auf die beiden »Kieberer« gehabt, wenn nicht zusammen mit ihm etwas aus der Wohnung getreten wäre, das man nur als unzumutbare Geruchsbelästigung bezeichnen konnte. Da half es auch nichts, dass Inspektor Dreher den Stammer jetzt aufmunternd auf die Schulter klopfte und einladend zur Seite trat. Denn niemand betritt gerne eine stinkende Hölle. Manche schaffen es nicht einmal. Auch wenn es ihre Pflicht gewesen wäre. So wie der Stammer, der sich jetzt blitzartig umdrehte und die Treppe hinunterstürzte, als wäre der Tod hinter ihm her, nicht nur sein grausiger Atem.

»Oje, a oide Leich' is nix für junge Hupfer«, grunzte Inspektor Dreher mitfühlend. »Und wo ist der Jurist?«

»Der Lulu kommt gleich.«

»Der Luluuuuu! Das freut mich! Den hab ihn schon lange nicht mehr gesehen!« Inspektor Dreher zwinkerte wieder mit den Augen. Und Anna Bernini konnte sich schon vorstellen, wieso. Der Polizeijurist Ludwig Ludwig, manche Eltern finden so etwas witzig, wurde von allen »Lulu« genannt, obwohl man ihn rein vom Auftreten her für das Gegenteil gehalten hätte. Wenn er einen Mordschauplatz betrat, hätte man meinen können, der Herr Innenminister persönlich schaut vorbei. Aber vielleicht war es auch eine Kompensation, denn schließlich war er mehr oder weniger eine Formalie. Jemand, der seinen juristischen Sanktus zu etwas gibt, was im Normalfall die Kriminalpolizei entscheidet.

»Er kommt später«, sagte Anna Bernini.

»Ahhhhja«, war alles, was Inspektor Dreher sagte. Aber Anna Bernini wusste, was die Kollegen über Lulu sagten: dass er immer erst kommt, wenn die Arbeit schon getan ist.

Anna Bernini war Inspektor Dreher in ein riesiges Wohnzimmer gefolgt, das ihr vielleicht ein »Wow!« entlockt hätte, wenn sie es unter anderen Umständen zum ersten Mal gesehen hätte. Dann hätte sie sicher die alten Flügeltüren bewundert, die auf einen Balkon führten, von dem aus man einen herrlichen Blick in einen riesigen Garten hatte. Oder den Wintergarten, vor dem ein wertvoller Flügel stand. Oder die Wände, die mit Kunst aus allen Epochen voll gehängt waren. Oder die leuchtenden Perserteppiche, den graziösen Empiresekretär, den mit Einlegearbeiten verzierten Esstisch, das Biedermeiersofa und unzählige Beistelltischchen, Porzellanfiguren und Vasen. Aber da sieht man wieder einmal, wie sehr die fünf Sinne zusammenhängen. Denn es ist schwer für die Augen, etwas schön zu finden, was für die Nase eine solche Zumutung ist.

»Ja«, zwinkerte Inspektor Dreher, der Anna Berninis Blicken gefolgt war. »Es san schon Hausherren g'storbn!«

Das war ein altes Wiener Sprichwort, das noch aus einer Zeit stammte, wo der Besitzer einer Mietskaserne fast so mächtig war wie der Liebe Gott.

Anna Bernini lächelte. Sie mochte den Dreher. Sie waren mehrmals bei einem Weiterbildungskurs im Gewerkschaftsheim am Semmering zusammengetroffen. Er war ein gemütlicher Burgenländer, der zufrieden war, wenn man ihm ein anständiges Essen servierte und dazu ein Glas Wein. Konnten auch mehrere sein. Nur keine schlechten, denn beim Wein kannte er sich aus. Aber als er jetzt durch eine weitere Flügeltür in einen kleinen Gang und von dort in ein geräumiges Schlafzimmer vorausging, wirkte selbst sein gutmütiges Vollmondgesicht so, als hätte man ihm nicht Wein, sondern Zitronensäure serviert.

Man sagt, dass eine Zehntelsekunde ausreicht, um sich ein Bild von einem Menschen zu machen. Ob man ihn sympathisch findet oder nicht. Aber es reicht auch eine Zehntelsekunde, um sich ein Bild von einem Menschen zu machen, das einen bis an sein Lebensende in die düstersten Albträume verfolgen wird. Noch bevor Anna Bernini ganz erkannt hatte, was hier im Bett lag, hatte sie schon instinktiv die Augen davor verschlossen. Aber da war es bereits zu spät. Da hatte sich schon das Negativbild von etwas auf ihre Netzhaut gebrannt, das eigentlich kein Mensch sehen müssen sollte. Ich sage nur so viel: Die besten Horrorfilmdesigner in Hollywood hätten von dieser Leiche noch etwas lernen können. Und obwohl Anna Bernini schon mehrere »alte Leichen« gesehen hatte, zum ersten Mal die eines Obdachlosen, der von einem verliebten Pärchen am Donaukanal gefunden worden war, auch nicht gerade das, was man sich als Liebesnest erträumt, war diese hier schon besonders schlimm. Denn es macht einen Unterschied, ob eine Leiche draußen liegt oder drinnen, ob die Fenster geschlossen sind oder offen, ob es Sommer ist oder Winter. Und wenn man alle negativen Faktoren zusammennimmt und dann noch eins drauflegt, hat man das, was Anna Bernini hier im Bett liegen sah.

»Keine Einbruchs- oder Kampfspuren«, sagte der Dreher.

Und weil sie nicht mehr länger auf das grauenhafte Negativbild starren wollte, das ihre Netzhaut einfach nicht löschen wollte, öffnete Anna Bernini die Augen wieder.

»Aber dafür das da!« Inspektor Dreher deutete auf das Nachtkästchen, auf dem ein leeres Glas und eine Pillendose standen.

Anna Bernini betrachtete nachdenklich das elegante Möbelstück aus Marmor und Messing, die Pillendose, das Wasserglas. Neben dem Glas hat sich ein heller kreisförmiger Abdruck in die Marmoroberfläche gefressen. Stammte er von dem letzten Glas Wasser, das Hedwig Dornauer getrunken hatte, oder vielleicht von einem Glas Champagner aus besseren Tagen? Anna Bernini verspürte den irrwitzigen Impuls, in die Küche zu laufen, einen Schwamm zu holen und den Abdruck wegzurubbeln.

»Ah, der Herr Doktor Ludwig ist da!«, rief Inspektor Dreher plötzlich, aufgeräumt wie immer.

Anna Bernini drehte sich um. Hinter ihr war »Lulu« aufgetaucht, groß und kräftig wie ein Bär, allerdings wie einer, der seit ihrem letzten Treffen vor drei Tagen ein bisschen geschrumpft war. Genauso wie der Polizei-Mundnasenschutz, der auf seinem bärtigen Kinn klebte wie ein Stück Serviette, das er nach dem Essen dort vergessen hatte.

»Grüß Gott miteinander. Ich weiß zwar noch nicht, ob die Leiche ›bedenklich‹ ist, aber ich kann schon sagen, dass sie so riecht.«

Dass niemand in sein volles Baritonlachen einstimmte, geschah nicht aus Pietät, denn es ist normal, dass sich Kriminalbeamte in so einer Situation mit Witzen gegenseitig vor dem schreiend Davonlaufen bewahren wollen. Aber Lachen hätte bedeutet, mehr Luftmoleküle als die unbedingt notwendigen an den Riechrezeptoren vorbeizulassen.

»Es gibt einen Abschiedsbrief.« Inspektor Dreher nickte zur Kommode hinüber, auf der ein aufgeklappter Laptop stand.

»Den habt ihr so vorgefunden?«, fragte Anna Bernini.

»Nein, er war zugeklappt. Aber sie hat kein Passwort verwendet. Und das Dokument da war offen.«

Sodass es alle gleich sehen können, dachte Anna Bernini, als sie näher herantrat. Das war typisch für Selbstmörder. Selbstmörder wollten in der Regel, dass man ihre Abschiedsworte gleich fand. Sie konnte sich an einen Fall erinnern, wo ein Selbstmörder die Polizei in einer Nachricht bat, diskret vorzugehen, damit die Kinder in der Nebenwohnung nicht erschrecken.

Anna Bernini streifte die Handschuhe über und berührte das Bedienungspad. Sofort leuchtete der Bildschirm auf. »Bitte verzeiht mir!«, stand da in dicken, fetten Lettern. Nur diese drei Worte. Anna Bernini scrollte hinunter, aber mehr kam nicht. Keine Anweisungen, keine Botschaften, keine Erklärungen, keine Anklagen. Das war wieder weniger typisch für Selbstmörder.

»Wirst du die Spurensicherung verständigen?«, fragte Inspektor Dreher. Was nichts anderes heißen sollte als: Glaubst du an den Selbstmord oder hast du Zweifel?

Anna Bernini antwortete nicht gleich. Sie hob fragend die Augen in Richtung Doktor Ludwig. Doch der hob nur die Schultern. Anna Bernini hob den Kopf und lauschte. Sie hörte das Atmen der beiden Kollegen, draußen tschilpte ein Vogel, in weiter Ferne fuhr ein Rettungsauto vorbei. Doch hier herinnen? Totenstille und sonst nichts. Wortlos ging sie zurück ins Wohnzimmer. Ihre Kopfschmerzen waren heftiger denn je. Sie trat zum Fenster. Draußen strahlte die Sonne vom Himmel, als gäbe es keine Nacht, keine Angst und keinen Tod. Anna Bernini drehte sich wieder um und musterte den Raum. Sie hatte schon viele Wohnungen von Verstorbenen gesehen. Und immer waren diese Wohnungen in einer Art leer gewesen, wie Wohnungen von Lebenden niemals leer sein können. Immer war die Luft eigenartig abgesogen von den Räumen, so als würden sie den Atem anhalten. Auch Anna Bernini hielt den Atem an. Sie starrte auf das feine Teppichmuster zu ihren Füßen. Zartes rot-goldenes Rankenwerk auf elfenbeinfarbenem Hintergrund. Sie sah, wie einer der seidenen Triebe aus dem Teppich herauswuchs und sich um ihre Fesseln schlang. Wie sich Stacheln in ihr Fleisch bohrten und kleine Blutstropfen aus der Haut sickerten. Schnell machte sie einen Schritt zur Seite, schloss die Augen, öffnete sie wieder. Da war nichts. Keine Ranken, keine Rosen, keine Verletzung. Alles war normal. Nur in ihren Ohren rauschte das Blut.

»Ein so ein Teppich«, sagte Doktor Ludwig, der Anna Bernini ins Wohnzimmer gefolgt war, »und man braucht keine Angst mehr vor der Pensionslücke zu haben, nicht wahr?«

Anna Bernini sah den verständnisvollen Blick des Kollegen und errötete, als hätte er sie bei etwas Unanständigem ertappt. Und ein bisschen stimmt es auch. Denn was wäre heute unanständiger als wegen eines Burn-outs, oder sagen wir, wie es ist: eines Alkoholproblems monatelang pausieren zu müssen. So wie es Anna Bernini letztes Jahr machen musste. Jeder Polizist im Revier wusste das.

»Na, dann werfe ich noch einen kurzen Blick in die Runde«, murmelte sie und stakste davon.

In der Küche, für die übrigens selbst ein Sternekoch gemordet hätte, stand zu ihrer Erleichterung der Stammer. Zwar war sein Gesicht weißer als das Porzellangeschirr in der Vitrine hinter ihm, aber dafür war wieder ein bisschen Leben in seine Augen zurückgekehrt.

»Ich habe was gefunden, das müssen Sie sich anschauen!«, rief er aufgeregt, trat zum Kühlschrank und öffnete ihn.

Anna Bernini schaute hinein, fand aber nichts Ungewöhnliches. Ein halbes Viertel Butter, ein abgelaufenes Packerl Milch, ein paar verschrumpelte Karotten, ein Käse, der schon ein bisschen aus seinem Papier herauswuchs, ein paar angebrochene Gläser mit Chutneys und seltenen Senfen, wie sie jeder einmal gekauft oder geschenkt bekam, die aber nie irgendwo dazu gepasst hatten. Kühlschrankleichen, könnte man sagen.

»Was soll mir da auffallen?«, fragte sie schließlich.

»Aber das schaut doch nach einer Party aus, oder?«, sagte der Stammer aufgeregt und deutete auf eine große flache Schachtel mit dem Logo eines bekannten Catering-Unternehmens und zwei Prosecco-Flaschen.

»Jaaa, und?«, fragte sie, obwohl sie schon eine Ahnung hatte, was er damit sagen wollte.

Ausgesprochen hat es dann aber jemand, der unbemerkt hinter sie beide getreten war. »Jemand, der sich umbringen will, plant keine Party. Es ist offensichtlich, dass das kein Selbstmord war!«

Anna Bernini und Inspektor Stammer starrten die Frau an, die da so mir nichts, dir nichts einen Tatort betrat, als wäre es ihr eigenes Wohnzimmer. Obwohl Anna Bernini fand, dass die Frau irgendwie recht hatte, reizte es sofort, ihr zu widersprechen. Das ist natürlich vor allem am Tonfall gelegen. Ein Stimme gewordener erhobener Zeigefinger, der einen sofort überlegen lässt, ob man eh die Mathe-Hausübung gemacht hat. Und das Aussehen machte es, ehrlich gesagt, auch nicht besser. Mageres Gesicht, stahlgraues Haar und Augen wie blank poliertes Silberbesteck. Anna Bernini ahnte, dass das die Freundin war, die vor zwei Stunden Polizei und Rettung alarmiert hatte. Die Rettung war natürlich um zwei Wochen zu spät gekommen.

»Sind Sie die Kripo?«, herrschte die Frau jetzt den Stammer an, der schlagartig rot wurde und verlegen in Richtung Anna Bernini schielte.

»Gott sei Dank! Ich hab diesem Polizisten schon die ganze Zeit erklärt, dass das Mord war!« Sie wedelte mit der Hand zu Inspektor Dreher, der gerade in der Küchentür erschien. »Aber er hat gesagt: Mord feststellen kann nur die Kripo!«

»Dass wir von der Kripo sind, heißt nicht, dass es kein Selbstmord war«, sagte Anna Bernini.

Die Frau hob überrascht die Augenbrauen, als wundere es sie, dass ihre Putzfrau so gut Deutsch konnte.

»Natürlich war es kein Selbstmord!«, rief sie noch einmal und ließ den Blick empört vom Stammer, der offenbar nicht der Chef war, für den sie ihn gehalten hatte, zu Anna Bernini wandern, die offenbar nicht die Person war, die einem solchen Fall gewachsen war.

»Also ich habe es Ihrem Kollegen da schon erklärt«, sagte sie und wedelte mit ihrer mageren Hand in Richtung Inspektor Dreher. »Wir waren vor zwei Wochen zum *Bridge*-Abend verabredet. Aber sie hat abgesagt. Per SMS! Das hat mich da schon stutzig gemacht. Die Hedi hat mir noch nie einen *Bridge*-Abend abgesagt! Angeblich weil sie sich nicht ›wohl fühlt‹. Ich bitte Sie! Nicht einmal, als ihre Mutter vor ein paar Jahren gestorben ist, hat mich die Hedi versetzt! Da hab ich noch gesagt: ›Wenn du willst, verschieben wir.‹ Aber sie hat abgelehnt. Verabredungen muss man einhalten. Da war die Hedi immer ganz korrekt.«

Und wenn man die strenge Ausstrahlung der Frau bedachte, hätte man gesagt: Stimmt, da ist ein Selbstmord vor einer *Bridge*-Verabredung mit ihr wirklich nicht sehr wahrscheinlich.

»Und weiter?«, fragte Anna Bernini.

»Weiter? Sie hat die Brötchen und den Sekt kommen lassen, wie immer. Und dann hat man sie ermordet! Das sehen Sie ja.«

»Und das Absage-SMS?«

»Hat natürlich der Mörder geschickt. Mir ist es gleich komisch vorgekommen, dass die Hedi ein SMS geschickt hat. Die Hedi hat immer angerufen, wenn sie mir etwas sagen wollte. Vielleicht hätte sie mir noch ein Zetterl an die Tür gehängt. Ich wohne ja gleich da drüben. Aber sicher nicht so Chat oder was das ist!«

Da ist Anna Bernini jetzt ein kleines Grinsen ausgekommen. Aber dann hat die Freundin natürlich erst recht ihren Silberbesteckblick ausgepackt. Und zwar nur die Messer. »Was gibt es da zu grinsen? Die Hedi hatte eine wunderschöne Handschrift. Wir sind zusammen in der Wittelsbachergasse in die Volksschule gegangen. Da hat es noch Schönschreiben gegeben. Nicht so wie heute, wo die Kinder in ›Alternativschulen‹ unterrichtet werden, wo sie nichts lernen.«

»Frau Kaltenbrunner …«, begann Anna Bernini. Aber die Freundin hat natürlich sofort erraten, wie der Satz weitergehen würde.

»Nein! Ich bestehe darauf, dass Sie den Fall als Mordfall behandeln. Die Hedi war meine beste Freundin. Da lasse ich nicht zu, dass ihr Mörder entkommt, nur weil die Polizei zu blöd ist …«

»Frau Kaltenbrunner, bitte mäßigen Sie sich. Es gibt in unserem Strafrecht den Tatbestand der Beamtenbeleidigung.«

Und weil die Freundin jetzt so empört herumfuhr, fügte Anna Bernini noch hinzu. »Der trifft auch auf die Beamt*innen* zu.«

Aber im nächsten Moment tat ihr die Bemerkung wie überhaupt ihr ganzes Verhalten leid. Denn plötzlich fing die Frau an zu schluchzen. »Wenn ich daran denke, dass die Hedi hier die ganze Zeit tot in ihrem Bett gelegen ist, während ich in Südtirol Bergwandern war.«

Erst jetzt, als die Freundin zitterte und die Hände vors Gesicht schlug, als ihre Stimme bebte und die mageren Schultern zuckten, erkannte Anna Bernini, dass sie eigentlich eine ältere Dame vor sich hatte, die um ihre beste Freundin trauerte.

»Frau Kaltenbrunner«, sagte sie und nahm sie sanft am Arm,

»kommen Sie mit mir hinaus. Sie sollten nicht hierbleiben. Gehen Sie lieber nach Hause.«

Doch die Freundin schüttelte die Hand der Kriminalbeamtin ab und funkelte sie böse an. »Kommt überhaupt nicht infrage! Ich rühre mich nicht von der Stelle, bevor Sie nicht die Spurensicherung verständigt haben!«

»Frau Kaltenbrunner, Sie verlassen jetzt den Tatort«, funkelte Anna Bernini nicht weniger angriffslustig zurück. »Sie behindern hier die Polizeiarbeit.«

»Aha!«, rief die Freundin triumphierend, »Sie haben Tatort gesagt. Sie geben es also zu!«

Anna Bernini öffnete den Mund für eine scharfe Entgegnung, doch zu ihrer größten Überraschung trat jetzt der Stammer vor. »Frau Kaltenbrunner«, sagte er hastig und machte einen vollendeten Elmayer'schen Diener, »darf ich Sie bitten, uns noch ein paar Fragen zu beantworten. Sie sind ja unsere wichtigste Zeugin.«

»Tja, das würde ich auch sagen«, lächelte die Freundin den Stammer jetzt beinahe an. »Ich bin sogar die einzige Zeugin.«

»Gibt es keine Hinterbliebenen?«, erkundigte sich Anna Bernini leise bei Inspektor Dreher.

»Die Hedi hatte niemanden außer mir. Nur diese Nichte zweiten Grades oder was. Die hat es aber nur auf ihr Geld abgesehen. Besucht hat die sie jedenfalls nie.«

Anna Bernini warf Inspektor Dreher einen fragenden Blick zu. Der nickte. »Ich habe sie schon verständigt.«

»Pff!«, schnaubte die Freundin. »Das wird dem feinen Dämchen ziemlich egal sein.« Die Tränen auf dem Gesicht der Freundin waren verschwunden, und Anna Bernini vermutete, dass sie auch so schnell nicht wiederkommen würden, oder wenn, dann höchstens aus Zorn über die Polizei-Dienstboten, die nicht taten, wie ihnen geheißen.

Und während sie noch überlegte, wie streng sie mit dieser

Frau verfahren sollte beziehungsweise musste, fing sie einen Blick vom Stammer auf. Und gleich darauf wurde ihr klar, dass sie ihn bisher immer unterschätzt hatte. Dass sie keine Ahnung hatte, was für verborgene Talente in ihm steckten. Wenn der Schramek ihr Mann fürs Grobe war, war der Stammer ihr Mann fürs Feine. Denn niemand beherrscht die Codes der feinen Gesellschaft so gut wie einer, der darin aufgewachsen ist. Und das merkte auch die Freundin. Dafür muss man gar nicht wissen, dass der Stammer'sche Stammbaum bis hinunter zu einem General bei der Schlacht von Solferino lückenlos blaublütig war, so etwas vermittelt sich über das Feinstoffliche. Wenn man eine Nase dafür hat. Und die Freundin hatte eine Nase dafür. Denn jetzt hob sie den Kopf wie ein witterndes Wild. Und als ihr der Stammer den Arm reichte und mit einem vielsagenden Blick zu verstehen gab, dass die Kriminalpolizei ohne die Mithilfe der wichtigsten Zeugin im Fall Dornauer keine Millimeter weiterkäme, stahl sich sogar ein warmes Glimmern in die Silberbesteckaugen. Und so ließ sie sich von ihm aus der Wohnung begleiten mit einem Zug um den lippenlosen Mund, wo man schon fast sagen hätte können: Das ist ein Lächeln, das einer Debütantin am Opernball auch gut gestanden wäre.

KAPITEL 18

Jedes Kind weiß, dass es Substanzen gibt – Heroin, Alkohol, Zigaretten oder Cremeschnitten – die einem kurzfristig Vorteile bringen, aber langfristig Nachteile bis hin zum finalen Nachteil. Trotzdem kommen sich die Menschen, die an ihnen hängen, in der Regel nicht als Selbstmörder vor. Auch wenn wir 100-mal wissen, dass wir eine hohe statistische Wahrscheinlichkeit haben, einmal an unserer Sucht zu sterben, glauben wir, uns wird es schon nicht treffen. Deshalb glauben auch 70 Prozent der Menschen, dass sie überdurchschnittlich gute Autofahrer und überdurchschnittlich gute Liebhaber sind. Ich weiß nicht, was eine Mathematikerin dazu sagen würde. Übrigens halten sich die meisten auch für überdurchschnittlich intelligent. Die Einzigen, die nicht an chronischer Selbstüberschätzung leiden, sagen Studien, sind die Depressiven. Da möchte ich jetzt auch nicht darüber spekulieren, was das für ein Licht auf die Krönung der Schöpfung wirft. Da müsste man dann eine Küchenschabe in drei Millionen Jahren fragen.

Anna Bernini wurde am nächsten Morgen nach kurzem, unruhigem Schlaf, der von riesigen Fliegen und wabernden Perserteppichen bevölkert war, durch einen Anruf geweckt. Mit geschlossenen Augen tastete sie nach ihrem Handy und murmelte schon »Hm?«, bevor sie den Namen auf dem Display gelesen hatte.

»Guten Morgen, Frau Chefinspektorin«, drang die Stimme eines offensichtlich schon hellwachen Oberst Meier an ihr Ohr.

Manche Menschen wären beim Anruf ihres Vorgesetzten vielleicht sofort in die Höhe geschnellt, manchmal wäre auch Anna Bernini eine von ihnen gewesen. Aber wenn man um

4 Uhr morgens die dritte Schlaftablette aus lauter Verzweiflung mit dem *Limoncello* der Uroma hinuntergespült hat, kann man froh sein, wenn man ein halbwegs verständliches »Guten Morgen« herausbringt.

Anna Bernini versuchte es aber erst gar nicht, sondern bettete ihren Kopf, der sich schwer wie ein Mittelklassewagen anfühlte, wieder zurück auf den Polster und wartete darauf, dass der Oberst redete. Worauf man erfahrungsgemäß nie lange warten musste.

»Ich brauche Sie für ein Mediencoaching«, sagte er.

Anna Bernini seufzte, wälzte sich herum und ließ versuchsweise die Beine aus dem Bett baumeln. Es fühlte sich zwar noch nicht sehr gut an. Aber ein Anfang war gemacht.

Seit der Oberst per Zufall erfahren hatte, dass Anna Bernini einmal Redakteurin einer Schülerzeitung war, hielt er sie für medienkompetent. Obwohl sie nichts unversucht gelassen hat, ihn davon abzubringen. Aber es half nichts. Wann immer der Oberst vor die Medien trat, was seit seinem Schlaganfall immer öfter passierte – es konnten auch sehr kleine Medien sein, Pfarrblätter zur Not – verlangte der Oberst nach Anna Bernini. Sie war für ihn in Sachen PR die oberste Instanz. Was auch immer sie gegen sich vorbrachte, »vollkommen unprofessionell«, »nur gemacht, weil ich in den Chefredakteur verliebt war«, oder »sogar der Schramek versteht mehr davon«, halfen nichts. Obwohl alles stimmte. Der Schramek war zumindest ein begeisterter Poster riesiger Grillstelzen und schlüpfriger Witze. Aber der Oberst schüttelte nur lächelnd den Kopf und sagte: »Sie sind immer so bescheiden.«

»Es ist wichtig, ich muss etwas posten«, beharrte er. »Es geht um den Magnoliengartenfall.«

Anna Bernini, die inzwischen aus dem Bett gekrochen und in die Küche getapst war und sich gerade überlegte, ob sie die Kaffeemühle einschalten konnte, ohne dass dem Oberst am anderen Ende das Trommelfell platzte, erstarrte. Doch noch bevor er weiterreden konnte, hatte Anna Bernini schon automatisch auf den Knopf gedrückt. Ob dem Oberst das Reden vergangen ist, weiß ich nicht. Anna Bernini ist auf jeden Fall das Hören vergangen. Zumindest für kurze Zeit. Weshalb sie das Wichtige, das der Oberst bald der Presse mitteilen würde, erst erfuhr, als sie ein paar Stunden später ins Büro kam.

Als das ohrenbetäubende Kaffeemühlengeräusch zu Ende war, wiederholte der Oberst den Wunsch, Anna Bernini möge ihm zeigen, wie man ein Video hochlädt. »In diesem *Meta* oder wie das heißt. Ich habe so viele Freunde, die wissen wollen, wie es uns mit dem Fall geht.«

»Und wie geht es uns mit dem Fall?«, gähnte Anna Bernini.

»Neuigkeiten«, räumte er ein, »gibt es eigentlich keine. Aber ich dachte, wir könnten die Klick-Rate erhöhen. Zum Beispiel durch ›Making of‹-Videos. Sie verstehen? Die Polizei bei der Arbeit.«

»Das kommt doch vom IT-Genie«, sagte Anna Bernini, die vor dem ersten Kaffee noch nicht diplomatisch formulieren konnte.

»Äh, Sie meinen …? Ja. Er sagt, dass Videos die bessere Reichweite haben als reine Text-Postings.«

Anna Bernini verdrehte die Augen. »Wieso fragen Sie nicht gleich ihn, dass er Ihnen hilft.«

Am anderen Ende herrschte kurzes Schweigen, und in Anna Bernini stieg der Verdacht auf, dass der Oberst sie vielleicht nur angerufen hatte, um sie ins Boot zu holen, sprich: Wenn sie mitmacht, kann sie nichts dagegen haben. Diese Überlegung wirkte sich nicht fördernd auf ihre Diplomatiekunst aus.

»Bei so einem Schmarrn mach' ich nicht mit«, blaffte sie. »Tun Sie, was Sie wollen!«

Nach dem Telefonat trank Anna Bernini einen Ristretto, der von ihren müden Gehirnzellen aber nur mit einem Ach-

selzucken abgetan wurde, und wankte ins Bad. Das ungute
Gefühl wankte mit ihr mit. Und es brachte sie dazu, dass sie
um 7 Uhr morgens schon wieder schwitzte. Und auch nicht
damit aufhörte, als ihre Füße auf den kalten Steinboden im
Bad trafen, den sie normalerweise nur ansehen musste, um
schon eine Blasenentzündung zu bekommen. Und selbst noch
unter dem kalten Wasserstrahl in der Dusche schwitzte Anna
Bernini. Und je mehr Gehirnzellen die kalte Dusche aus dem
Tiefschlaf weckte, desto mehr schwitzte sie.

Als Anna Bernini eine Stunde später am Karmelitermarkt
in der *Garage* saß, weil ins Büro zu fahren, hatte sie sich noch
nicht überreden können, dachte sie an die DNA-Ergebnisse.
Wenn der Schorsch Wort gehalten hätte, müssten sie heute
oder morgen vorliegen. Das versetzte sie in große Unruhe,
die im Grunde unverständlich war, weil sie schon seit Tagen
nicht mehr an Fonsi und seine mögliche Täterschaft gedacht
hatte. Aber ihre Analytikerin hätte ihr jetzt natürlich erklären können, dass Gefühle nicht verschwinden, nur weil man
die Augen vor ihnen verschließt.

Wenig später kam Anna Bernini in der Leopoldsgasse an.
Aber ihr Plan, auf dem schnellsten Weg in ihrem Büro zu
verschwinden, wurde von einem nervös am oberen Treppen-
absatz auf und ab wandernden Oberst vereitelt. An der Art,
wie sich seine Gesichtsmuskeln bei ihrem Anblick entspann-
ten, erkannte sie, dass er auf sie wartete. Doch noch bevor sie
bei ihm angekommen war, hatte sich seine Stirn schon wieder in Falten gelegt.

»Ist etwas passiert?«, fragte sie erschrocken und dachte zum
zweiten Mal an diesem Morgen an die DNA-Ergebnisse aus
Innsbruck.

»Nein! Das heißt, ich wollte Ihnen nur sagen, dass
Frau Sandtner noch eine Weile im Krankenstand bleibt.«

Anna Berninis Knie wurden weich. »Was ist los mit ihr?«

»Nichts! Nichts Neues, meine ich. Es ist dieser Bandschei-benvorfall. Sie ist auf Kur.«

»Auf Kur? Aber wieso hat sie mir das nicht gesagt?«

»Es ist so schnell gegangen.«

»Schnell gegangen? Aber man muss doch einen Antrag stel-len.«

»Ja, ich … ähem … habe das Verfahren ein bisschen beschleu-nigen können«, murmelte er und schaute drein wie jemand, der etwas angestellt hat.

»Dieser Grubinger wird sie jedenfalls nicht ersetzen!«, maulte sie und ging an ihm vorbei.

Für einen Moment wirkte der Oberst, als hätte man ihm ein Glas Eiswasser in den Kragen gekippt. Aber dann riss er sich zusammen und stakste davon.

Anna Bernini marschierte in ihr Büro und donnerte die Tür hinter sich zu. Dann stürzte sie zum Fenster und riss es auf. Aber die Hitze fachte ihre Wut natürlich nur noch weiter an. Vor seinem Schlaganfall, brodelte es in ihr, hätte er sich nie auf eine so kindische Weise gerächt. Miss Biggy hatte es schon die ganze Zeit gespürt. Der Oberst hielt sie nicht mehr für jung und dynamisch genug. Er wollte so jemanden wie das IT-Ge-nie. Einen jungen Mann, wie er selbst noch gern einer wäre.

Ein paar Minuten lang marschierte Anna Bernini in ihrem Büro auf und ab und steigerte sich dabei in einen solchen Zorn hinein, dass sie beinahe etwas unternommen hätte. Die Gewerkschaft verständigt, zum Beispiel. Aber welcher Gewerkschafter würde einschreiten, wenn einen der Chef auf Kur schickt. Nicht in Österreich jedenfalls. Sie konnte die Gleichbehandlungskommission einschalten. Doch wo war die Ungleichbehandlung? Schließlich ging es Anna Berninis Zorn wie es jedem Gefühlsausbruch früher oder später geht. Er verebbte langsam. Teilweise, weil Zornig-Sein anstren-gend ist. Und teilweise, weil sich Stimmen in ihrem Kopf zu

Wort meldeten, die einwandten, dass zumindest die Möglichkeit bestand, dass auch der Vorschlaganfallsoberst auf den Social-Media-Zug aufgesprungen wäre. So modern und aufgeschlossen, wie er war. Und wenn man ehrlich war, musste man zugeben, dass Miss Biggy im Gegensatz zum Oberst nicht die Person war, die etwas für neue Marketingmaßnahmen übrig hätte. Sie hatte ja auch schon für die alten nichts übrig gehabt.

Als Anna Bernini mit ihrem Selbstgespräch so weit war, setzte sie sich schließlich in ihren Bürosessel und betrachtete die Schriftstücke auf ihrem Schreibtisch. Der Anblick dürfte aber nicht sehr erhebend gewesen sein. Denn schon wanderten ihre Gedanken in Richtung Mittagspause und zur Überlegung, ob man an einem so heißen Tag nicht zur Erfrischung einen *Radler* trinken könne, obwohl man im Dienst war. Sprich: Die Stimmung war am Nullpunkt.

In so einer Situation braucht man entweder eine feste moralische Grundeinstellung oder Disziplin. Und wenn man beides nicht hat, eine Beschäftigung, die einen ablenkt. Bei Anna Bernini war es der Selbstmordfall. Eigentlich glaubte sie im Fall des Leichenfunds in der Sellenygasse genauso wenig an Mord, wie sie im Fall einer Schnitzelsemmel an Mord glaubte. Wobei sie sich gar nicht getraute, Letzteres ihren zwei kleinen Nichten gegenüber zuzugeben. Aber erstens konnte eine Obduktion immer Überraschungen bringen, und zweitens war es ihre Sache, wie sie ihre Fälle bearbeitete.

Wenig später betrat Anna Bernini Felix Stammers Büro und verkündete: »Ich habe eine gute Nachricht für Sie. Doktor Kramer beginnt um 14 Uhr mit der Obduktion der Dornauer-Leiche. Wenn Sie gleich aufbrechen, kommen Sie gerade recht. Von der Spurensicherung ist schon wer da.«

Der Stammer hätte nicht entsetzter schauen können, wenn die Dornauer-Leiche plötzlich in sein Büro marschiert wäre. Sicher hätte er jetzt gestottert. Wenn er überhaupt ein Wort herausgebracht hätte. Nicken ging aber noch. Und Anna Bernini, die damit zufrieden war, drehte sich um und sagte im Hinausgehen: »Danach können Sie die Nachbarn befragen.«

»Von der *Magnoliengartenschule*?«, fragte der junge Kriminalbeamte verdattert.

»Nein, von der Dornauer in der Sellenygasse natürlich!«

Anna Bernini freute sich, dass jetzt wieder ein bisschen Farbe in seine Wangen kam.

»Damit sag' ich noch nicht, dass ich an etwas anderes als an einen Selbstmord glaube«, dämpfte Anna Bernini gleich ein bisschen das Heißspornige. »Ich sage nur, dass Sie sich bei den Nachbarn umhören sollen.«

Aber der Stammer war schon aufgesprungen.

Und Anna Bernini ging mit dem unangenehmen Verdacht in ihr Büro zurück, dass sie sich bei diesem Selbstmordfall vielleicht mehr von Gefühlen leiten ließ als von Tatsachen. Allerdings darf man nicht vergessen, dass Gefühle auch Tatsachen schaffen können. Die Polizeiarbeit ist ja gespickt mit Tatsachen, die von Gefühlen verursacht worden sind.

KAPITEL 19

Ein deutscher Psychiater hat eine Studie gemacht, um festzustellen, warum auf seiner Depressionsstation so viel weniger

Männer sind. Das Ergebnis: Männer hassen die dortigen Freizeitbeschäftigungen wie Seidenmalerei, Körbe flechten, tanzen und In-Gesprächsgruppen-über-Gefühle-reden. Sodass sie offenbar lieber Alkoholiker bleiben oder Selbstmord begehen. Also hat er auf seiner Depressionsstation Fußball-Gruppen und Wikinger-Spiele angeboten. Und siehe da: Auf einmal wurde die Klinik von depressiven Männern überschwemmt. Es mussten Wartelisten eingerichtet werden. Vielleicht sollte man dieses Modell auch auf die Vorstandsetagen umlegen. Gäbe es statt dicker Zigarren und schweinischer Witze Duftkerzen und vegane Mittagsmenüs wäre die Erfüllung von Frauenquoten vielleicht plötzlich ganz einfach.

Als Anna Bernini gegen 20 Uhr ihr Fahrrad vor einem wackligen Gartentürchen in einer schmalen Seitengasse am äußersten Ende von Neuwaldegg abstellte, verschwand gerade die Sonne hinter dem Kahlenberg.

Anna Bernini ließ den Blick über die Hügel gleiten und fühlte sich in die Sommer ihrer Kindheit zurückversetzt. Obwohl eigentlich alles anders war. Statt schroffer Felsen gab es hier sanfte Hügel, statt finsterem Nadelwald lockeren Laubwald, statt steilgiebeliger Almhütten-Architektur schönbrunnergelbe Villen. Diese hier war allerdings nur einstöckig, und der letzte Anstrich muss gemacht worden sein, als die Kaiserzeit noch nicht sehr lange her war. Statt Blumenschmuckprämierten Geranien wie in Anna Berninis Heimat wuchsen in den Blumenkisten Kräuter, und der Garten wirkte wie ein biologisches Experiment, bei dem man herausfinden will, was passiert, wenn man 2.000 Quadratmeter Garten sich selbst überlässt. Siedelt sich dann womöglich das dickwurzelige Löffelkraut wieder an? Anna Berninis Schwester hätte jedenfalls auf der Stelle den Rasenmäher angeworfen. Aber in Anna Berninis Augen war es einer der entzückendsten Wildgärten, den sie je gesehen hatte.

Als sie das fein geölte Gartentor öffnete und über die bunt bemalten Steinfliesen auf die Haustür zuging, verstärkten sich die Kindheitserinnerungen. Anna Bernini wusste nicht, woran es lag. Nicht an der einfachen Holzschaukel und auch nicht an der Sandkiste mit den bunten Plastikspielsachen, obwohl sie und ihre Schwester genau denselben Bagger gehabt hatten. Nein, es war etwas anderes. Es war das Gefühl beim Einatmen. Das Gefühl, dass es einem dabei nicht die Lungenbläschen verbrannte. Kühle würde ich es nicht nennen. Früher hätte man sogar Hitze dazu gesagt.

Anna Bernini stand jetzt vor einer dunkelgrün gestrichenen Eingangstür und drückte auf den Klingelknopf, neben dem »Fam. Dornauer« stand. Sie starrte auf die kleine rautenförmige Glasscheibe, die in die Tür eingeschnitten war, und wartete. Eine Minute verging, und nichts rührte sich. Anna Bernini überlegte, ob sie noch einmal läuten sollte oder lieber noch ein bisschen warten. Und wenn warten, wie lange. Andere Menschen brauchen über so etwas nicht nachzudenken, ärgerte sich Anna Bernini. Der Schramek zum Beispiel. Der läutet prinzipiell zweimal. Das zweite Mal gleich länger. Und hört er nicht sofort eilige Schritte, dann läutet er ein drittes Mal, pumpert gleichzeitig mit der Faust gegen die Tür und schreit: »Aufmachen! Polizei!«

Während Anna Bernini noch darüber nachdachte, ob das eher zu den Vorzügen ihres Abteilungsinspektors gehörte oder ein weiteres Stricherl auf der Liste seiner unangenehmen Eigenschaften war, sah sie eine Bewegung hinter der Milchglasscheibe. Zwei helle Flecken mit jeweils einem roten Heiligenschein drumherum. Ehe sich Anna Bernini fragen konnte, was dieses doppelköpfige Wesen darstellen soll, war die Tür schon offen, und Anna Bernini schaute in die blassgrünen Augen einer jungen Mutter, die ein Baby auf dem Arm trug.

Die Frau war Anna Bernini sofort sympathisch. Vielleicht

weil sie barfuß in einem mit Babynahrung bekleckerten Blumenkleid auf den Holzdielen stand, vielleicht weil ihr die feinen roten Löckchen genauso lustig vom Kopf abstanden wie ihrem Baby, vielleicht weil sie ein Nasenpiercing hatte, aber ganz bestimmt, weil sie Anna Bernini mit einer Entschuldigung empfing, obwohl sie keine Ahnung hatte, wer da vor ihr stand.

»Tut mir leid. Die Kleine ist wie eine Klette im Moment«, lachte sie. Anna Bernini schaute verwundert auf das Baby, das selig an seinem Schnuller nuckelte.

»Nein, *die* Kleine meine ich!«, lachte die junge Frau und zeigte auf ein kleines Mädchen, das sich, fest ins Blumenkleid seiner Mutter gekrallt, hinter deren Beinen versteckt hatte.

Anna Bernini beugte sich linkisch zu dem Kind hinab und fragte: »Na, wer bist du denn?« Obwohl selbst ein Blinder die Ähnlichkeit zwischen Mutter und Tochter erkennen hätte können. Dieselben hellgrünen Augen, dieselbe milchweiße Haut, dieselben Sommersprossen, dieselben Grübchen in den Wangen.

»Und wer bist du?«, fragte die Kleine ungnädig zurück.

»Ich bin eine Polizistin«, sagte Anna Bernini zum kleinen Mädchen. Das kleine Mädchen lächelte, und die Grübchen vertieften sich.

»Was ist passiert?«, erschrak die Mutter.

Und da zeigte sich die erste Unähnlichkeit. Die Mutter hielt die Ankunft einer Polizistin bei sich zu Hause offenbar nicht für einen Grund zum Lächeln. Auch die Grübchen waren vor Schreck verschwunden.

»Nichts«, versuchte sie Anna Bernini zu beruhigen. »Nichts Neues meine ich. Sie wissen ja schon vom Tod Ihrer Tante, nicht wahr?«

Die Nichte entspannte sich ein bisschen. Die Grübchen kehrten aber nicht mehr zurück, als sie sagte. »Ja, natürlich. Ein Kollege von Ihnen hat mich gestern angerufen.«

Sie reichte ihrer kleinen Tochter die Hand und wandte sich halb um. »Kommen Sie doch weiter!«

Anna Bernini folgte der Nichte durch einen in hellem Grün gestrichenen Flur in ein geräumiges Wohnzimmer, in das man sich auf den ersten Blick verlieben musste. Es war mehr breit als lang und hatte eine lange Front von französischen Fenstern, die zu einer großen rechteckigen Terrasse führten. Der Boden bestand aus schön gealterten Dielen. Darauf lagen zerschlissene, aber leuchtend bunte Perserteppiche, die bei ihrer Anschaffung bestimmt nicht günstig gewesen waren. Tischchen, Sessel und Sofas, die nach einer kleinen Restaurierung wahrscheinlich ein Vermögen gekostet hätten, standen zwanglos im Raum verteilt, fröhlich überwuchert von den Spuren familiären Lebens. Spielsachen, Babyfläschchen, Geschirr, Zeitungen, Bücher, Post, Rechnungen. Alles schien zufällig irgendwohin gelegt oder geworfen worden zu sein, und trotzdem war der Raum so gemütlich, dass Anna Bernini am liebsten gefragt hätte, ob sie einziehen darf. Solche Räume, dachte Anna Bernini, kann man nicht einrichten, solche Räume wachsen über Generationen.

Die Nichte hatte Anna Bernini mit einer raschen Armbewegung einen Platz auf einem ockerfarbenen Kanapee vor der großen Terrassentür freigeräumt. Dann setzte sie das kleine Mädchen auf das Sofa gegenüber und das Baby daneben.

»Sie möchten doch sicher einen Schluck Eistee, oder?«, sagte sie und verschwand, ohne eine Antwort abzuwarten. Anna Bernini versuchte in der Zwischenzeit, den beiden Kindern, die sie misstrauisch musterten, ein Lächeln zu entlocken. Das ist ja ein beliebtes Spiel von Erwachsenen. Kinder so lange anzulächeln, bis sie zurücklächeln. Aber nicht jedes Kind will da mitspielen. Wenn ich Baby wäre, würde ich mich auch nicht so einfach lächelmanipulieren lassen.

Glücklicherweise kam die Nichte gleich wieder. Sie trug ein

Tablett mit einem großen Krug Eistee und einem Teller mit Muffins, stellte es auf den Couchtisch, nahm das Baby hoch und setzte sich.

»Wie kann ich Ihnen helfen?«, fragte sie.

Die Nichte war bei näherer Betrachtung gar nicht mehr so jung. Eher im Alter Anna Berninis und ein bisschen mollig. Sie entpuppte sich übrigens als Großnichte, wobei die eigentliche Nichte, also die Mutter der Nichte, viel älter als die Verstorbene, sprich: deren Tante, war.

»Wir hatten eigentlich ein normales Tante-Nichte-Verhältnis«, sagte die Großnichte und lächelte.

»Wie ist ein normales Nichte-Tante-Verhältnis?«, fragte Anna Bernini und dachte an ihre Tante Claudia, die ihr schon mit zwölf auf den Kopf zugesagt hatte, dass sie bestimmt nie einen Mann finden würde mit *der* großen Nase und *den* kleinen Brüsten.

»Sie ist bestimmt einmal im Monat hier bei uns zum Essen gewesen«, sagte die Großnichte und hielt dem maunzenden Baby eine abgenagte Kautschuk-Maus hin. »Und ich hab' sie immer wieder im Kaffeehaus getroffen.«

Die Kleine fuchtelte wild mit den Ärmchen, griff dann aber gnädigerweise doch nach der Maus.

»Frau Kaltenbrunner sagt, dass Sie sie nie besucht hätten.«

Jetzt breitete sich ein Grinsen auf dem Großnichten-Gesicht aus. »Ja, weil sie dann sofort auf der Schwelle gestanden wäre. Tante Hedi hat ein richtiges Doppelleben geführt.« Jetzt gluckste sie leise. »Bei einer solchen Busenfreundin braucht man keine Feinde, hab' ich immer gesagt.«

»Was heißt ›Doppelleben‹?«

Das Großnichten-Gesicht wurde wieder ernst, aber ihre Grübchen ließen sich dieses Mal nicht verscheuchen. »Tante Hedi hat der Roswitha, der Frau Kaltenbrunner, manche Dinge verschwiegen.«

»Was zum Beispiel?«

Ihre Blicke trafen sich. Dann wanderte der Großnichten-Blick an Anna Bernini vorbei zum Fenster hinaus und die Hügel hinauf.

»Ihre Krankheit.«

Die blassgrünen Augen füllten sich mit Tränen, ihre Lippen zuckten, in die Wangen schoss eine jähe Röte. Sie zog ein Taschentuch aus dem Blumenkleid und schnäuzte sich. Anna Bernini sagte nichts.

»Sie hatte Lungenkrebs. Obwohl sie nie eine Zigarette angerührt hat. Das Leben kann so gemein sein.«

Anna Bernini folgte dem Blick der Großnichte, hinaus zu den Baumwipfeln, die wie Tausende kleine scharfe Zähne in den Abendhimmel bissen. Wie Zähne eines Ungeheuers, das gleich den Berg herunterstürzen und Anna Bernini, die junge Mutter, das Baby, das Haus, den Garten, den Sommertag, das Abendlicht und das ganze Leben verschlucken würde.

»Sie hat ihr Vermögen der *Krebshilfe* vermacht«, sagte die Großnichte und wandte Anna Bernini ihr tränennasses Gesicht zu. In ihren Mundwinkeln hing ein wehes Lächeln.

»Frau Kaltenbrunner hat vermutet, dass Sie alles erben würden.«

»Ja, das wäre auch so gewesen, wenn meine Tante nicht Krebs bekommen hätte«, sagte die Großnichte freimütig. »Aber ich bin froh darüber, dass es jetzt so ist.«

Anna Bernini ließ den Blick über den Raum hinaus in den großen Garten gleiten.

»Ja, wir haben genug«, lächelte die Großnichte verständnisvoll. »Ich habe das Haus meiner Mutter geerbt. Das auch einmal das Haus meiner Tante war.«

Als Anna Bernini eine Viertelstunde später das verwunschene Haus am Rand des Wienerwalds und die drei Grübchenwesen verließ, war der Himmel dunkelblau mit einem

Sichelmond wie ein abgezwickter Fingernagel. Die Luft fühlte sich warm an. Durchzogen von einer kühlen Unterströmung wie ein von einem langen Sommertag aufgeheizter See.

KAPITEL 20

Im Frühling apert der Winterspeck aus. Und so manche von uns sucht nach einer hochwirksamen Methode, die Problemzonen auf den Hüften zu beseitigen. Ohne zu hungern oder Sport zu betreiben. Der Hausverstand sagt einem: Das gibt es nicht. Aber das stimmt nicht. Man muss sich nur einen Rest an pubertärer Gefühlslage bewahren. Zum Beispiel muss man glauben, dass das ganze Lebensglück von einer Person abhängt. Am besten von einer Person, die nicht im Entferntesten geneigt ist, diese Verantwortung zu übernehmen. Das ist ganz einfach. Man kann es ruhig mit dem Erstbesten probieren. Sagen wir: mit einer zufälligen Tinderbekanntschaft, mit der man aus Langeweile oder Frust ein Gspusi angefangen hat. Zuerst nur, um den Ex-Lover, der sich kürzlich anderweitig orientiert hat, zu vergessen. Aber mit der Zeit spricht man von Liebe. Er versteht darunter regelmäßigen Sex und ein warmes Hinterteil, an das er sich in der Nacht schmiegen kann. Und sie erwartet sich vielleicht, dass er immer sein Häferl in den Geschirrspüler stellt. Außerdem soll er gerne

Regale zusammenbauen, Abflüsse reinigen, Wände streichen, Lampen montieren, Fahrräder aufpumpen, Sperrmüll abtransportieren, Schwiegereltern besuchen und lieber über Gefühle reden als über Fußball. Natürlich muss das scheitern. Bald ist man kein Liebespaar mehr, sondern zwei Überforderungen auf vier Beinen. Die Trennung ist unvermeidlich, und der Schmerz raubt einem den Appetit. Drei Wochen später hat man die ideale Bikinifigur. Einziger Nachteil: Man darf sich nicht wieder verlieben.

Vom Verliebtsein war Anna Bernini allerdings noch weit weg. Und vielleicht war gerade das der Grund, warum sie sich an diesem Abend in Pauls Gesellschaft und etwas später in seinen Armen so gut entspannen konnte.

Nur um am nächsten Morgen umso härter auf dem Boden der Tatsachen aufzuschlagen. Wie von der Tarantel gestochen ist sie aus dem Schlaf hochgefahren, bevor der Wecker auch nur einen Mucks gemacht hat. Denn es hat sie etwas ganz anderes geweckt. Ich würde ja gern sagen, es war eine Vorahnung. Aber es war ein ganz banales SMS. Natürlich dachte sie, es wäre Paul, der vielleicht schreibt: »Sehen wir uns morgen Abend wieder?« Und obwohl sie selbst nicht genau wusste, ob sie das überhaupt wollte, wollte sie doch gefragt werden.

Das SMS war aber nicht von Paul, sondern von Judith und lautete: »Treffen wir uns morgen Abend an der *Riviera*? 20 Uhr? Es ist wichtig.«

Jetzt war Anna Bernini augenblicklich wach. Und ihr Jagdinstinkt natürlich auch. Sofort schrieb sie zurück: »Oder heute Abend?«

»Nein«, antwortete Judith, »heute kann ich nicht.«

»Oder gleich jetzt zum Frühstück?«

»Nein, muss in die Schule.«

Wenn Anna Bernini gewusst hätte, was noch alles passiert, hätte sie vielleicht jetzt nicht so schnell nachgegeben. Sondern ein Mittagessen vorgeschlagen oder ein gemeinsames Laufengehen oder sonst etwas. Aber jemand, der wie Anna Bernini mit der Vorstellung aufgewachsen ist, eine Bitte ist gleichbedeutend mit betteln oder an der Ecke stehen und den *Wachturm* verkaufen, insistiert lieber nicht weiter.

Aber sie konnte nichts daran ändern, dass sie Judiths SMS in Unruhe versetzte. Eine Unruhe, die sich im Laufe des Vormittags zu Nervosität steigerte und gegen Mittag dazu führte, dass sie dem Schorsch wegen der DNA-Analyse ein bisschen das Messer ansetzte. Wie diese Chefs, die glauben, wenn sie einen alle fünf Minuten fragen, ob der Brief, die Rechnung oder was weiß ich schon fertig ist, geht's schneller. Dabei halten sie einen ja gerade davon ab, den Brief, die Rechnung oder was weiß ich zu machen. Aber wahrscheinlich geht es um die Bekämpfung des Ohnmachtsgefühls. Wenn man es schon nicht selber machen kann, kann man wenigstens dafür sorgen, dass es auch wer anderer nicht machen kann. Bei Anna Bernini funktionierte es jedenfalls. Nachdem sie dem Schorsch geschrieben hatte, war sie vielleicht noch nicht unbedingt entspannt genug, um zu arbeiten. Aber entspannt genug, mittagessen zu gehen.

Kaum hatte sie in einem der Karmelitermarkt-Gastrostandln unter einem Sonnenschirm Platz genommen, der an diesem neuerlich heißesten Maitag der Messgeschichte ungefähr so viel brachte wie ein Gartenschlauch bei einem Waldbrand, brüllte jemand von der Pferdefleischerei direkt nebenan: »Hey, Anna!«

Anna Bernini riss erstaunt den Kopf herum. Es kam nie vor, dass einen im *Marktstand 8* jemand von der Pferdefleischerei anredete. Anhand dieser beiden Lokale hätte man das Scheitern der schönsten Stadtentwicklungskonzepte zur Durchmischung sozialer Schichten studieren können. Denn obwohl die beiden Marktstandln so eng nebeneinander standen, dass die junge, leistungsorientierte Mittelschicht vom *Marktstand 8* nur einen Arm ausstrecken hätte müssen, um der weniger jungen, weniger leistungsorientierten Nicht-Mittelschicht von der Pferdefleischerei ein Stück Pferdeleberkäse vom Teller zu stehlen, waren die beiden Gästegruppen innerlich so weit voneinander entfernt, dass die einen von den anderen nicht einmal sagen hätten können, ob da ein Mann oder eine Frau saß. Abgesehen davon, dass die Gäste der Pferdefleischerei sowieso zu 99 Prozent Männer waren.

Einer davon grinste Anna Bernini jetzt an und beugte sich herüber. Das war der Schramek.

»Weißt du's schon?«, brüllte er begeistert, obwohl er gerade einen gewaltigen Pferdeleberkäsebissen im Mund hatte, »wir haben zwei Hände gefunden!«

»Heaßt, was soi denn des?«, rief ein rotnasiger Alter am Nebentisch und warf dem Schramek einen doppelt bösen Blick zu, als einem, der nicht nur beim Essen stört, sondern sich auch mit Körndlfressern unterhält. »Da vergeht einem ja der Appetit!« Er ließ die Gabel mit dem aufgespießten Stück Pferdeleberkäse auf seinen Teller zurücksinken und schüttelte empört den Kopf. »Hände gefunden! Wo samma denn!«

»Reiner Zufall!«, brüllte der Inspektor ungebremst weiter. »Ups, entschuldige«, sagte er, weil ihm gerade ein gewaltiger Rülpser entfahren war. »Auf dem Nachbargrundstück ist eine Grundmauer betoniert worden. Da sind sie aus dem Betonmischwagen gefallen.«

Anna Bernini spürte, wie ihr Übelkeit die Kehle heraufkroch.

»Pfui Teifl!«, beschwerte sich der Alte wieder und rückte demonstrativ ein paar Zentimeter vom Schramek ab.

»Kein Wunder, dass sie die Leichenhunde nicht gefunden haben«, sagte der Schramek leise, sprich: in gemäßigter Brülllautstärke.

»Ist es sicher, dass es ihre sind?«, fragte Anna Bernini.

»Ihr Mann hat sie identifiziert. Am Ehering.«

Anna Berninis Herz krampfte sich zusammen.

Der Schramek spießte ein Stück Pferdeleberkäse auf die Gabel, wo jeder normale Mensch gesagt hätte, das zerteile ich lieber noch einmal, und öffnete den Mund. Anna Bernini wandte den Blick ab. »Willscht du gar mmpf nicht wischen, wasch …?«

»Nein«, sagte Anna Bernini schnell. »Ich will nicht wissen, was der Verdächtige dazu sagt.«

Sie richtete den Blick wieder auf die Speisekarte, konnte aber ihre Gedanken nicht von dem abwenden, das sich gerade in Inspektor Schrameks Mund abspielte und ihm offenbar größere Mühe bereitete. Seine Backen hatten sich zu zwei glänzenden Halbkugeln aufgebläht, und die Augen waren ein wenig basedowartig hervorgequollen. Gespannt starrte sie auf die zusammengepressten Lippen, die sich synchron zu den Kaubewegungen hektisch auf und ab bewegten.

»Geschtanden«, würgte er schließlich hervor, »hat er jedenfallsch noch nischt.«

Schließlich hatte es der Schramek geschafft. Erschöpft ließ er sich zurücksinken, hob das Bierglas an die Lippen, trank ein paar Schlucke und setzte es mit einem erleichterten Seufzen wieder ab. »Er hat einen guten Anwalt.«

»Vielleicht hat er ja auch aus einem anderen Grund nicht gestanden«, sagte Anna Bernini, die aus den Augenwinkeln sah, wie der Kellner auf sie zusteuerte.

»Aha. Und aus welchem?«

»Weil er unschuldig ist«, sagte Anna Bernini leichthin und stand auf. »Ich hab doch keinen Hunger«, sagte sie zum Kellner. »Zu heiß heute.«

Kaum saß sie wieder im Büro, hörte sie das leise »Pling«, das ein neues SMS ankündigte. Oje, dachte sie gleich, die Judith sagt mir für morgen Abend ab. Aber dieses Mal täuschte sie sich wieder. Das SMS war nicht von Judith. Es war die Antwort vom Schorsch auf ihr Druck-Machen. Anna Bernini griff nach dem Handy, und schon fielen die Befürchtungen über sie her wie eine Horde Termiten über einen Holzstoß. Aber eine schlechte Nachricht wird auch nicht besser, wenn man sie hinauszögert. Also holte Anna Bernini tief Luft und tippte auf das SMS.

Gelesen hatte sie es schnell. Denn es bestand nur aus einem Satz. Doch weil sie nicht wahrhaben wollte, was da stand, öffnete sie auch das beigefügte Dokument, las es ebenfalls und ließ dann ihr Handy sinken. Nur um es zwei Sekunden später noch einmal aufzunehmen und alles noch einmal zu lesen. Wort für Wort und Ziffer für Ziffer, wie es vielleicht jemand macht, der seinen eigenen Sinnen nicht ganz traut. Doch auch beim dritten Mal Durchlesen stand da noch immer dasselbe. »Schatzi, es ist euer Verdächtiger.« Und im angefügten Dokument stand es in Wissenschaftsdeutsch. »Es wurde eine 99-prozentige Übereinstimmung zwischen der DNA-Probe Nr. 129xh89 und der Probe Nr. 129xk73 festgestellt.« Das schwarze Haar, das die Spurensicherung in den Gipsresten gefunden hatte, stammte von einem gewissen Alfons Laller. Ein Zweifel war so gut wie ausgeschlossen.

Anna Bernini stand auf und riss das Fenster auf. Die aufgeheizte Luft eines ganzen Vormittags strömte herein. Aber Anna Bernini spürte die Hitze nicht. Im Gegenteil. Sie war bestimmt der einzige Mensch im ganzen Karmeliterviertel oder in ganz Wien, der kurz nach Mittag bei 37 Grad im Schatten fror. Weil man bei der Verarbeitung von schrecklichen Nachrichten wahrscheinlich so viel Kalorien verbraucht, dass es für die Aufrechterhaltung der normalen Körpertemperatur nicht mehr reicht. Doch so sehr die verschiedenen Hormone in Anna Berninis Körper auch Purzelbäume schlugen, so wenig tat sich im Gehirn. Statt dass es vernünftige Gedanken lieferte, die alle darauf hinausliefen, dass Fonsi wahrscheinlich bald ein angeklagter Mörder sein würde, auf jeden Fall aber Geschichte in ihrem Leben, lieferte es lieber gar nichts. Bis auf den einen Satz, der wie eine vergessene Lottokugel unverdrossen in ihrem Kopf seine Runden drehte: Ich muss ihn anrufen.

Aber genau das machte sie nicht. Ohne richtig zu merken, was sie tat, war sie schon von ihrem Sessel aufgesprungen, hatte ihren Rucksack gepackt und war hinausgestürmt.

Einen wahren Trost, hatte Anna Berninis Urgroßmutter immer gesagt, kannst du von einem Menschen nicht bekommen. Den bekommst du nur von einem guten Espresso. Und sie musste es wissen. Denn sie hatte ihren Vater an den Krieg verloren, ihre Mutter an einen GI und ihren Mann an die Schwermut. Aber jetzt merkte Anna Bernini, dass es stimmte. Denn als sie noch nicht einmal die Hälfte des Weges zum kleinen italienischen Delikatessenladen in der Praterstraße zurückgelegt hatte, war auch schon die Hälfte ihrer Anspannung von ihr abgefallen. Und noch einmal ein Drittel löste sich in Luft auf, als die winzig kleine Tasse mit dem dampfenden Schluck rabenschwarzen Adrenalinschub vor ihr stand. »Damit laufe ich dem Tod davon«, hatte ihre Uroma immer gekichert. Und immerhin, 96 Jahre lang ist ihr das auch gelungen.

Eine halbe Stunde später lief Anna Bernini so schnell durch die glutheißen Gassen zurück ins Landeskriminalamt, dass auch der Tod seine liebe Not gehabt hätte, sie einzuholen. Doch mitten auf der Rotensterngasse blieb Anna Bernini stehen. Etwas hat sie so urplötzlich einknicken lassen, als hätte sich irgendwo im Boden ein Loch aufgetan. Ehe sie sich vorbereiten hat können, war sie schon ein paar Meter ins Bodenlose gefallen. Schwer atmend lehnte sie sich an eine Hausmauer und blickte erschrocken um sich. Die Welt schien von ihr abzurücken, die Farben verblassten mitten im hellsten Nachmittagssonnenschein. Mit stolperndem Herzen schleppte sie sich weiter und bemühte sich, diese plötzliche Erschöpfung mit dem Schock über die DNA-Analyse zu erklären. Doch sie wusste selbst, dass das nicht alles war. Dass da noch mehr dahintersteckte. Eine Zeit lang schleppte sie sich noch durch die Gassen und versuchte mit aller Macht, die Augen vor dem zu verschließen, was da herauswollte.

Und dann gab Anna Bernini ihren Widerstand auf, wie man es macht, wenn man spürt, dass das fettige Schnitzel oder der Rieseneisbecher einfach nicht im Magen bleiben wollen. Sie stolperte vorwärts zum kleinen Spielplatz zwischen der Krummbaum- und der Tandelmarktgasse und setzte sich auf eine Bank. Neben ihr saß eine magere Mutter, die mit stumpfem Blick auf ein wippendes Spielzeugpferd blickte, um das ein paar Kinder herumwuselten. Doch Anna Bernini sah kein Spielzeugpferd, sondern wieder den rosaroten Elefanten, der so riesig war, dass er alle umliegenden Häuser überragte. Verzweifelt versuchte Anna Bernini, die Augen vor ihm zu verschließen. Aber in so einem Fall ist es fast energieschonender, wenn man ihn sich genauer anschaut.

Sie öffnete die Augen und ließ die Erinnerung zu, die jetzt mit aller Macht ins Bewusstsein drängte. Es war in der Nacht vom 18. Mai vor einer Woche, die Nacht vor dem *Christi-Himmelfahrts*-Tag, die Nacht nach dem letzten Kursabend des *Faces*-Modellier-Workshops. Ein Geräusch hatte sie aufgeweckt. Das Fenster stand offen, die Gardine hatte sich leicht im Nachtwind gebläht, ein vorbeifahrendes Auto hatte ein Schattenspiel auf die Decke gemalt. Fonsi war aufgestanden, und sie hatte einen Blick auf den Wecker geworfen. Es war 23:43 Uhr.

»Du gehst schon?«, hatte sie gemurmelt. Dabei hatte sie einen winzigen Gewissensbiss gespürt, weil sie gar nicht so enttäuscht gewesen war, wie sie vielleicht hätte sein sollen. Man gibt es ja nicht gern zu, wenn man frisch verliebt ist, aber der Schlaf ist schon erholsamer ohne die Umdrehgeräusche, die Schnarchgeräusche und die Klospülgeräusche des Liebhabers. Und vielleicht hätte sie einfach weitergeschlafen, wenn ihr nicht vorgekommen wäre, dass an der Art, wie Fonsi seine Kleider zusammengerafft und einen schnellen Blick auf sein Handy geworfen hatte, etwas Verstohlenes war. Hatte er gerade eine Nachricht erhalten? Wollte er noch irgendwohin? Aber gut, sagte sie sich im nächsten Moment. Schauen wir nicht alle ständig auf unsere Handys? Der erste Blick am Morgen, der letzte am Abend. Und jeden zweiten Blick dazwischen.

Und es stimmt auch. Bis zu 80-mal am Tag schalten wir angeblich unser Handy ein. Und die wenigsten sind gerade dabei, ihre Geliebten zu hintergehen. Die meisten wollen nur wissen, ob man einen Schirm auf den Spaziergang mitnehmen soll oder wie man ein Ei pochiert. Aber im Lichte der weiteren Ereignisse hatte dieser Handyblick natürlich einen fatalen Beigeschmack. Und so kam es, dass Anna Bernini wenig später niedergeschlagen den Spielplatz verließ, weil sie wusste, dass sie dem Kollegen Schramek zur DNA-Analyse aus Innsbruck auch noch ein letztes schlagendes Indiz liefern musste.

KAPITEL 21

Statistisch gesehen sind circa 80 Prozent der Menschen an ihrem Arbeitsplatz unglücklich. Sie fühlen sich übergangen, unterdrückt oder ausgenützt. Das produziert natürlich Aggressionen. Manche Menschen können damit nicht umgehen und laufen Amok, wenn sie zufällig eine Waffe zur Hand haben. Deshalb schaut man bei uns auch darauf, dass das nicht so einfach passieren kann. Man muss einen Waffenschein haben, und dazu muss man volljährig, unbescholten und zurechnungsfähig sein. Das kann nicht jeder von sich behaupten. Hingegen ist es wesentlich einfacher, Amok zu fahren. Dazu braucht man nur einen Führerschein und eine verantwortungslose Bank. Oder nicht einmal das: Amok fahren kann man auch mit dem Fahrrad. Manche Radfahrer pflügen durch den Radweg, als gäbe es kein Morgen. Sie haben keine Freunde, sie haben keine Frauen, sie haben nur ihr Bike. Ihr Ziel ist es, andere Radfahrer zur Strecke zu bringen. Heute hat man schon Mitleid mit den Autofahrern, die mit angstgeweiteten Augen an ihren Rückspiegeln kleben und sich nicht abzubiegen getrauen, weil jederzeit ein bewaffneter Kampfradler, mit dicken Kopfhörern von der Sterblichkeit abgeschirmt, aus dem Nichts kommen und rechts vorbeipfeifen kann.

Und auch wenn ich es nicht gerne sage, aber als Anna Bernini am nächsten Morgen ins Büro radelte, war auch sie eine von ihnen. Denn der gestrige Tag kratzte noch immer an ihren Nerven. Und das war kein Wunder. Denn was gibt es Schlimmeres, als einem übelwollenden Kollegen gestehen zu müssen, dass das Alibi, das man seinem des Mordes verdächtigten Ex-Liebhaber gegeben hat, leider doch nicht stimmt.

»Und wieso ist dir das nicht schon vor zehn Tagen eingefallen?«, hatte sie der Schramek skeptisch gefragt. Er hat darauf bestanden, die Zeugeneinvernahme im Vernehmungszimmer zu machen. Mit dem Stammer als Protokollanten.

»Keine Ahnung. Ich hab's eben vergessen!«

»Aha …«

»Herrgott, das kommt doch vor, dass man was vergisst.«

»Vor allem bei Zeugen kommt das oft vor.«

»Aber mir ist es von selber wieder eingefallen.«

»Das ist wahr. Ich frage mich, warum wohl. Weil ihr euch getrennt habt?«

»Nein!«

»Du bist also noch mit ihm zusammen?«

»Nein, natürlich nicht!«

»Weil du ihn für einen Mörder hältst?«

»Nein!«

»Hmm …«

»Wirklich nicht.«

»Aber dass seine DNA-Spuren überall zu finden sind, und dass er kein Alibi hat, verunsichert dich nicht.«

»Dazu sage ich nichts.«

»Aha.«

»Frag mich gefälligst nach meinen Handlungen, nicht nach meinen Gefühlen. Die gehen die Polizei nichts an.«

»Bei einem Mord geht die Polizei alles etwas an. Das sagst *du* doch immer.«

Anna Bernini hatte nicht geantwortet, weil sie Angst hatte, wenn sie den Mund aufmacht, kommt Feuer heraus. Denn zu diesem Zeitpunkt war sie schon nahe daran gewesen, dem Schramek an die Gurgel zu gehen. Und sogar der Stammer hat seinem Kollegen schon bitterböse Blicke zugeworfen.

Aber gut, dachte Anna Bernini jetzt, als sie einem Autofahrer, der ein bisschen zu knapp an ihr vorbeigefahren war, mit der flachen Hand auf den Kotflügel schlug, ich werde ihm das schon noch heimzahlen. Zum Beispiel, wenn es darum geht, wer zu Weihnachten Dienst machen muss, oder am Farbenball, wenn sich die linke und die reaktionäre Jugend so gerne die Köpfe einschlagen.

Der Gang zu ihrem Büro glich heute einem Spießrutenlauf. Den ganzen Vormittag versteckte sie sich vor den mitleidigen Blicken, die ihr die Kollegen im Vorbeigehen zuschickten, mit einer geschlossenen Bürotür. Am liebsten hätte sie den Schlüssel umgedreht. Was sie schon wegen der dumpfen Hitze grantig gemacht hätte. Da wäre es gar nicht notwendig gewesen, auch noch in der elektronischen Akte zu stierln. Denn natürlich fand sie darin den Haftbefehl gegen einen Doktor Alfons Laller. Ausgestellt gestern um 20:55 Uhr. Die restliche Nacht dürfte der Häftling schon in Polizeigewahrsam verbracht haben. Das einzige Puzzleteilchen, das neben den DNA-Spuren noch gefehlt hatte, um eine lückenlose Sachbeweis- und Indizienkette zu bilden, war das fehlende Alibi. Und das hatte sie gerade beigesteuert.

Aber auch sonst hat es an diesem Tag nicht viel Anlass zur Freude gegeben. Angefangen vom Selbstmordfall in der Sellenygasse, der leider noch nicht abgeschlossen werden konnte, weil die Freundin der Toten den Stammer so lange beschwatzt hatte, bis er ihr glaubte, dass sich im Medizinschrank ein verdächtiges Medikament befand. Ein starkes Beruhigungsmittel. Anna Bernini wollte dem jungen eifrigen Kriminalpolizisten nicht die Freude verderben. Die Kriminalpolizei braucht junge eifrige Beamte. Deshalb belächelte sie seinen Verdacht auch nicht gleich.

»Sie sagt, *Xanax* hätte ihre Freundin nie genommen, weil sie eine Allergie gegen Benzodiazepine hatte. Also was macht es in diesem Medizinschrank? Und Fingerabdrücke sind auch drauf, die nicht von der Toten stammen«, berichtete der Stammer.

»Vielleicht gehören sie der Putzfrau oder so«, und weil der Stammer so komisch schaute, sagte sie: »Der Putzperson.«

»Die Putzperson ist tatsächlich ein Mann«, konterte der Stammer. »Aber nein, haben wir schon abgeklärt.«

»Dem Apotheker?«

»Sicher«, hatte der Stammer ein wenig besorgt erwidert, »das könnte schon sein. Aber eben, das Medikament ist an sich seltsam. Deshalb habe ich mir gedacht, wir könnten beantragen, dass nach Spuren des Präparates im Körper der Frau gesucht wird.«

»Aber ich dachte, das Schlafmittel ist bereits identifiziert?«

»Ja!«, rief der Stammer rot vor Eifer. »Deshalb wäre es ja so interessant, wenn Spuren dieses Medikaments gefunden würden.«

Obwohl Anna Bernini gedacht hatte, dass das noch nicht viel beweisen würde, sorgte sie dafür, dass der Stammer die staatsanwaltliche Anweisung erhielt.

Am Nachmittag kam wieder eine »bedenkliche« Leiche herein, die sich aber während der heißesten Mordkommission der Messgeschichte, weil mitten auf einem Parkplatz vor einem riesigen Einkaufszentrum abgespielt, doch als Herzinfarkt entpuppte, bei dem sich der alte Mann an einem Betonperron den Kopf blutig geschlagen hatte. Danach war Anna Bernini so niedergeschlagen, ob von der Hitze oder von der traurigen Tatsache, dass der alte Mann keinen einzigen Angehörigen mehr gehabt hatte, dem sie die Todesnachricht überbringen hätte müssen, dass sie schon um 17 Uhr an die *Riviera* gefahren ist, obwohl sie erst um 20 Uhr mit Judith verabredet war. Als Anna Bernini aus dem Büro hinausgestürmt und die Leopoldsgasse hinuntergerannt war, vorbei am Karmelitermarkt mit all den Büroflüchtlingen, die bei einem Bier oder Gespritzten die Staubtrockenheit ihrer Existenz vergessen wollten, war sie in gedrückter Stimmung gewesen. Auch noch, als sie in die Krummbaumgasse eingebogen, durch die Große Schiffamtsgasse gerauscht und schließlich auf der Höhe der Salztorbrücke die Treppen zum Kai hinuntergestürzt war, wo der *Riviera*-Strand zwar schon von den letzten Sonnenstrahlen getroffen, aber immer noch in der vollen Gluthitze des Nachmittags gelegen ist. Erst als sie sich an der Bar – dieses Mal hatte ein junges Mädchen Dienst, das seinen Job offenbar als Spaß betrachtete, zu dem man nicht jeden Tag gleich aufgelegt ist – einen In-Spritzer geholt und sich unter die große Ulme gesetzt hatte, hatte sie doch noch das gemacht, was sie sich schon den ganzen Tag versagt hatte: skeptisch sein.

Denn eines musste sie sich einfach eingestehen: Auch wenn Fonsis DNA-Spuren überall waren und er kein Alibi hatte, für den Täter hielt ihn Anna Bernini trotzdem nicht. Man kann es Gespür nennen oder auch Wunschdenken.

Für die *Riviera* ist es noch relativ früh gewesen. Die Sonne verbreitete eine spätnachmittägliche Trägheit. Was ein angenehmer Zustand ist für Menschen, die mit sich und der Welt zufrieden sind. Aber man darf nicht vergessen, dass die Trägheit eine Verwandte der Schwermut ist. Deshalb weiß ich nicht, was mit Anna Berninis Stimmung passiert wäre, wenn das In-Getränk nicht zufällig orange gewesen wäre. Farbpsychologen behaupten ja, dass Orange optimistisch macht und Geselligkeit fördert. Zumindest das Zweite hat wirklich gestimmt. Denn die gesamte Umgebung ließ sich bald vom optimistischen Orange des In-Getränks anstecken. Die Kaimauer, die Straße, die Autos, der Donaukanal, die Menschen, die Luft – alles strotzte vor orangem Optimismus und Geselligkeit. Und auch die beiden ersten Becher In-Getränk bekamen bald Gesellschaft von einem dritten. Anna Berninis Optimismusgefühle blieben auch nicht allein. Zu ihnen gesellte sich bald Zufriedenheits-, Entspannungs- und Gelassenheitsgefühle. Sodass es ihr gar nichts ausgemacht hat, dass sich Judith Perner verspätete.

Aber in dem Moment, als das orange Optimismusleuchten vom Leopoldsberg verschluckt worden ist, haben auch Anna Berninis Optimismusgefühle zu schwächeln begonnen, und sie hat ein SMS geschrieben: »Dauert deine Sitzung länger?« Es war nämlich schon nach 21 Uhr. Als zehn Minuten später auch die weniger optimistischen Farben um sie herum langsam verblasst waren, begann Anna Bernini, sich ein bisschen Sorgen zu machen. War Judith etwas dazwischengekommen? Oder jemand? Und tatsächlich, so war es gewesen. Judith schrieb nämlich gleich darauf ein SMS: »Oh sorry, ich bin noch mit einem Freund auf ein Bier auf die Donauinsel gefahren. Hab ganz die Zeit übersehen. Ich melde mich morgen.«

Und kaum war die Spannung vorbei, ist Anna Bernini sehr müde geworden. Da sie auch nicht mehr ganz nüchtern war, beschloss sie, langsam aufzubrechen. Ansonsten hätte sie den Anruf bestimmt nicht angenommen. Denn er kam von »Unbekannt«. Und »Unbekannt« ist immer ein Amt, mit dem man nicht reden will, zum Beispiel das Finanzamt oder sonst jemand mit unguten Neuigkeiten. Kriminelle sind es nicht. Denn jeder Trickbetrüger weiß natürlich, dass er eine harmlose Handynummer verwenden muss. Am besten eine, die einem auf den ersten Blick bekannt vorkommt. Aber Anna Bernini war vom lauen Sommerabend ein bisschen weich geworden, anders gesagt: unvorsichtig. Und so hob sie ab.

Das Gute war: Das Finanzamt war es nicht. Aber etwas, das auch nicht viel besser war. Nämlich ein Anwaltsbüro. Noch bevor sie sich wundern konnte, dass dort noch gearbeitet wird, hatte sie die freundliche Frauenstimme schon mit einem Mann verbunden. Wenn man sich den Sirenengesang als Männerchor vorstellt, dann wäre dieser Anwalt, der sich mit Doktor Renner vorstellte, bestimmt Mitglied gewesen. Wahrscheinlich ist er sehr erfolgreich, dachte Anna Bernini. Mit so einer Stimme bekommt man sicher doppelt so viele einstweilige Verfügungen vor Gericht durch als jemand mit einer normalen Stimme. Das ist auch der Grund gewesen, dass Anna Bernini, noch bevor sie überhaupt verstand, dass sie mit Fonsis Anwalt sprach, schon einem Treffen zugestimmt hatte. Wann? Jetzt gleich? Okay! Erst als sie aufgelegt hatte und die Sirenenstimme lange genug verhallt war, war der normale Selbsterhaltungstrieb wieder angesprungen. Aber da war es zu spät. Und noch einmal anrufen, um den Termin abzusagen, wäre keine Option gewesen. Weil dann hätte sie die Sirenenstimme ja wieder gehört.

Aber sein Anblick wirkte auch nicht gerade abschreckend auf Anna Bernini. Der Mann, der eine Viertelstunde später mit federnden Schritten auf sie zukam, schaute nämlich aus wie ein jüngerer Jeremy Irons. Nur mit hellblauen Augen, die in dem dunklen Gesicht wie die Irrlichter aus alten Sagen wirkten, die unschuldige Jungfrauen in den Sumpf locken, wenn sie nicht schnell davonrennen. Das tat Anna Bernini zwar nicht. Aber wenigstens bestellte sie einen starken Kaffee. Sein Anliegen war dann allerdings so unzumutbar, dass sie doch davonrannte.

»Mein Mandant und ich möchten Sie als Privatdetektivin anheuern«, sagte der Anwalt, als wäre es das Normalste auf der Welt.

Anna Bernini hätte sich vor Schreck beinahe verschluckt.

»Sie sind die beste Mordermittlerin Wiens, sagt mein Mandant. Sie sind die Einzige, die ihm jetzt noch helfen kann.« Der Anwalt beugte sich zu ihr und reichte ihr ein Taschentuch.

»Aber …«, stotterte Anna Bernini, ohne das Taschentuch zu berühren. Nicht nur weil es aus Stoff war, sondern auch weil sie Angst hatte, das Taschentuch könnte sich noch als Zugeständnis zu irgendetwas erweisen. Man weiß ja nie.

»Aber wegen mir sitzt er noch tiefer in der Scheiße! Weiß er das?«

Der Anwalt nickte. »Es beweist, dass Sie unbestechlich sind.«

»Ja, genau. Deshalb mach ich es auch nicht.«

»Aber Sie besitzen eine Privatermittler-Konzession.«

Anna Bernini wurde rot, als sie sich an die Schnapsidee erinnerte, die der Karli und sie vor ein paar Jahren gehabt hatten. Den Polizeidienst hinter sich lassen und sich selbstständig machen.

»Vergessen Sie's!«, sagte sie. »Ich mach's nicht.« Mit einer abrupten Bewegung stand sie auf und packte ihren Rucksack.

»Er hatte kein Motiv«, sagte der Anwalt mit seiner Sirenenstimme, als habe sie sich überhaupt nicht von der Stelle gerührt.

Anna Bernini zögerte gegen ihren Willen. »Amelie Meyher war einmal seine Frau, und jetzt hatte er offenbar eine Affäre mit ihr«, versetzte sie schnippisch.

»Das wäre eher ein Motiv, ihren Gatten umzubringen, meinen Sie nicht?«

»Vielleicht hat es einen Streit gegeben«, wollte sich Anna Bernini nicht sofort geschlagen geben, »er wollte vielleicht, dass sie sich scheiden lässt.«

»Unwahrscheinlich«, meinte der Anwalt trocken.

»Ach, und warum?«

»Weil er noch zu einer anderen Frau ein Verhältnis hatte. Ich glaube, Sie kennen sie.«

Anna Bernini schnappte nach Luft. Aber der Anwalt fuhr jetzt ganz sachlich fort, als säße er nicht in einem klapprigen Liegestuhl und versänke im *Riviera*-Sand, sondern auf der Verteidigerbank im Gerichtssaal.

»Mein Mandat wusste von einigen Kursteilnehmerinnen, dass da seltsame Dinge in der Schule laufen.«

»Was für seltsame Dinge?«, fragte Anna Bernini, obwohl sie lieber gefragt hätte: »Von welchen Kursteilnehmerinnen?«

»Das weiß mein Mandant auch nicht so genau«, antwortete der Anwalt. »Er sagt, es hänge mit den Russen zusammen. Er habe gehört, da sei etwas megafaul.«

Anna Bernini, die immer noch unentschlossen vor ihm stand, dachte sofort an das Gespräch mit Judith, damals in der Nacht, als Amelie Meyhers Kopf gefunden wurde. »Die russischen Kinder …?«, überlegte sie laut.

»Wohl eher die russischen Eltern«, sagte der Anwalt.

Wieder tauchte das Bild von Judith in ihrem Kopf auf. Wie sie neben ihr auf dem Betonperron sitzt und sie angrinst. Die Augen schon ein wenig glasig, und beim Sprechen war ihr die Zunge ein bisschen im Weg. »Die Patriarschen«, hörte sie Judith nuscheln und dann lachen, »nein, Oligarschen, haha, Arschen jedenfalls.«

»Was wissen Sie?«, fragte Anna Bernini den Anwalt plötzlich scharf.

»Eben! Das ist es ja. Ich weiß nichts. Mein Mandant weiß nichts. Aber er ahnt etwas.«

Auch Anna Bernini ahnte etwas. Und es beschlich sie ein ungutes Gefühl. Warum wollte Judith sie zuerst sprechen und vergisst dann die Verabredung? Sie schaute dem Anwalt in seine Irrlichteraugen und sagte: »Kommt überhaupt nicht infrage!«

KAPITEL 22

Der Klimawandel gehört zu den wenigen Dingen, neben Krieg, Terror und *Germany's next Topmodel*, an denen man beim besten Willen nichts Positives finden kann. Jeder weiß, was da auf uns zukommen wird: Polkappenabschmelzung, Ressourcenknappheit, Verteilungskriege. Bald können wir unseren Gletscherskigebieten »Auf Wiedersehen« sagen. Womöglich dem Winter generell. Und neue Pflanzen- und Tierarten werden bei uns einziehen. Olivenbäume statt Tannenbäumen bis weit hinauf. Ich fürchte, eine solche Veränderung wird auch an der österreichischen Seele nicht ganz spurlos vorbeigehen. Ich möchte den Teufel nicht an die Wand malen, aber auch ihr könnte ein Klimawandel bevorstehen. Ich weiß nicht, was aus Wien werden soll, wenn sich der charakteristische Grant, den man in jedem Stadtführer findet, mangels Hochnebels einmal aus diesen Breiten verzieht wird. Werden uns da nicht die Touristen ausbleiben? Man begegnet jetzt schon immer öfter Wienerinnen und Wienern, die mitten auf der Straße stehen bleiben und wildfremden Menschen bereitwillig Auskunft geben, selbst wenn sie von Menschen gefragt werden, deren Hautfarbe nicht exakt weiß ist. Zu den Zeichen des mentalitätsmäßigen Klimawandels gehört es auch, dass die Menschen beiderseits des Gesetzes immer öfter ein Auge zudrücken. Der eine oder andere Taschendieb lässt die Geldtasche des alten Mütterchens stecken und betrügt lieber im Internet. Und der eine oder andere Gesetzeshüter schaut weg, wenn ein Gfrast mit dem E-Scooter auf dem Gehsteig dahindonnert.

Am Wiener Augarten kann man zum Beispiel ein gemütliches Hin und Her zwischen der Obrigkeit und den Personen feststellen, die ihr die Zunge zeigen. Die Parkschließzeiten sind nämlich nicht so stringent, wie man es sich als Anwohnerin wünschen würde. Theoretisch richten sie sich nach der Tageslänge, aber praktisch mehr nach dem Geschmack der Burghauptmannschaft, der Security oder wer sonst noch zuständig ist. Unterschriftensammeln und hoffen, dass sich die Zuständigen erweichen lassen und die Anwohner*innen im Augarten herumspazieren lassen, solang es hell ist, wäre die eine Möglichkeit. In die Eisengitter ein Rein- und Rausschlupfloch sägen, die andere. Soviel ich weiß, werden beide verfolgt. Die zweite ist aber effektiver.

Deshalb schaute Anna Bernini jetzt auch in aller Ruhe zu, wie das Security-Auto am Parktor vorfuhr, mit den Schlüsseln rasselte wie früher vielleicht die Wachmeister mit den

Säbeln und das einfache Volk aus den ehemaligen Kaisergärten verjagte. Obwohl zu diesem Zeitpunkt noch genauso viele Menschen drinnen herumspazierten wie draußen. Denn kaum jemand dachte ans Schlafen oder auch nur ans Nach-Hause-Gehen, bevor die Wohnungstemperatur unter 30 Grad gesunken war. Und herauskriechen konnte man ja jederzeit durch die herausgesägten Gitterstäbe. Die Leute wussten es. Die Security wusste es. Niemand scherte sich darum.

In kritischen Situationen konnte Anna Bernini das Landkind nicht verleugnen. Wenn man die ersten Streitereien mit der besten Kindergartenfreundin, die erste Ohrfeige von der Mama und den ersten Liebeskummer nur deshalb überlebt hat, weil man in den Wald gelaufen ist und geschworen hat, nie wieder zurückzukehren, bleiben einem die Bäume für immer seelenverwandt.

Deshalb war Anna Bernini, als sie zu Hause ihr Fahrrad am Laternenmast angehängt hatte, wieder durch die herausgesägte Lücke am schmiedeeisernen Tor in den Garten geschlüpft. Denn nach dem Gespräch mit dem Anwalt und dem Nicht-Gespräch mit Judith ist die Wirkung des Optimismusgetränks von Minute zu Minute kleiner geworden. Bis es schließlich unter null gesunken war. Aber sie wusste: Wenn ich irgendwo in dieser Stadt einen Ort finde, an dem ich wieder zur Ruhe komme, dann hier. Zwischen den beiden Flaktürmen, dem runden und dem eckigen, die man gegen Ende des Zweiten Weltkrieges zur Verteidigung eines schrecklichen Terrorregimes gebaut hatte und die man aus dem Gedächtnis der Stadt nicht wegsprengen konnte. Obwohl man es versucht hatte. Deshalb stehen sie bis heute als ausgestreckte Zeigefinger der Zeitgeschichte mitten im kaiserlichen Barockgarten.

Aber jetzt, als Anna Bernini durch den Augarten schritt, als die Vögel allmählich verstummten und die Fledermäuse zu flattern begannen, als das letzte menschliche Lachen dem ersten unheimlichen Knacken im Unterholz wich, als sie schließlich ganz allein im Dunkel stand, umgeben von noch mehr Dunkel und einer Stille, wie man sie mitten in Wien gar nicht für möglich gehalten hätte, als sie durch die verlassenen Irrgartenwege wanderte und bei jedem Schritt weniger Atome vom orangen In-Getränk in ihren Adern zirkulierten, da ergriff plötzlich eine gewaltige Angst von ihr Besitz. Abrupt blieb sie stehen, spähte durch die dunklen Zweige, warf Blicke über die Schulter und spitzte die Ohren. Was war das gerade für ein Geräusch gewesen? Schritte? Flüstern? Lachen?

Wie in einem Albtraum schritt Anna Bernini immer schneller durch die engen Heckenwege zum ausgesägten Loch zurück. Immer wirrer wurden ihre Sinneseindrücke. Hat da jemand geschrien? Und gerade, als sie zu laufen beginnen wollte, fasste ihr plötzlich jemand an den Kopf. Anna Bernini schrie auf und wäre vielleicht in Ohnmacht gefallen, wenn sie nicht instinktiv nach dem nächsten Baumstamm gegriffen hätte. Ihr Herz pochte in der Kehle, als wollte es ihr zum Mund herausspringen. Und während die eine Hälfte des Gehirns mit der Panik beschäftigt war, versuchte ihr die andere Hälfte gut zuzureden, dass es keine Erscheinungen Verstorbener gibt. Ja, dass es sogar sehr unwahrscheinlich war, dass ein Verstorbener mitten in der Nacht im Augarten herumgeisterte. Mit Ausnahme von ein paar Jugendlichen, die im schützenden Augartendunkel gerne ihre ersten Erfahrungen mit allen möglichen Dingen machten. Die Überbleibsel mussten dann am nächsten Tag die Gärtnerlehrlinge einsammeln. Und doch: War da nicht gerade ein Mann davongelaufen?

Aber als Anna Bernini den Kopf hob, sah sie doch noch eine Erscheinung. Und zwar eine, mit der sie nicht gerechnet hatte. Die Urgroßtante Mali. Sie war es nicht selbst. Aber ihre Wiedergeburt. Da war sich Anna Bernini sicher. In Form einer frechen Krähe, die im Blätterwerk über ihr saß und kräftig auf sie herabschimpfte. Und falls Anna Bernini noch Zweifel gehabt hätte, wer ihr gerade an den Kopf gegriffen hatte, dann wurden diese jetzt beseitigt. Denn ohne Genierer erhob sich die Krähe wieder von ihrem Ast und flog mit den Beinen voraus auf Anna Berninis Drahthaarlocken zu. Dazu krächzte sie laut.

»Jaaaa! Du hast ja recht, Tante Mali!«, rief Anna Bernini ihr zu. »Ich bin auf dem besten Weg, in deine Fußstapfen zu treten.« Die Krähe verstummte sofort. Anna Bernini sah das Aufblitzen in den winzigen Krähenäuglein. Für einen langen Augenblick starrten sich das Tier und der Mensch an. Dann flog die Krähe davon. »Pfiati, Tante Mali«, rief ihr Anna Bernini nach und trottete nach Hause. Tief in Erinnerungen versunken an die Schwester ihrer Tiroler Uroma, die am Suff zugrunde gegangen war. Großtante Mali hatte mit 65 den Hof ihrem jähzornigen Sohn Sepp übergeben. Anna Bernini war damals noch ein kleines Kind gewesen. Danach war die Großtante in die dunkle Stube oben neben der Tenne gezogen und hatte nichts anderes mehr gemacht, als Schnaps zu trinken. Die Stube hatte sie nie mehr verlassen. Niemand hätte gedacht, dass die Mali länger als ein paar Monate durchhalten würde. Aber als sich zehn Jahre später die Leichenbestatter den Weg zu ihrem Bett bahnen wollten, musste man vorher 357 Schnapsflaschen beseitigen. Nachher erzählten sich die Leute im Dorf noch lange, dass die Mali einmal kurz vor ihrem Tod dem Pfarrer anvertraut haben soll, dass jede Nacht ein bärtiger Mann zu ihr gekommen sei, um ihr an den Kopf zu klopfen. »Das muss der gewaltige Vogel gewesen sein«, spotteten sie, »den die Mali gehabt hat.«

Als Anna Bernini wenig später durch die abgesägten Gitterstäbe kroch, war der Himmel so dunkel geworden, dass sie die letzten krächzend davonfliegenden Krähen kaum noch von ihrem Hintergrund unterscheiden konnte. Nur ganz im Westen schimmerte noch ein zaghafter Tagesrest, der von Sekunde zu Sekunde schwächer wurde. Anna Bernini stand schaudernd da und richtete die Augen auf den riesigen schwarzen Flakturm-Zeigefinger, und es war ihr, als strömte die ganze über viele Jahrzehnte eingespeicherte Todeskälte mit einem grauenvollen Ächzen aus ihm heraus. Rasch wandte sie sich ab und lief stolpernd nach Hause.

In dieser Nacht schlief Anna Bernini schlecht. Einerseits wegen der Hitze, die sich längst bis tief in die Innenwände hineingefressen hatte. Andererseits weil sie sich dauernd im Bett herumwarf und aufregte und sorgte. Bis sie schließlich doch wegdämmerte. Aber dafür kamen die Gespenster. Sie flatterten durch ihre Träume wie die wiedergeborene Großtante Mali. Mit ausgebreiteten Flügeln lag die Krähe, die Anna Bernini im Traum geworden war, in der Luft. Sie flog über Wälder, Hügel und Felder. Es war kalt, die Berge schneebedeckt, die Wälder braun und die Felder abgeerntet. Es war Herbst, und sie flog dorthin, wo es wärmer war. Sie wusste nicht, wohin. Aber sie wusste, dass sie richtig unterwegs war. So sicher, wie sie wusste, dass morgen hinter dem Horizont wieder die Sonne aufgehen und dass sie irgendwann wieder zurückkehren wird. Alles war gut. Nur ein Gedanke peinigte sie: dass sie nicht schwimmen konnte.

Da war es schon fast eine Erlösung, als der Wecker läutete und Anna Bernini aufstehen konnte. Obwohl sie sich so fühlte, als hätte sie sich vor höchstens vier Stunden niedergelegt. Mechanisch ging sie ins Bad und in die Küche, machte einen Kaffee, löffelte Milchschaum auf einen doppelten Espresso, tunkte das letzte Stückchen von etwas, das einmal ein Milchbrot gewesen war, jetzt aber mehr Ähnlichkeit mit einem Bimsstein hatte, in den Macchiato und stellte sich vors Fenster.

Draußen herrschte diese schwebende Stille, die in der Sekunde, wo der Tag die Nacht ablöst, sogar einen von Hundeklos und Gacki-Sackerln, von Kindergeburtstagen und Handylautsprechern verdreckten Park in einen Zauberwald verwandeln konnte. Dann durchbrach eine Vogelstimme die Stille. Anna Bernini schaute hinaus. Es war noch nicht hell, aber der Himmel zeigte schon eine kleine rosarote Vorfreude auf einen Tag, der bestimmt wieder heiß werden würde. Anna Bernini, die sich zu dieser Uhrzeit noch nicht mit dem Dochnicht-Selbstmordfall oder gar mit dem Magnoliengartenmord befassen wollte, überlegte, welcher Vogel da sang. Eindeutig eine Amsel! Ihr Großvater wäre stolz auf sie gewesen. Kurz schweiften ihre Gedanken zu ihrem Großvater ab, der als großer Schweiger bekannt war. Hätte er ihr nicht die Vogelstimmen beigebracht und wie man ein Jagdgewehr lädt, hätte sie wahrscheinlich gar nicht gewusst, wie seine Stimme klingt. Und auf einmal hallte es in ihr nach. »Die Amseln singen als Erschtes. Des muaßt du dir merken, Annele.« Als Erstes? Anna Bernini suchte ihr Handy. Sie hatte es offenbar über Nacht ans Ladegerät gehängt. Es war erst 4:10 Uhr!

Später, wenn nach ein paar Wochen wieder Ruhe eingekehrt sein würde, würde Anna Bernini vielleicht sagen: »Und als ich diese Amsel im Augarten gehört habe, habe ich schon geahnt, dass etwas nicht stimmt.« Und das wäre nicht direkt gelogen gewesen. Aber die ganze Wahrheit wäre es auch nicht gewesen. Sondern einfach die Art, wie die menschliche Erinnerung mit traumatischen Erfahrungen umgeht. Genauso wie der Urgroßonkel vielleicht vergessen hat, dass er zuerst »Heil Hitler!« gerufen hat und danach erst ein Gegner der Nazis geworden ist, so dachte Anna Bernini immer, dass sie schon bei der Amsel wusste, was passieren würde. Nicht erst bei der Krähe, die ein paar Stunden später aufgestanden ist.

Obwohl es natürlich für alles, was nachher noch geschehen ist, keinen Unterschied gemacht hat, ob Anna Bernini sofort ein ungutes Gefühl gehabt hat, oder erst, als sie wieder im

Bett gelegen und eine Stunde später beim Wieder-Aufwachen so einen Riesendurst bekommen hat. Aber das Durstgefühl muss dann die Erinnerung an das SMS in Gang gesetzt haben, das Judith fünf Stunden früher geschickt hatte. Anna Bernini sprang aus dem Bett und sprintete in die Küche, wo ihr Handy inzwischen mit dem Aufladen fertig gewesen ist, und hätte in diesem Moment wer weiß was dafür gegeben, wenn sich ihr Gedächtnis getäuscht hätte. Aber leider, manchmal lässt einen die Erinnerung genau im falschen Moment nicht im Stich.

»Oh, sorry, ich bin noch mit einem Freund auf ein Bier auf die Donauinsel gefahren«, stand da. Und obwohl es schon wieder drückend schwül war, spürte Anna Bernini, wie ihr die Gänsehaut den Rücken hinunterjagte. Sie starrte hinaus in den Augarten, wo der eckige Flakturm noch in nächtliches Schwarz gehüllt war, und runzelte die Stirn. Und da, gerade als der erste Sonnenstrahl die Kanonen-Plattformen erreichte, traf sie die Erinnerung wie ein Schlag in die Magengrube. Sie tastete sich zum Barhocker und ließ sich fast ohnmächtig darauf niedersinken.

»Ich hasse Bier«, hatte Judith Perner gesagt, als Anna Bernini in dieser Nacht vor einer guten Woche mit zwei Spritzern auf sie zugewankt war. »Wenn ich es auch nur rieche, könnte ich mich übergeben.« Anna Bernini sah die junge Lehrerin jetzt wieder vor sich, wie sie eine kastanienfarbene Locke, die sich aus dem Knoten auf dem Oberkopf gelöst hatte, hinters Ohr geschoben hatte. Doch beim nächsten Windhauch war sie schon wieder hervorgehüpft und ihr auf der sommersprossigen Nase herumgetanzt. »Ich hab' sogar einmal einen Mann verlassen, weil er immer nach Bier gerochen hat. Entweder das Bier oder ich, hab' ich gesagt, und er hat das Bier gewählt. Haha!«

Anna Bernini hielt noch immer das Handy umklammert und starrte auf die Nachricht, und die Gänsehaut wurde jetzt so stark, dass es sie schüttelte. Dann drückte sie auf Judiths Nummer. Es läutete und läutete und läutete. Sie hob nicht ab. Anna Bernini versuchte es noch einmal und dann noch einmal, obwohl sie wusste, dass Judith Perner nicht abheben würde. Entweder weil sie ihr Handy abgestellt hatte oder – aber das »Oder« wollte sich Anna Bernini eigentlich nicht vorstellen.

Aber wenn man eine Kriminalpolizistin ist, ist der Moment, wo man glaubt, die schlimmstmögliche Fantasie kann doch nicht Wirklichkeit sein, kürzer als bei anderen Menschen. Deshalb dauerte es keine halbe Minute, bis Anna Bernini schon den ersten Kollegen angerufen hatte. Es war eine Kollegin. Die diensthabende Bezirksinspektorin meldete sich mit einer etwas verschlafenen Stimme. Ja, natürlich, sie werde sofort das Streifenwagen-Team *Leopold 1* in die Novaragasse schicken, damit sie nachschaut, ob Judith Perner zu Hause sei.

Doch Anna Bernini wartete das Ergebnis nicht ab, sondern riss sofort den nächsten Kollegen aus dem Schlaf. Da ihre Mordgruppe Bereitschaftsdienst hatte, war das der Schramek. Nur dass er nicht bereit war, sich Anna Berninis Bedenken anzuhören. Das Bier-SMS war für ihn kein stichhaltiger Beweis, dass irgendetwas faul wäre. Auch nicht, als *Leopold 1* gleich darauf die Meldung durchgab, dass besagte Bewohnerin nicht zu Hause wäre. Der Schramek fand nämlich, dass es das Normalste auf der Welt sei, wenn eine so fesche Person wie diese Lehrerin in einer lauen Sommernacht nicht daheim ist. Es dauerte zehn Minuten, in denen der Schramek sogar einmal auflegte und von Anna Bernini noch einmal angerufen werden musste, um ihn davon zu überzeugen, dass Judith Perner in Gefahr sein könnte.

»Du horchst mir nicht zu. Sie wollte mir etwas Wichtiges sagen!«, rief Anna Bernini. »Etwas, das uns im Fall weiterbringen kann.«

»Ja, aber das Wichtigste«, gähnte der Schramek, »wissen wir ja schon. Nämlich, wer's war.«

»Wissen tun wir gar nichts mit Sicherheit.«

»Geh Anna, bitte! Das ist schwierig für dich, aber du musst professionell drüberstehen.«

»Vielen Dank für deinen Rat, Herr Abteilungsinspektor. Aber offenbar willst du es nicht kapieren: Zuerst hat sie mir etwas Wichtiges sagen wollen und dann kommt sie nicht zur Verabredung. Stattdessen schreibt sie, dass sie mit ›einem Freund‹ ein Bier trinken geht. Obwohl sie Bier hasst. Das ist doch verdächtig, oder?«

»Vielleicht erinnerst du dich falsch. Ihr habt ja damals auch nicht gerade Himbeerkracherl getrunken, nehme ich an.«

»Ich erinnere mich nicht falsch!«, knurrte sie, und wenn Inspektor Schramek jemand gewesen wäre, der Zwischentöne hören konnte, dann hätte er schon langsam den Rückzug angetreten.

Aber so brummte er nur: »Wenn der richtige Biertrinker daherkommt, wird die Frau Perner bestimmt schnell von ihrer Bierabneigung geheilt. Da wette ich!«

Aber das hätte er besser nicht mehr gesagt. Denn jetzt brüllte Anna Bernini: »Weißt du, was du jetzt machst? Du hievst deinen Arsch aus dem Bett und verpflanzt ihn ins Auto. In zehn Minuten stehst du vor meiner Tür! Mit laufendem Motor!«

Sofort nach dem Auflegen drückte Anna Bernini noch einmal auf eine Nummer.

»Sandtner?«

»Sag bloß, du hast mich nicht eingespeichert?«

»Doch, aber man weiß ja nie.«

Anna Bernini fragte nicht nach, was man nie wisse, und ignorierte ebenfalls Miss Biggys Tonfall, der zwischen beleidigt und deprimiert zu schwanken schien.

»Es tut mir leid, dass ich dich aufwecken muss …«

»Du hast mich nicht aufgeweckt.«

»Biggy, was …«, setzte Anna Bernini zum besorgten Nachfragen an, beschloss aber, dass dafür jetzt keine Zeit wäre. »Ich brauche dich.«

Miss Biggy schwieg, keineswegs bereitwillig, wie Anna Bernini schien.

»Du musst für mich ein Handy orten.«

»Ich? Warum fragst du nicht das IT-Genie?«

»Weil ich dich frage, verdammt noch einmal!«, schrie Anna Bernini, die langsam die Geduld mit ihrer Gruppe verlor und vielleicht für eine Zehntelsekunde den partizipativen Führungsstil verdammte, den der Oberst in der Kriminalabteilung eingeführt hatte. Doch bevor sie ruhiger fortfahren konnte, gluckste es am anderen Ende. Anna Bernini war sich nicht sicher, ob es Lachen oder Weinen war. Dann hörte sie das Klicken eines Feuerzeugs, gefolgt vom vertrauten tiefen Atemzug und etwas, das vielleicht ein bisschen wie »Scheißderhunddrauf« klang, aber da war sich Anna Bernini nicht ganz sicher.

»Rauchst du in der Kur?«

»Lass hören«, hustete Miss Biggy gut gelaunt, »was brauchst du?«

Drei Minuten später hatte Anna Bernini, was sie brauchte, und sieben Minuten später schickte Inspektor Schramek ein »bin da«-SMS. Anna Bernini, die sich in der Zwischenzeit lauwarm geduscht und die nächstbeste Leinenhose und das nächstbeste T-Shirt angezogen hatte, packte ihren Rucksack und rannte die Treppen hinunter. Und als sie aus der Tür trat, um genau 5:21 Uhr, trafen sie die ersten Sonnenstrahlen eines weiteren heißen Tages. Doch Licht ist in den verflixten Magnoliengartenfall dadurch noch lange nicht gekommen.

KAPITEL 23

Es ist zu befürchten, dass die Künstliche Intelligenz eines Tages sagen wird: Wozu brauchen wir eigentlich noch Menschen? Dinge herstellen, Dinge verkaufen und Geld anlegen können wir auch allein. Menschen machen nur Arbeit. Aber intelligenzmäßig sind sie uns hoffnungslos unterlegen. Man kann sie mit ein paar Taschenspielertricks manipulieren, damit sie mehr konsumieren, als sie brauchen. Wenn der Kühlschrank von sich aus einen Einkaufszettel ins Geschäft schickt, begeistert sie das dermaßen, dass sie gleich alles von sich hergeben. Adresse, Kontodaten, Essgewohnheiten. Noch mehr kriegt man von ihnen, wenn man ihren Spieltrieb befriedigt. Eine App, die Schritte und Kalorien zählt oder die Schlafdauer misst, und schon geben sie die Daten zu ihrer gesamten Biologie heraus. Es kostet nur ein paar Sekunden, bis man einschätzen kann, wie groß die Gesundheitskosten sein werden, die sie noch verursachen. Nicht auszudenken, was passierte, wenn sich die KI mit einem verrückten Diktator zusammentäte. Vor zehn, 20 Jahren hätte man gesagt: Verrückte Diktatoren sind wie Dinosaurier am Ende der Kreidezeit. Ihre Tage sind gezählt. Aber in den letzten Jahren hat es an der Spitze der mächtigsten Staaten sowohl Verrückte als auch Diktatoren gegeben. Glücklicherweise noch nicht in demselben Land. Wer weiß, ob die Erde sonst noch stünde.

Im Landeskriminalamt in der Leopoldsgasse hat die Künstliche Intelligenz jedenfalls auch schon Einzug gehalten. Zwar nicht unbedingt bei den Ermittlungsbeamten, aber bei ihren Fahrzeugen. Kaum ein Autofahrer müsste heute noch selber einparken können. Dass es die meisten immer noch tun, ist nichts als die persönliche Fahrereitelkeit. Wobei die Fahrereitelkeit bei manchen Autofahrern ja sehr flexibel ist. Nehmen wir Inspektor Schramek. Er war ein typischer Selbereinparker und Selber-aufs-Gas-Steiger. Trotzdem hatte er schon seit Tagen jedem Kollegen und jeder Kollegin stolz erzählt, dass sein neues Auto das allein kann. Genauso wie auf der Autobahn fahren oder im Stau stehen. Die Kollegen haben schon angefangen, ganz früh am Morgen zur Arbeit zu kommen oder ganz spät am Abend heimzugehen und vor dem Verlassen ihrer Büros vorsichtig den Gang hinauf und hinunter zu spähen, damit sie ja nicht wieder vom Schramek niedergeredet wurden.

»Mit meinem 374er find ich im *Schlaf* nach Hause«, brüllte er einen nieder. »Haha, ich schlafe, und er findet nach Hause.« Oder: »Einparken kann der, das glaubst du gar nicht. Nicht einmal ein Kinderwagen würde in so eine winzige Parklücke hineinkommen. Dabei ist der mindestens so groß wie mein früherer Sharan.«

Doch jetzt, um 5:21 Uhr am Morgen, war der Schramek offenbar nicht zum Prahlen aufgelegt. Nicht einmal zum Reden. Und das war Anna Bernini ganz recht.

»Ihr Handy ist auf dem Gelände des *Helvetia Rudervereins* in Korneuburg«, sagte sie, als sie einstieg. »Miss Biggy hat es mir gerade durchgegeben. Hast du ein Navi?«

Inspektor Schramek warf ihr einen Blick zu, als hätte sie gefragt: Hat dein Auto Reifen? Er streckte einen Zeigefinger aus, der bei so manchem Neugeborenen ein Ärmchen gewesen wäre, und berührte die Bedienungsoberfläche auf dem Armaturenbrett. Sogleich leuchtete sie blau auf, und in der Mitte erschien eine sich im Rhythmus einer kühlen Frauenstimme bewegende Wolke: »Guten Morgen, Abteilungsinspektor Schramek«, sagte sie, wobei »Abteilungsinspektor« ein bisschen holperig daherkam. Inspektor Schramek konnte

sich einen lauernden Seitenblick auf Anna Bernini nicht verkneifen. Doch Anna Bernini war nicht vor Begeisterung vom
sündteuren Ledersitz gefallen.

»Was kann ich für Sie tun?«, fragte die Stimme aus der Wolke.

»Jetzt wirst du gleich sehen, was ich für ein Navi habe!«,
sagte Inspektor Schramek. »Diese neuesten Navis führen dich
auf den Millimeter genau ans Ziel. Wenn du deinem Navi sagst:
Stephansdom. Dann kannst du meinem sagen: zerfleddertes
Komm sing mit, dritte Sitzreihe links.«

»Dein Auto soll nicht singen, sondern fahren«, erwiderte
Anna Bernini streng.

Inspektor Schramek grinste, beugte seinen Oberkörper ein
paar Millimeter nach vorn, wobei sein gewaltiger Bauch gleich
das halbe Lenkrad verschluckte, und sagte langsam: »Helvetia Ruderverein Korneuburg.«

»Tuttendörfl 37«, präzisierte Anna Bernini ungeduldig.

»Pssst! Das weiß sie selber!«

»Bitte wiederholen Sie die Zieleingabe«, säuselte die Wolke
freundlich.

»Na bitte, was sag ich!«, rief Inspektor Schramek, »jetzt
hast du sie drausgebracht.«

»Oder sie hat dein Meidlinger-L nicht verstanden.«

»Du hast ja keine Ahnung!«, schnaubte Inspektor Schramek. »Hel-ve-tia Ruderverein Korneuburg.«

»Bitte wiederholen Sie die Zieleingabe«, wiederholte die
Wolke ungerührt.

»Hearst«, rief Inspektor Schramek mit einem verlegenen
Lacher, »sonst funktioniert's immer auf Anhieb.«

Anna Bernini verdrehte die Augen.

»Hel-ve-ti-a Ru-der-ver-ein Kor-neu-burg!«, versuchte es
Inspektor Schramek jetzt mit ein bisschen mehr Autorität.

Aber die Wolke sagte nur: »Bitte wiederholen Sie die Zieleingabe.«

»Hel-ve-ti-a Ru-der-ver-ein Kor-neu-burg«, buchstabierte Inspektor Schramek mit demonstrativer Eselsgeduld. Aber eine halbwegs sensible Wolke hätte schon einen gewissen Unterton herausgehört.

»Bitte sagen Sie zuerst den Ort, dann die Straße, dann die Hausnummer«, sagte die Stimme freundlich.

»Geh bitte!«, rief Anna Bernini und fuhr mit dem Zeigefinger auf das Display, »schalt das ab!«

»Untersteh dich!«, jaulte Inspektor Schramek auf und fing Anna Berninis Hand ab, »das ist *mein* Auto! Und *ich* fahr!«

»Bitte sprechen Sie deutlich«, schallte es mit Megafon-Lautstärke durch die stille Gasse. Aus den Fenstern der oberen Stockwerke rief jemand: »Ruhe!«

»Jetzt hast du lauter gestellt!«, rief der Schramek mit dem ganzen Ärger eines Rassehundeherrchens, dem ein Zwischenruf das beste Kunststück verpatzt.

Anna Bernini kitzelte ein Lachen in der Kehle.

»Helvetia Turnverein, äh Ruderklub, ah Segel…!«, stotterte Inspektor Schramek, und sein hochroter Schädel wackelte bedenklich hin und her. Da konnte Anna Bernini verstehen, dass die Wolkenstimme »Bitte sprechen Sie deutlich« sagte.

»Helvetia Turnverein, du Oarschnavi!«, brüllte Inspektor Schramek, und endlich erschienen Zielvorschläge auf dem Display: Orchisgasse, Osergasse, Ortliebgasse, Orelgasse.

Und auch wenn Anna Bernini alles andere als heiter zumute war, jetzt lachte sie laut auf. »Komm, schalt's aus. Miss Biggy führt uns hin«, japste sie und zog ihr Smartphone aus der Tasche.

Doch im selben Augenblick verschwanden die falschen Straßennamen, und die richtige Adresse erschien, gefolgt von einem winzigen Geräusch, von dem Anna Bernini gesagt hätte, das war ein Kichern. Aber da kann sie sich auch getäuscht haben.

Inspektor Schrameks kleine Äuglein starrten auf die Buchstaben, seine Hängebäckchen zitterten leicht, und wenn Anna Bernini nicht gedacht hätte: das ist unmöglich, hätte sie gesagt, gleich heult er los. Aber Anna Bernini tippte einfach auf die Adresse, und Sekunden später spuckte die Wolke die Route aus.

»Den Zündschlüssel drehen musst du aber noch selber«, sagte Anna Bernini. Doch Inspektor Schramek, der tapfer seine Enttäuschung wegsteckte, grinste sie an und sagte: »Starten!« Aber die Wolke hatte schon längst den Rückwärtsgang eingelegt und das Auto aus der Parklücke herausmanövriert.

Die Fahrt nach Korneuburg dauerte exakt 18 Minuten und 23 Sekunden. Obwohl sie die Wolke mit 22,54 Minuten berechnet hätte. Aber sie konnte natürlich nicht wissen, dass Inspektor Schramek seine geknickte Männlichkeit nur mit einer exzessiven Geschwindigkeitsübertretung wieder aufrichten konnte. Das ist vielleicht erst der übernächste Schritt in der Entwicklung der Künstlichen Intelligenz, dass einen das Auto auch noch charakterlich durchschaut. Anna Bernini hätte jetzt vielleicht gesagt: Das ist nicht schwer, denn die Psyche eines Schramek durchschaut auch ein Autoreifen, aber das wäre natürlich ungerecht gewesen.

Während der rasenden Fahrt durch einen Morgen, der nur widerstrebend die Nebelschleier der Nacht abstreifte, starrte Anna Bernini stumm auf die Fahrbahn. Auch Inspektor Schramek gab es bald auf, durch Fingerzeigen, Armwedeln und kurze Befehle Anna Bernini für seinen sündteuren Hybrid-Wagen begeistern zu wollen, und verfiel ebenfalls in Schweigen. In solchen Augenblicken ist es fast angenehmer, man sitzt mit seinem Intimfeind im Auto, bei dem es keine Beziehung zu zerrütten gibt, als mit dem Lieblingsmitarbeiter, bei dem man jetzt vielleicht Interesse für die Schulfortschritte des überbegabten Kindes heucheln müsste, obwohl man eigentlich am liebsten in seinem Morgengrant in Ruhe gelassen worden wäre.

Als Anna Bernini und Inspektor Schramek am Gelände des *Helvetia Rudervereins* Korneuburg ankamen, war es 5:40 Uhr, und sogar die verschlafenen Kohlmeisen hatten schon mit ihrem Morgenkonzert angefangen. Als Anna Bernini die Beine aus dem Auto schwang und die Füße auf den taufeuchten Grasnarbenweg stellte, bemerkt sie erst, dass sie in der Eile die Espadrilles angezogen hatte, die sie damals bei diesem furchtbaren ersten Griechenland-Urlaub mit dem Karli gekauft hatte und seither als Not-Patschen für ihre ewig verschwundenen Hausschuhe neben der Eingangstür standen. Anna Bernini seufzte. Und wirklich, noch bevor sie bis zum Maschendrahtzaun getrippelt war, der das Gelände des Rudervereins vom Auwald abtrennte, waren ihre Füße schon nass. Vielleicht hätte sie nicht sofort zum Niesen angefangen, aber das T-Shirt war leider auch zu dünn.

Während Anna Bernini ein Taschentuch aus dem Rucksack kramte, verschwand Inspektor Schramek irgendetwas murmelnd hinter ein paar Büschen.

Miss Biggy rief an. »Ich hab mich in dein Handy reingehackt. Tipp dein Navi an, ich führ dich hin.«

Noch bevor Anna Bernini irgendwas erwidern konnte, hatte Miss Biggy schon aufgelegt. Anna Bernini sah sich nach Inspektor Schramek um, aber das üppige Grün hatte den Kollegen vollständig verschluckt. Anna Bernini zuckte die Achseln und wandte sich ihrem Smartphone-Navi zu. Da führte eine dünne blaue Linie von ihrem gegenwärtigen, blinkenden Standort zum etwa 150 Meter entfernten Ziel, direkt neben dem breiten dunkelblauen Streifen der Donau. Anna Berninis Hand zitterte so stark, dass sie kaum mit den Augen der dünnen Linie auf dem Display folgen konnte, die sich entlang des Zauns bis zur Uferböschung schlängelte. Und als sie jetzt einen Fuß vor den anderen setzte, merkte sie, dass auch ihre Knie zitterten und ihre Arme und der ganze Körper, obwohl ihr längst schon nicht mehr kalt war.

Anna Berninis Knöchel berührten Brennnesseln, wurden von Weißdornbüschen gestochen und morgenaktiven Stechmücken attackiert, aber ihre Augen blieben starr auf den blinkenden blauen Kreis auf ihrem Handy gerichtet, der sich mit dem breiten blauen Streifen fast überlappte. Schon glitzerte das Wasser durch die Zweige, schon plätscherten die Wellen ans steinige Ufer, und Anna Bernini spürte durch die dünnen Sohlen hindurch, wie die Feuchtigkeit des Grases von der Feuchtigkeit des Lehmbodens abgelöst wurde. Noch ein Schritt, dann stand Anna Bernini vor der Lösung eines Rätsels und vor vielen neuen, die daraus entstehen würden.

KAPITEL 24

Es gibt Tage im Leben, die vergisst man nicht, auch wenn man sich noch so sehr bemüht. Dabei sind es nicht immer nur die großen Momente, die einem im Gedächtnis bleiben: der Segen des Bischofs bei der Firmung, der Handschlag des neuen Chefs, der erste Blick in die Augen der Liebe seines Lebens. Oft sind es die Kleinigkeiten, an die man sich später erinnert. Das Cordon Bleu, das man nach der Firmung auf dem Ausflug am Bodenseeschiff nicht lange behalten hat, der Kaffee, den man sich vor dem Vorstellungsgespräch über die weiße Bluse gegossen hat, oder das Schachbrettmuster auf der

Piazza, auf der dieser hübsche Jüngling, der einmal bei einem einziehen wird, Gitarre gespielt hat. Das alles merkt man sich, obwohl man inzwischen vielleicht schon längst aus der Kirche ausgetreten ist, den zukünftigen Chef mit der Hand in der Portokassa erwischt und den Immer-noch-nur-Gitarrenspieler hochkant aus der Wohnung und dem gemeinsamen Konto hinausgeworfen hat.

Wenn Anna Bernini später einmal an die Szene am Donauufer an diesem von Minute zu Minute strahlender werdenden Junimorgen denken wird, wird sie immer die beiden Libellen sehen, die Judiths weißes Profil umspielten, an die sanft im Wasser schwebende Haarwolke, die das Donauwasser um ihren Kopf rostrot gefärbt hat, an den marmornen Arm, der einen am Ufer liegenden Felsbrocken zu umklammern schien, und an die weit aufgerissenen Augen, die fragend auf einen Himmel gerichtet waren, der für immer seine Antworten schuldig bleiben würde.

Anna Berninis ganzes Sein klammerte sich am Ufer fest, als müsste sie sterben, wenn sie auch nur einen Millimeter näher an die Leiche heranrückte. Sie hörte auf zu atmen, als müsste sie an der kühlen Morgenbrise ersticken. Einen Herzschlag lang verwandelte sich die lehmige Uferböschung in Treibsand, und nur der abgrundtiefe Hass auf denjenigen, der das getan hatte, verhinderte, dass Anna Bernini im Morast der Schuldgefühle versank.

Obwohl sie nicht wusste, warum sie Schuldgefühle hatte, wurde sie dennoch von ihnen verfolgt. Noch bevor sie Inspektor Schramek gefunden hatte, hatte sie schon ihr Handy gezückt und die Tatortgruppe, den Amtsarzt und die Staatsanwältin kontaktiert. Den Oberst hätte sie natürlich auch angerufen. Aber seine Gattin, die zu den Wohlmeinenden gehörte, die den Oberst schon seit Jahren lieber in Pension gesehen hätte – Nicht-Wohlmeinende gab es auch – weigerte sich hartnäckig, »den Bruno« zu wecken.

So kam es, dass Anna Bernini den Oberst erst sah, als es schon später Nachmittag und die ganze Truppe des Landeskriminalamts im großen Konfi versammelt war. Der Oberst hatte sie extra per SMS zu dieser Besprechung eingeladen. Mit seinem Kommando-1-Befehl, der Anna Bernini heute allerdings außerordentlich grantig gemacht hatte. Aber der Ehrlichkeit halber muss man sagen, dass sie auch jede andere Form des Zu-sich-Rufens grantig gemacht hätte. Auch des Nicht-zu-sich-Rufens. Überhaupt jedes SMS. Wenn es nicht gerade vom Lieben Gott gewesen wäre und »Du bist nicht schuld am Tod Judith Perners« gelautet hätte. Denn die nagenden Fragen und die ungünstigen Antworten waren im Laufe des Vormittags immer mehr geworden.

Seit sie nach der Ankunft der Spurensicherung und des Amtsarztes am Donauufer in Korneuburg von Inspektor Schramek am Arm genommen und vom Tatort weggeführt worden war – erstaunlich sanft übrigens – hatten sich in ihrem Kopf die Gedanken gedreht wie ein Kreisel. Warum war Judith umgebracht worden? Wie hing ihr Tod mit dem Amelie Meyhers zusammen? Dass er zusammenhing, war für sie keine Frage. Was wollte ihr Judith gestern Abend erzählen? Was konnte sie gewusst haben, das so gefährlich war, dass es sie jetzt das Leben gekostet hatte? Und schließlich, und das war der schlimmste aller Kreiselgedanken: War sie es, die durch das gestrige SMS von der *Riviera* den Mörder aufgeschreckt hatte? Immer wieder drehte sich der Gedankenkreisel, bis sich alle Fragen in ein dumpfes Schreckensgrau verwandelt hatten.

Anna Bernini konnte sich nachher nicht mehr erinnern, was sie auf der Fahrt zurück ins Büro mit dem Schramek geredet hatte. Viel kann es nicht gewesen sein. Denn auch im Schrameckschen Kopf dürfte sich der Gedankenkreisel gedreht haben. Jedenfalls murmelte er immer wieder fassungslos vor sich hin: »Sie muss etwas gewusst haben.« Und Anna Bernini, die ihn einmal von der Seite gemustert hatte, war fast erschrocken, wie betroffen er wirkte. Womöglich glänzte es sogar in seinen Augen. Das hatte Anna Bernini richtig gerührt.

Aber kaum waren die beiden in der Leopoldsgasse aus dem Auto gestiegen, war die Eintracht auch schon von ihnen abgefallen wie der getrocknete Donauuferschlamm von ihren Schuhsohlen. Ein zufällig vorbeikommender Kollege hätte nie vermutet, dass die beiden Streithähne gerade friedlich wie normale Menschen 20 Minuten miteinander im Auto um eine Zeugin getrauert hatten, deren Tod sie unter Umständen verhindern hätten können. Aber so, als wäre das Zuschlagen der Autotür ein geheimes Zeichen gewesen, hatten sich Schrameks und Anna Berninis Mienen wieder verschlossen. Nicht einmal ein einfaches »Tschüss« hatten sie sich nachgeschickt, als der eine, so schnell es seine 120 Kilo erlaubt hatten, auf das Eingangstor zugeeilt und die andere links abgebogen war, um am Karmelitermarkt einen Kaffee zu trinken und ein paar Augenblicke mit sich allein verzweifelt zu sein.

Und erst da, als Anna Bernini in der bereits brütenden Spätvormittagshitze in der *Garage* unter einem Sonnenschirm gesessen und die Kellnerin einen Espresso vor sie hingestellt hatte, fiel ihr ein, dass Fonsi ja jetzt aus dem Schneider war. Als Ex-Geliebte und Undercover-Private-Eye hätte sie das eigentlich in bessere Laune versetzen müssen.

Aber wenn Anna Bernini die vielen unangenehmen Tätigkeiten dieses Tages in ein Kartenspiel verwandeln hätte können, sagen wir: in *Watten*, dann wäre der kleine Hoffnungsschimmer nur der Unter gewesen, der vom Ober haushoch geschlagen wurde. Im ersten Moment hatte Anna Bernini gedacht, eigentlich ein Glück, dass Judith gerade keinen festen Freund hatte. Aber dann merkte sie schnell, dass es noch schlimmer ist, einer sympathischen Mutter ins Gesicht sagen zu müssen, dass ihr einziges Kind brutal ermordet worden ist, und zuschauen zu müssen, wie sich das freundlichste Gesicht der Welt in eine Grimasse der Verzweiflung verwandelt. Anna Bernini wäre am liebsten schreiend davongelaufen. Aber dann ist sie zwei Stunden bei der älteren Dame gesessen und hat gewartet, bis die Beruhigungsspritze vom Notarzt gewirkt hat.

Das Telefonat mit Doktor Kramer, in dem er ihr die Obduktionsergebnisse mitgeteilt hatte, ist dagegen schon fast so erholsam wie ein Freundinnenplausch gewesen. Vielleicht ist es deshalb passiert, dass sie mit dem Gerichtsmediziner ein Treffen für den Abend an der *Riviera* ausgemacht hat.

Als sie jetzt das große Konfi betrat, war sie immer noch ganz verwirrt. Denn jeder wusste, dass Doktor Kramer ein einsamer Junggeselle war, der außer mit seinen Leichen mit niemandem redete. Warum, wusste man nicht. Offenbar war er aus einer Medizinerfamilie. Beide Eltern Schönheitschirurgen. Viele sagten, das sei der Grund, warum er lieber gleich zu den Leichen gewechselt sei. Sein Befund war jedenfalls eindeutig. Ein runder, glatter Gegenstand sei es gewesen, mit dem Judith erschlagen wurde. Könnte durchaus ein Stein gewesen sein. Die Spurensicherung ist daraufhin gleich noch einmal hinausgefahren und hat jeden Stein umgedreht, der auch nur etwas über daumennagelgroß war. Gestorben ist Judith gestern Nacht zwischen 20:30 und 21 Uhr. Damit war es erwiesen, dass das »Bier-SMS« wirklich erst nach ihrem Tod, vermutlich vom Täter, abgeschickt worden ist.

Als Anna Bernini jetzt das große Konfi betrat, fiel ihr Blick als Erstes auf den Oberst. Es war jetzt schon acht Stunden her, dass er von seiner Gattin aus dem Tiefschlaf geholt wurde und Gelegenheit gehabt hatte, den Giraffen-Pyjama, den ihm seine Enkeltochter geschenkt hatte, gegen Anzug und Krawatte zu tauschen. Trotzdem wäre seine Frau ganz und gar nicht mit ihm zufrieden gewesen. Nicht wegen der käsigen Gesichtsfarbe und auch nicht wegen des gebeugten

Rückens, mit dem der Oberst wahrscheinlich schon auf die Welt gekommen ist, und mit dem er zeitlebens das Kunststück vollbrachte, so zu wirken, als säße er kerzengerade auf dem Sessel und nur die Lehne wäre krumm. Aber heute wirkte sein Rücken genauso krumm, wie er war. Und seine Schultern so schwer beladen, als wäre Inspektor Schramek nicht neben ihm gesessen, sondern auf ihm. Dabei war es der Polizeipräsident, der dem Oberst im Genick gesessen ist, dem der Minister im Genick gesessen ist, dem die Medien im Genick gesessen sind. Und ein bisschen ist dem Oberst auch sein schlechtes Gewissen im Genick gesessen, das allen Anwesenden im Genick gesessen ist und das laut gerufen hat: Ihr alle habt etwas übersehen!

Anna Bernini blieb neben der Tür stehen, lehnte sich an die Mauer und beobachtete die Truppe. Wobei ihr schon klar war, dass diese Situation rein machttechnisch nicht ganz unheikel war. Ein Coach hätte vielleicht sogar die Hände über dem Kopf zusammengeschlagen und gesagt:

»Da sind ja die Hierarchieverhältnisse vollkommen ungeklärt! Einerseits haben wir eine Chefinspektorin, die freiwillig die Macht abgegeben hat, andererseits einen leitenden Ermittler, der ihr aber de jure unterstellt ist. Einerseits haben wir klare Vorschriften, wenn jemand persönlich involviert ist, ist er befangen, andererseits haben wir eine befangene Chefin, die gleichzeitig eine wichtige Zeugin ist.« In so einer Situation hätte der Coach vielleicht gesagt: »Da brauchen wir die Ebene drüber, da brauchen wir den Oberst.« Aber wenn er gesehen hätte, wie bleich der Oberst in seinem Sessel saß und wie ängstlich er zwischen Anna Bernini und dem Schramek hin und her schaute, hätte er gesagt: »Der Oberst ist dem nicht gewachsen. Da ist ein Machtvakuum entstanden, in das wird hineinstürmen, wer als Erster den Mund aufmacht.«

Und das war ausgerechnet der IT-Praktikant, der sich jetzt gerade hinsetzte und verkündete: »Dann präsentiere ich Ihnen jetzt meine Ermittlungsergebnisse.«

Das war sogar dem Schramek ein bisschen zu selbstbewusst. Das konnte man an den hektischen roten Flecken erkennen, die plötzlich auf seinen Wangen erschienen.

»Ich habe herausgefunden«, begann der IT-Praktikant, »dass für den Verdächtigen Alfons Laller die 82 Minuten, die zwischen dem Ende der Vernehmung durch den Kollegen Schramek um 20:18 Uhr und seiner Verhaftung um 21:30 Uhr sowie dem von Doktor Kramer ermittelten frühesten Todeszeitpunkt, nämlich 20:30 Uhr, ausgereicht hätten, um Judith Perner zu töten, sie mit dem Auto zum *Ruderverein Helvetia* zu transportieren und rechtzeitig vor seiner Verhaftung wieder daheim zu sein.«

»Bravo!«, murmelte Inspektor Schramek, als müsste man ein IT-Genie sein, um so etwas auszurechnen.

»Aber sehr wahrscheinlich«, konterte jetzt der Stammer, »ist es nicht. Vor allem, wenn man bedenkt, dass Alfons Laller keinen Führerschein besitzt.«

Anna Bernini warf ihrem Jüngsten einen beifälligen Blick zu.

»Das spielt gar keine Rolle«, sagte der Praktikant ungerührt. »Er hätte das Opfer auch mit einem Boot zum Tatort gebracht haben können.«

»Oder mit dem Hubschrauber«, mischte sich der Stammer ein.

»Mag schon sein«, grunzte der Schramek, »aber Alfons Laller hatte keinen Hubschrauberführerschein, sondern einen Bootsführerschein.«

Anna Bernini schrak zusammen. Es stimmte. Sie selbst war vor ein paar Wochen mit Fonsi in einem Motorboot über den Traunsee gepfiffen.

»Aber Alfons Laller besaß kein Motorboot«, sagte der Stammer, ohne das geringste Zittern in der Stimme. »Und ausgeliehen hat er auch keines.«

»Er besitzt ein Boot«, flüsterte Anna Bernini beinahe. »Aber das ist in Altmünster, im Bootshaus seiner Eltern.«

»Und zeitlich wäre es sich auch nicht ausgegangen für ihn«, sagte der Stammer. »Ich habe bei einem Bootsverleih an der Alten Donau nachgefragt, wie lange man von der Schwedenbrücke bis zum *Ruderverein Helvetia* brauchen würde. Das sind 17,2 Kilometer. Bei einer erlaubten Geschwindigkeit von 20 Stundenkilometern hätte er dafür fast eine Stunde gebraucht. Und dann hätte er noch gar keine Zeit gehabt, sein Opfer ins Boot zu locken und es …«

»Aber was, wenn er nicht von der Schwedenbrücke losgefahren ist, sondern von der Donauinsel?«, fuhr im Kevin Grubinger dazwischen.

»Das sind doch alles nur Spekulationen. Das hilft uns nicht weiter«, sagte Anna Bernini streng.

»Die Frage ist«, mischte sich jetzt der Schramek wieder in die Diskussion, »ob sie da noch lebte, also, ob die Bootsfahrt freiwillig war.«

»Nicht, wenn sie vor dem Menschen Angst hatte, mit dem sie hingefahren ist«, sagte der Stammer.

»Es gibt überhaupt keine Kampfspuren oder Spuren von Fesseln an der Leiche«, dachte Anna Bernini laut.

Und gerade, als sie es ausgesprochen hatte, kam ihr in den Sinn, dass auch Judith eine der Frauen aus dem Kurs sein könnte, die Fonsi »näher« kannte.

»Das SMS«, riss sie sich jetzt zusammen, »ist der beste Beweis für den Mord. Judith trinkt kein Bier. Und im Übrigen«, setzte sie hinzu, »ist es abgeschickt worden, als Alfons Laller schon mehr als 24 Stunden verhaftet war.«

»Er könnte einen Komplizen gehabt haben«, konterte Kevin Grubinger.

Aber da winkte sogar der Schramek ab. »Also gut«, resümierte er etwas unzufrieden, »ich stelle fest, dass wir noch weiter ermitteln müssen. Jeder weiß, was er zu tun hat.«

Nach der Sitzung bedeutete der Oberst Anna Bernini, ihn noch in sein Büro zu begleiten. Anna Bernini sah zu, wie er sich schwer aus dem Sessel hievte. Die beiden Mordfälle hatten ihm offensichtlich zugesetzt. Seine dünnen Bachstelzenbeine wirkten heute so zerbrechlich, dass Anna Bernini am liebsten den Arm ausgestreckt und ihn auf dem Weg in sein Büro gestützt hätte.

»Setzen Sie sich, setzen Sie sich!«, sagte er und deutete mit einer zur Klaue verkrümmten Hand auf den Besuchersessel. Bevor er sich niederließ, vorsichtig, als wollte er einen vollen Teller Suppe hinstellen, schaltete er noch seinen Ventilator ein. »Sie verteilen ja nur die warme Luft im Raum«, lächelte er müde. »Aber manchmal reicht einem auch die Illusion von Kühle.«

Anna Bernini nickte und wartete, was er ihr zu sagen hatte. Doch der Oberst schenkte ihnen beiden zuerst Eistee ein, lehnte sich in seinem Ledersessel zurück und nahm einen Schluck.

»Wissen Sie«, fuhr er im Plauderton fort, »als gute Polizisten müssen wir auch den Anschein ernst nehmen.«

Anna Bernini nickte wieder.

»Der Anschein ist aber gar nicht gut, wenn eine Polizistin, die mit einem Beschuldigten liiert war, weiter ermittelt.«

»Aber ...«

»Jaja, ich weiß, dass es Zweifel gibt, dass der zweite Mord auch von Alfons Laller verübt wurde. Ich persönlich finde auch, dass die gut gemeinten Rechenbeispiele des IT-Praktikanten einer genaueren Prüfung nicht standhalten werden. Aber das ändert nichts an der Tatsache, dass es für den ersten Mord mehr als genug Sachbeweise gibt.«

»Aber …«

»Nein, Frau Chefinspektorin!«, rief der Oberst schon fast mit seiner Vorschlaganfallsautorität. »Sie lassen die Finger von diesem Fall!«

»Aber …!«

»Das ist ein Befehl«, sagte der Oberst und hob Mittel- und Zeigefinger leicht an, sprich: Die Besprechung ist damit beendet.

Anna Bernini blieb noch ein paar Sekunden stur vor ihm sitzen, gab sich aber schließlich einen Ruck und stand auf.

Doch bevor sie sich umdrehen und rausmarschieren konnte, zuckte ein dünner Oberstarm nach vorn, seine knochigen Finger umklammerten ihr Handgelenk, und Anna Bernini schaute überrascht in die von vielen kleinen Fältchen umgebenen Augen des Obersts. Sie fand darin nichts als Güte. »Wirklich, Frau Chefinspektorin. Das tut Ihnen nicht gut.«

Er klopfte ihr noch kurz auf den Unterarm und gab sie dann frei. Aber Anna Bernini wollte jetzt nicht mehr gehen. Oder besser gesagt, der Teil in ihr, der sich gerne an seine väterliche Schulter sinken und endlich einmal den Tränen freien Lauf lassen wollte, wollte bleiben. Der andere Teil, der sich nachher noch in den Spiegel schauen wollte, wollte hingegen nichts wie weg.

Und dieser Teil hat auch gewonnen. Denn der Oberst hat ein bisschen nachgeholfen, als er jetzt sagte: »Außerdem schaut es nicht gut aus auf *Facebook*, wenn eine Chefinspektorin der Wiener Polizei in einen Mordfall verwickelt ist.«

KAPITEL 25

Es gibt ja nichts, hatte Anna Berninis Mutter immer gesagt, das nicht besser wird, wenn man hinausgeht. Kaum trittst du aus der Tür, hatte sie immer geschwärmt, richtest du deinen Blick schon zum Himmel. Anna Berninis Mutter hatte damit nicht das gemeint, was die Engländer »sky« nennen, sondern eher den Ort, wo Gott wohnt. Aber auch wenn du nur den Kopf in den Nacken legst und für ein paar Sekunden die Wolken beobachtest, wird sich eine Stimme melden, die dich vielleicht fragt, ob dein Problem nicht im Grunde winzig ist im Verhältnis zur Ewigkeit, die hinter der dünnen Atmosphäre auf uns herabblinzelt. Aber gut, es gibt bestimmt auch Menschen, die mit dem Blick zum Himmel nur wissen wollen, ob sie einen Regenschirm einpacken sollen. Aber dafür richten heute ja die meisten Menschen nicht mehr den Blick nach oben, sondern nach unten auf ihre Wetter-App, die ihnen das auch sagen kann.

Anna Bernini war aber an diesem Tag ein bisschen altmodisch. Sie schaute wirklich nach oben, als sie vom dunklen Torbogen ins gleißende Nachmittagslicht hinaustrat. Teilweise, weil sie sich eine kleine Wolke gewünscht hätte, die endlich einmal dem unermüdlich brüllenden Sonnentier einen Maulkorb anlegen könnte, und teilweise vielleicht auch aus dem Grund, aus dem ihre Mutter Trost beim Blick in den Himmel fand. So oder so wurde Anna Bernini nicht vom Himmel erhört. Weder schickte er in den nächsten Stunden einen Hauch von Abkühlung noch eine Eingebung, die den Magnoliengartenfall vielleicht entscheidend weitergebracht hätte. Manche Menschen würden sagen: Das ist schon alles kosmisch vorbestimmt gewesen.

Als Anna Bernini an der *Riviera* eintraf, leuchtete ihr schon von Weitem die Halbglatze Doktor Kramers entgegen. Wenn er sich eine Ganzglatze scheren würde, dachte Anna Bernini, als sie sich durch die Liegestühle zu ihm durchschlängelte, und wenn er kein Polohemd anhätte und nicht so steif dasitzen würde, als wäre er zur Audienz beim Bundespräsidenten, dann wäre er gar nicht so unattraktiv.

»Wollen Sie dableiben«, schielte er zu Anna Bernini hinauf, als sie endlich, knöcheltief im Sand versunken, vor ihm stand, »oder vielleicht lieber …?« Er deutete hoffnungsvoll zu den freien Gartentischchen hinüber, wo es zum Kerzengerade-Dasitzen die besseren Sitzgelegenheiten gab. Anna Bernini nickte lächelnd, obwohl sie sich lieber in einen Liegestuhl gelegt hätte.

Aber natürlich wusste Anna Bernini, wie jeder in der Mordabteilung, dass Doktor Kramer eigentlich krankhaft schüchtern war. Als Kind soll er sogar einmal unter Mutismus gelitten haben. Und auch heute noch redete er nicht mit jedem. Aber dafür zeigte er ein unerwartetes Talent zum Vordrängen. Kaum hatte ihm Anna Bernini ihren Getränkewunsch gesagt, stand er auch schon wieder mit den vollen Bechern Sommerspritzer vor ihr. Aber bevor sein Hosenboden den harten Gartensessel berühren konnte, schnellte er schon wieder in die Höhe. »Oder würden Sie lieber in einem Liegestuhl …?«

Anna Bernini schüttelte lächelnd den Kopf, und Doktor Kramer setzte sich wieder. Vorsichtig, als hätte er die vollen Becher nicht schon auf dem Tisch abgestellt, sondern balancierte sie noch immer in der Hand. Und als wären es nicht zwei Becher, sondern drei, vier oder fünf. Als er sich endlich ganz vorne am äußersten Rand des Gartensessels niedergelassen hatte, wagte er erstmals einen kurzen Blick auf Anna Bernini. Wobei er ihr nicht direkt in die Augen sah, sondern auf einen Punkt ein paar Zentimeter oberhalb ihrer Nasenwurzel.

Ich weiß nicht, ob sich seine Verlegenheit auf Anna Bernini übertragen hatte, aber jedenfalls hätte ein zufälliger Beobachter diesem Date keine besonderen Erfolgsaussichten vorhergesagt, so schweigsam, wie sie in den nächsten paar Minuten voreinander saßen und an ihren Sommerspritzern nippten.

Aber schließlich war es doch Doktor Kramer, der als Erster die Sprache wiederfand. Aber vielleicht nicht unbedingt das richtige Thema für ein amouröses Stelldichein. Nachdem er sich mit ein, zwei größeren Schlucken Sommerspritzer genügend Mut gemacht und noch einmal ausführlich geräuspert hatte, erzählte er ihr noch einmal, was sie eigentlich schon wusste.

»Judith Perners Leiche weist eine Fraktur des Os occipitale auf. Hervorgerufen durch einen schweren, stumpfen Gegenstand. Es könnte ein Stein gewesen sein oder auch ein Gewehrkolben, wenn man ihn mit Kraft schwingt. Dabei sind mehrere Blutgefäße im Gehirn gerissen. Das dürfte sehr schnell zu einem gravierenden Sauerstoffmangel im Gehirn geführt haben ...«

»Doktor Kramer«, unterbrach ihn Anna Bernini schnell, »ich bin nicht zuständig für diesen Mord. Das macht der Kollege Schramek.«

Vielleicht hätte es Anna Bernini diplomatischer ausdrücken müssen, und vielleicht hätte sie es auch gemacht, wenn ihr nicht das riesige Schuldgefühl, das bei der Erwähnung Judiths augenblicklich aufgetaucht ist, im Weg gestanden wäre. Schuldgefühle sind ja nicht nur unangenehm für den, der sie hat. Sondern auch für den, der sie auslöst. Da Judith aber nicht mehr da war, um Anna Berninis Schuldgefühlaggressionen zu spüren, ist ihnen jetzt Doktor Kramers kleiner Anfall von Mut zum Opfer gefallen. Der Gerichtsmediziner klappte auf der Stelle den Mund wieder zu und errötete tief. Und da auch

Anna Bernini nicht zum Reden aufgelegt war, verlegten sich beide aufs Still-vor-sich-hin-Trinken. Und das Beobachten des immer reger werdenden Betriebs an der *Riviera*.

Aber wenn man gedanklich gerade mit Leichen in den Kühlfächern im Keller der Pathologie beschäftigt ist, fällt es einem schwer, die vielfältigen Versuche des Menschen, mehr zu scheinen, als er ist, ernst zu nehmen. Egal ob Schlauchlippen, Wimpernverlängerungen oder geschwollene Muskeln, ob Piercing, Tattoo oder High Heels, angesichts der Vergeblichkeit allen menschlichen Strebens können auch die anmutigsten Körper, die kecksten Blicke und das fröhlichste Gelächter melancholische Gedanken auslösen. So gesehen konnte man genauso gut gleich über das Endprodukt sprechen, auf das das alles hinausläuft.

Anna Bernini seufzte verstohlen, nahm noch einen großen Schluck Sommerspritzer und wandte sich wieder Doktor Kramer zu: »Was ist eigentlich bei der zweiten Obduktion der Dornauer-Leiche herausgekommen?«

Doktor Kramers Wangen, die in den letzten Minuten rein von der Farbigkeit und der Eingefallenheit her fast ein bisschen Ähnlichkeit mit denen seiner »Patienten« bekommen hatten, erglühten auf der Stelle. »Genau! Das interessiert Sie natürlich! Das ist Ihr Fall!«

Anna Bernini nickte. Doch Doktor Kramer sprach nicht gleich weiter. Stattdessen fixierte er wieder die Stelle zwei Zentimeter über ihrer Nasenwurzel. »Äh, vielleicht sollte ich …? Wollen Sie, dass …?«

Er beugte sich über sein Handy. Anna Bernini betrachtete die fleißig tippenden Finger, die zusammengezogenen Augenbrauen, die kreisrunde Glatze und dachte, man könnte sich vielleicht daran gewöhnen.

Als er den Kopf wieder hob, erschrak Anna Bernini allerdings. Denn auf einmal hatte sein Blick den sicheren Platz über der Nasenwurzel verlassen und begegnete direkt dem ihren. Anna Bernini vergaß auf der Stelle die Halbglatze, das Poloshirt und den steifen Rücken. Womöglich hätte sie sogar sich vergessen, wenn er jetzt nicht gesagt hätte: »Ihr Kollege Stammer ist auf dem Weg hierher.«

»Der Stammer kommt hierher? Zu uns?«

»Äh, ja, er … er … Ich dachte, Sie … ich meine, ich … Wollen Sie nicht, dass er herkommt?«

Anna Bernini schwankte. Wenn sie jetzt »A« sagte, sprich: »Der Stammer stört doch unser Stelldichein«, dann müsste sie auch bereit für »B« sein. Und das hieß womöglich: »Vielleicht ist es woanders gemütlicher?« Aber Anna Bernini war schon viel zu sehr von der Kramer'schen Schüchternheit angesteckt, um ein »B« heute Abend noch in Betracht zu ziehen. Deshalb lächelte sie nur und behauptete: »Nein! Überhaupt nicht! Ich bin froh, dass der Stammer herkommt.«

Schüchterne Menschen werden ja oft mutig, wenn sie einem noch schüchterneren begegnen. Dem Kramer jedenfalls konnte man jetzt ansehen, dass er angesichts Anna Berninis Reaktion den Stammer am liebsten wieder ausgeladen hätte. Aber jetzt war es natürlich zu spät. Und bevor Anna Bernini ihrerseits noch schüchterner werden konnte, weil auch sie im Kramer-Gesicht wie in einem offenen Buch lesen konnte, und das Ergebnis womöglich bedeutet hätte, dass beide auf der Stelle vor Scham im *Rivera*-Sand versanken oder aber übereinander herfielen, traf glücklicherweise der Stammer ein und erlöste sie.

»Sie haben recht gehabt«, rief Doktor Kramer dem Stammer schon von Weitem zu. »Wir haben wirklich Benzodiazepine im Blut der Dornauer gefunden. Und in Anbetracht der Verfallszeiten auch in einer bedenklich hohen Menge. Ich würde sagen: Es grenzt an ein Wunder, dass Frau Dornauer nach der Dosis *Xanax* noch so gut beieinander war, dass sie überhaupt selbstständig die Schlaftabletten nehmen und sich ins Bett legen konnte.«

»Toll!«, rief der Stammer und strahlte seine Chefin an. »Jetzt haben wir einen Mordverdacht, oder?« Und schon sprudelte er begeistert drauflos. Angefangen von der Spurensicherung, die man vielleicht noch einmal in die Wohnung schicken sollte, über das Bedauern, dass Miss Biggy gerade jetzt auf Kur sei, bis zur Verstärkung, die man vielleicht anfordern müsse.

Doch Anna Bernini hörte ihm nicht richtig zu, sondern saß tief in Gedanken versunken da. Die Wohnung in der Selleny-gasse stand jetzt so plastisch vor ihren Augen, als hätte sie sie gerade verlassen. Sie sah die prächtigen Möbel, den herrlichen Blick auf den Garten, den unheimlichen Perserteppich, und sie sah die vom Tod so schrecklich zugerichtete Leiche, die vielen Fliegen. Und plötzlich stach sie das schlechte Gewissen. Hatte sie sich an dieser Toten schuldig gemacht? War sie zu wenig sorgfältig gewesen? Zu sehr abgelenkt vom Magnoliengartenfall und ihren eigenen Verwicklungen darin?

»Ich ruf die Staatsanwaltschaft an«, murmelte sie und stand auf.

Ich würde nicht sagen, dass Anna Bernini Doktor Kramer inzwischen vollkommen vergessen hatte oder dass er für immer entmutigt war, aber heute Abend waren bestimmt beide gleichermaßen froh, allein heimzufahren.

Zu Hause stand Anna Bernini noch lange am Fenster, starrte in den nachtschwarzen Augarten hinaus und bemühte sich verzweifelt, die vielen losen Enden aus den Ermittlungen der letzten eineinhalb Wochen zusammenzuknüpfen. Hatte es in ihrem Revier in so kurzer Zeit drei »OTs« hintereinander gegeben. »OT« heißt im Polizeijargon Mord »ohne Täter«. Das waren mehr, als in den letzten fünf Jahren zusammengenommen. Konnte es sein, dass diese Morde *nicht* miteinander zusammenhingen?

Bei Amelie Meyher und Judith war die Wahrscheinlichkeit natürlich gering, dass es sich um gänzlich unabhängige Morde handelte. Sie arbeiteten in derselben Schule und waren Freundinnen. Dass Judith etwas wusste, das den Täter bedrohte, war wahrscheinlich. Dass der Schramek bei seinen Ermittlungen zu ihrem Mord festgefahren war, ebenso. Sein »Beschuldigter« hatte ihm auch nach 14 Stunden Verhör nichts verraten. Vermutlich, dachte Anna Bernini, weil ein Unschuldiger auch nichts verraten kann. Und zum ersten Mal seit vielen Tagen empfand sie so etwas wie Mitleid mit Fonsi.

Aber was war mit der dritten Leiche? Hedwig Dornauer hatte keine 100 Meter von der *Magnoliengartenschule* entfernt gewohnt. Konnte es sein, dass es da eine Verbindung gab? Sie mussten die Umgebung des Opfers durchleuchten, und zwar schnell. Anna Bernini warf einen Blick auf die Uhr. Zwei Minuten nach Mitternacht. Kurz überlegte sie, ob sie noch ins Büro fahren sollte. Aber dann sagte sie sich: Die Spuren sind sowieso schon kalt. Da kann ich mich genauso gut ausschlafen und morgen den Fall mit frischer Energie anpacken.

Aber die Nacht wurde nicht so erholsam, wie sie sich Anna Bernini erhofft hatte. Die ersten drei Stunden wurde sie von unruhigen Gedanken gepeinigt, die nächsten drei Stunden von unruhigen Träumen. Und als sie schließlich das völlig durchnässte Bettzeug von sich warf, fühlte sie sich noch erschöpfter als beim Schlafengehen. Vor allem der letzte Traum hatte ihr einen gewaltigen Schock versetzt. Sie hatte geträumt, dass sie auf einem Fleckchen Moos gesessen ist, neben ihr lag ein Mann. Aber sie konnte sein Gesicht nicht erkennen. War es Fonsi? Der Stammer? Oder gar Doktor Kramer? Plötzlich sprach der Mann. »Du musst mich töten«, sagte er. Ganz ruhig, wie man »Kannst du mir den Salzstreuer reichen« sagt. Da hob er den Arm, und Anna Bernini sah, dass er eine Pistole in der Hand hielt. Sie nahm ihm die Pistole ab. Ihre Finger schlossen sich um das kalte Metall. Ihr Herz raste. Sie wollte den Mann nicht töten. Und doch konnte sie nicht anders, als den Abzug zu betätigen. Und so, als würden ihre Muskeln und Sehnen von einer fremden Macht ferngesteuert, hob sie die Pistole hoch und hielt sie sich selbst an die Schläfe.

Als sie mit einem Schrei aus dem Traum erwachte, schien schon die Sonne durch das himmelblaue Rollo und tauchte das Schlafzimmer in ein so freundliches Schwimmbadlicht, dass es eigentlich jeden Gedanken an Mord, Tod und Albträume in fröhliche Sommerbilder auflösen hätte müssen. Doch es dauerte viele Minuten, bis Anna Bernini aufhörte, benommen auf die zerwühlte Bettdecke zu starren und die Stelle zu spüren, an der die Pistolenmündung ihre Schläfe berührte.

Das ist immer noch mein Kompostwerktrauma, dachte Anna Bernini und überlegte einen Moment, ob sie Doktor Egger anrufen sollte. Aber dann tröpfelten langsam die letzten Stunden des gestrigen Tages wieder in ihr Bewusstsein. Und mit einer energischen Bewegung riss sie sich das Leintuch vom Körper.

KAPITEL 26

Das Frustrierendste am Erwachsenwerden ist, dass man seinen Eltern immer ähnlicher wird. Das merkt man vor allem daran, dass einem vorkommt, dass die Kinder von heute nicht mehr so sind wie früher. Wie »wir« früher, um genau zu sein. Höflicher natürlich, rücksichtsvoller und vor allem bescheidener als die verwöhnten Fratzen von heute, die sofort nach dem Kindergarten schon das neueste Smartphone besitzen müssen. Wenn man noch erwachsener wird, glaubt man, dass auch die Studierenden nicht mehr so sind wie wir früher, die wir noch Hörsäle besetzt, Demos organisiert und die Professoren hinausgeschmissen hatten. Wenn man Chefin wird, klagt man darüber, dass die jungen Angestellten nicht mehr freiwillig Überstunden machen wie wir früher, die wir ja gar keine Ruhe gehabt hätten, bevor die Arbeit nicht fertig war. Aber spätestens dann, wenn man einmal die eigenen Zeugnishefte vom elterlichen Dachboden räumen muss, merkt man: Das war Selbstoptimierung in die Vergangenheit. »Wir« sind nie so gut gewesen wie die Erinnerung, die wir von uns hochhalten.

Als Anna Bernini eine Stunde später ihr Büro betrat, hatte sie schon zwei Urgroßmutter-Ristrettos getrunken. Aber gegen ihr von Albträumen, Sorgen und einer zu spät eingenommenen Schlaftablette vernebeltes Gehirn hätte höchstens eine Gehirntransplantation etwas genutzt.

Dementsprechend begeistert war sie auch, als sie ein munter lächelnder Stammer mit einem ganzen Packen an Informationen über Hedwig Dornauer empfing. Den Ristretto, den er ebenfalls auf ihren Tisch stellte, nahm sie hingegen mit gnädigem Lächeln entgegen.

»Es gibt einen Zusammenhang zwischen den drei Opfern«, rief er so fröhlich, dass man auf der Stelle einen Munterkeitsneid hätte bekommen können.

»Hedwig Dornauer war früher auch *Montessori*-Lehrerin. Und Amelie Meyher war ursprünglich in ihrer Schule in Döbling angestellt.«

»Ach!«, rief Anna Bernini und kippte den Kaffee in einem Schluck hinunter. »Das ist ja interessant! Hat nicht ihre Freundin ziemlich gegen die *Magnoliengartenschule* gewettert?«

»Ja, genau!«, nickte der Stammer. »Das ist mir auch gleich eingefallen. Deshalb hab ich sie auch heute in der Früh angerufen.«

»Und?«

»Und sie hat uns etwas Wichtiges mitzuteilen, hat sie gesagt.«

»Uns?«, grinste Anna Bernini.

»Ja, seit ich ihr gesagt habe, dass Sie die Chefinspektorin sind, stehe ich nicht mehr so hoch im Kurs.«

Anna Bernini bestand darauf, sich im *Lysa* zu treffen. Obwohl Frau Kaltenbrunner wiederholt die *Aida* am Praterstern vorschlug. Oder auch das *Venezia*. Es hätte sogar einer der Coffeeshops in der Praterstraße sein können, nur nicht das *Lysa*. Aber Anna Bernini blieb hart. Entweder das *Lysa* oder das Büro in der Leopoldsgasse. Selbst da hat die Zeugin noch eine Weile geschwankt. Aber dann muss der Selbsterhaltungstrieb die Ressentiments überstimmt haben. Denn bei dieser Hitze den halben Bezirk durchqueren, um in einem stickigen Büro vielleicht auch nicht auf die beste Gesellschaft zu treffen, da war ihr das »Asyl«, wie Frau Kaltenbrunner das *Hotel Lysa* sturböckig nannte, mit seinem schattigen Gastgarten offenbar doch lieber.

Als der Stammer vor dem *Lysa* in der Sportklubstraße parkte, wartete Frau Kaltenbrunner schon. Wenn man sie so sitzen sah, unter dem breiten Blätterdach einer Linde, einen Cappuccino vor sich auf dem bunten Metalltischchen, dann hätte man gesagt: Da lässt es sich eine ältere Dame aus der Nachbarschaft gut gehen. Erst wenn man näherkam und die zusammengepressten Lippen und den verkniffenen Gesichtsausdruck sah, wusste man: Dass diese Frau hier sitzt, muss unter Zwang zustande gekommen sein.

Und es brauchte den gesamten Idealer-Schwiegersohn-Charme vom Stammer, um sie ein bisschen aufzutauen. »Sie kannten das Hofratsehepaar Schmid persönlich?«, begann er im schönsten Salonösterreichisch. »Sind die eigentlich mit der berühmten Anwaltsfamilie Schmid verwandt?«

»Ja, was glauben Sie!«, rief Roswitha Kaltenbrunner, »der Hofrat Schmid und der Anwalt Schmid waren ja Cousins! Der alte Schmid hat nach dem Krieg jüdisches Eigentum zurückprozessiert. Nicht dass sie selbst Juden gewesen sind«, Roswitha Kaltenbrunner hob abwehrend die Hand, »aber damit ist der Vater vom alten Schmid groß geworden. Jetzt soll sein Enkel ja mit einem mächtigen Immobilieninvestor ganz dick sein. Oder war es eine große Baufirma? Ich weiß es nicht genau.«

Der Stammer wusste es auch nicht sicher, aber seine Mutter hat neulich beim Sonntagskaffee so etwas erzählt. Darauf hat Frau Kaltenbrunner gefragt, wie die Frau Mama vom Stammer vor der Ehe geheißen hat. Aha, hat Frau Kaltenbrunner ganz erfreut ausgerufen, dann könnte es sein, dass sie mit der Mutter vom Stammer sogar einmal bei den *Salzburger Festspielen* gearbeitet hat. Als Studentin. Der Stammer wollte seine Mutter natürlich beim nächsten Sonntagskaffee fragen. Und so plauderten die beiden ein paar Minuten weiter, während Anna Bernini ungeduldig darauf wartete, dass eine Servierperson erschien, bei der sie ihren Koffeinwunsch deponieren konnte. Sie hatte sich trotz des bösen Seitenblicks der Zeugin eine Zigarette angezündet und spähte über die Blumenbeete hinweg zum Nachbargarten, in dem sich zufällig die *Magnoliengartenschule* befand.

Im Gegensatz zum *Lysa*-Garten war dort schon viel los. Eine Schar Kinder zwischen sechs und zehn Jahren lief über den Steinweg zur Villa und wieder zurück, weil ihnen ein Elternteil noch etwas nachrief oder nachreichte. Wenn neben dem Eingang nicht ein paar Blumensträuße gelegen wären und wenn nicht zwei eingerahmte Bilder und ein Dutzend Kerzen einen Ort der Trauer markiert hätten, an den lachenden Gesichtern der Lebenden hätte man es nicht gemerkt. Eigentlich tröstlich, dachte Anna Bernini, dass das Leben trotzdem weitergeht.

»Die Hedi ist von dieser Amelie Meyher, früher hat sie ja Hopfinger geheißen, ganz fürchterlich enttäuscht worden«, hörte Anna Bernini gerade Frau Kaltenbrunner sagen.

Das ist ja ein ganz eigenes Talent, das angeblich Analytiker haben, dass sie minutenlang praktisch wegdämmern können und genau in dem Moment, wo der Patient etwas Wichtiges sagt, zum Beispiel: »Ich wollte mit meiner Mutter schlafen und meinen Vater töten«, wird man plötzlich wach. »Schwebende Aufmerksamkeit« nennt man das.

»Es würde mich nicht wundern«, flüsterte Frau Kaltenbrunner hörbar, »wenn *sie* die Hedi umgebracht hätte. Haben Sie in *diese* Richtung schon einmal ermittelt? Zeitlich wäre es sich vor ihrer Ermordung doch leicht ausgegangen.« Sie lehnte sich zurück und schaute Anna Bernini herausfordernd an.

»Was bringt Sie zu der Annahme, Amelie Meyher könnte ein Motiv haben?«, fragte Anna Bernini.

»Ja früher war die Hedi doch wie eine Mutter für die Amelie gewesen. Aber nach diesem Vorfall hat sie kein Wort mehr mit ihr gewechselt!«

Anna Bernini dachte an das Ehepaar Schmid. Offenbar hatte Amelie Meyher das Talent, bei reichen, älteren Menschen liebevolle Gefühle zu wecken. Und bei manchen sogar den dringenden Wunsch, ihr eine prächtige Villa zu vererben. Ihr Pech war nur gewesen, dass sie diesen Wunsch im entscheidenden Moment wieder aufgegeben haben.

»Was war das für ein Vorfall?«, fragte Anna Bernini.

»Na, sie hat die Koffer gepackt und ist mit zwei Dritteln der Schüler hierhergezogen!«, rief die Freundin und deutete über den Zaun.

»Wissen Sie, warum sie das gemacht hat?«

»Na, wegen der Villa! Die Schmids haben ihr doch sofort die Villa angeboten. Dabei hat sie die Schmids doch durch die Hedi kennengelernt!«

An Frau Kaltenbrunner konnte man jetzt beobachten, dass sogar die fleischlosesten Wangen vor Empörung zittern können.

»Wie das?«, fragte Anna Bernini.

»Ja, was weiß ich! Bei einer Geburtstagsfeier oder was!«, tat sie es mit einer Handbewegung ab. »Das ist ja schon zehn Jahre her.«

»Aber wenn das so war«, warf Anna Bernini ein, »dann hätte doch eher Frau Dornauer ein Mordmotiv gehabt. Und nicht Amelie Meyher, oder?«

»Aber die Hedi hat sie doch geschnitten. Vollkommen geschnitten!«, rief die Freundin und starrte sie aus großen grauen Augen an, als wäre es ihr bisher noch nie in den Sinn gekommen, dass es etwas Schlimmeres geben könnte. »Diese Amelie hat sie auf dem Gewissen, das ist doch offensichtlich.«

Der Stammer warf seiner Chefin einen schwer zu deutenden Blick zu. Er könnte geheißen haben: Soll ich weiterfragen? Oder auch: Lassen wir es lieber, da kommt sowieso nicht viel heraus. Aber diese Entscheidung wurde ihnen umgehend von Frau Kaltenbrunner abgenommen, die jetzt offenbar erst so richtig in Fahrt kam.

»Aber wissen Sie, was mich eigentlich wundert«, wandte sie sich wieder dem Stammer zu. »Dass die Schmids ihre Villa nicht in die andere Richtung vererbt haben. In die ledige Richtung von der Hofrätin. Da gibt es meines Wissens auch noch Verwandte. Ob die nicht sogar mit der Kammersängerin Maria, nein Martina oder Martha ... der Name fällt mir gerade nicht ein ... verwandt sind. Mütterlicherseits. Da weiß ich jetzt aber nicht, ob es da Kinder gegeben hat ...«

Anna Bernini hörte nicht mehr zu. Ihre »schwebende Aufmerksamkeit« ist nämlich inzwischen auf eine andere Szene gelenkt worden. Es war gerade ein neuer Gast angekommen, oder viel mehr hereingeschwebt. Mit einer Grandezza, dass sich noch ein Blinder nach ihr umgedreht hätte. Leider hat es außer Anna Bernini und dem Stammer, dem auf der Stelle das Kinn heruntergefallen war, niemanden gegeben, der es bemerken hätte können. Außer Frau Kaltenbrunner, die aber offensichtlich gegen weibliche Schönheit immun gewesen ist, sonst hätte sie vielleicht eine Gesprächspause gemacht oder wenigstens bei der Aufzählung der einzelnen Verwandtschaftsgrade einmal kurz Luft geholt.

Aber auch Anna Berninis Gefühle waren mehr als zwiespältig, als sie jetzt zusah, wie die Frau, die Natalia Vodianova zum Verwechseln ähnlich sah, sich auf einen Gartensessel niederließ, ein Paar wohlgeformte Beine übereinanderschlug und dem Kellner, der wundersamerweise schon dastand, ein Zeichen gab. Und obwohl Katja Popowa dabei den Kopf in ihre Richtung drehen musste, hätte Anna Bernini nicht sagen können, ob die russische Mutter ihr Kopfmodell dieses Mal wiedererkannte. Denn hinter den schwarzen Sonnenbrillen war nichts zu sehen, und rundherum war nur unbewegliche Makellosigkeit.

Dafür war das Servierpersonal des *Lysa* jetzt vollzählig am Tisch der Russin erschienen, nur um die Bestellungen eines

Soda-Zitron aufzunehmen. Anna Bernini hoffte, dass bei dem großen Kellneraufgebot wenigstens einer für ihren Tisch abfallen würde. Und im selben Moment, in dem sie unter ihnen Mohammed aus dem Bildhauereikurs erkannte, wusste sie auch, was sie an dieser Szenerie so irritierte. Im Blick der jungen Männer lag gar keine Bewunderung. Sondern nackte Angst.

KAPITEL 27

Wenn man eine neue Wohnung sucht, dann tut man das ja oft nicht deshalb, weil es im Bad schimmelt oder das Wohnzimmerfenster auf den lichtlosen Innenhof hinausgeht, sondern, weil man beim Friseur im *Schöner Wohnen* geblättert, dort eine Traumfamilie mit Traumwohnung gesehen und sich gesagt hat: Das will ich auch! Genauso eine stahlblinkende Kücheninsel, genauso eine elegante Bogenlampe, genauso ein Natursteinbecken. Und den tollen Mann und die süßen Kinder daneben will ich auch. Also macht man sich auf die Suche nach einer neuen Wohnung, in die alles wunderbar hineinpasst. Das ist schon der erste Fehler. Weil der einzige Unterschied zwischen der neuen Wohnung und der alten ist, dass man bei der alten schon weiß, was für Macken sie hat. Dass der Kamin raucht, der Wasserhahn tropft und in der Küche keine Farbe hält. Aber bei der neuen Wohnung sieht man nur die riesige Glasfront zur

Terrasse – nicht aber, dass der Schiebetür-Mechanismus alle zwei Wochen seinen Geist aufgibt und die Türenfirma ihren Sitz in der Weststeiermark hat. Und man sieht die wunderbare Sonnenlage, nicht aber, dass man den Sommer unter der kalten Dusche verbringen muss. Und ich fürchte, mit dem tollen Mann und den süßen Kindern verhält es sich genauso.

Als Anna Bernini 20 Minuten später ihr Fahrrad wieder an dem Laternenmast in Neuwaldegg, am Rand des Wienerwaldes, anhängte, hörte sie ihre innere Analytikerinnenstimme im schönsten »Da-haben-wir-es-ja!«-Tonfall sagen: Interessant, dass Sie nur für eine kleine Frage extra noch einmal nach Neuwaldegg geradelt sind. Aber Anna Bernini zuckte nur die Achseln, sprich: ermittlungstechnische Notwendigkeit, und drückte zum zweiten Mal innerhalb von wenigen Tagen auf die Klingel neben der grün gestrichenen Tür mit dem Schild: »Dornauer«.

Wie beim letzten Mal öffnete die Großnichte mit einem Lächeln, und wie beim letzten Mal trug sie das Baby auf dem Arm. Wie beim letzten Mal bat sie die Kriminalbeamtin ins Wohnzimmer, das wie beim letzten Mal übersät war von Spielsachen, Mehlspeisen, Büchern und Zeitungen. Wie beim letzten Mal spürte Anna Bernini dieses Ziehen in der Brust, von dem sie gar nicht wissen wollte, ob es Neid war oder Sehnsucht. Wie beim letzten Mal fragte die Großnichte, ob Anna Bernini etwas trinken wolle, und wie beim letzten Mal trug sie gleich darauf ein Tablett aus der Küche. Nur dass es dieses Mal ein Espresso war mit einem Teller voller frisch gebackener Schoko-Cookies.

Anna Bernini nahm die zierliche Espressotasse vom Tablett und fragte sich, wie es manche Frauen nur schaffen, allem, was sie machen, eine solche Grazie abzugewinnen.

»Danke, dass Sie mir noch einmal ein paar Fragen beantworten«, sagte sie und blickte in das leicht erhitzte Gesicht der Großnichte. Sie hatte das schlafende Baby auf einen Polster gelegt und sich ihr gegenüber auf dem Sofa niedergelassen. Heute trug sie ein lindgrünes Kleid mit einem weiten bestickten Tüllrock. Die kupferfarbenen Locken waren mit einem dunkelgrünen Band im Nacken lose verknotet.

»Natürlich«, sagte sie und reichte ihrer Dreijährigen, die neugierig in der Terrassentür erschienen war, ein Cookie. Das kleine Mädchen warf Anna Bernini einen schmollenden Blick zu, packte den Cookie und verschwand wieder nach draußen.

»Ich helfe gern, wenn ich kann«, lächelte die Großnichte.

»Es ist so«, begann Anna Bernini und trank einen Schluck Kaffee, ohne seiner herrlichen Crema die Aufmerksamkeit zu schenken, die sie verdient hätte. »Wir haben eine zweite Obduktion an der Leiche Ihrer Tante vorgenommen.«

Anna Bernini verfolgte im Gesicht ihres Gegenübers die vertraute Verwandlung von Nicht-Verstehen über Verwirrung und schließlich zu Angst, manchmal Panik. Doch die Großnichte blieb bei Verwirrung stehen. Ihre großen, klaren Augen waren weiterhin voller Vertrauen auf die Polizistin gerichtet. »Sie glauben doch nicht …?«

»Nein, es ist eigentlich reine Routine.«

Wäre die Großnichte misstrauisch geworden, hätte sie jetzt fragen können: »Und uneigentlich?«, aber sie sagte nur: »Ich verstehe.« Obwohl ihr Gesichtsausdruck genau das Gegenteil sagte. Was ja normal wäre. Deshalb fragte sich Anna Bernini jetzt, was für ein »Uneigentlich« die Großnichte selbst verbarg.

»Wissen Sie von irgendwelchen Feinden, von jemandem, der ihrer Tante übelwollte?«, fragte sie.

»Ihr einziger Feind war ihr Lungenkrebs«, sagte die Großnichte bitter. »Sie war ein herzensguter Mensch. Und hat schon lange zurückgezogen gelebt.« Sie beobachtete mit gerunzelter Stirn durchs Fenster ihre kleine Tochter, die in der Sandkiste mit einem Schäufelchen vor sich hin werkelte. »Wissen Sie, ich habe es gut gefunden, dass die Tante Hedi ihr Vermögen der *Krebshilfe* vermacht hat. Das hat zu ihrem Leben gepasst. Sie war immer eine Frau der Öffentlichkeit. Eine Gönnerin, hat man früher dazu gesagt.«

»Waren Sie nicht enttäuscht? Die Villa und der Garten müssen doch viele Millionen wert sein.«

Die Großnichte breitete die Arme aus und lachte. »Schauen Sie sich um! Finden Sie, dass es uns an irgendetwas mangelt?«

Anna Bernini sah sich um. Nein, nach Mangel schaute es hier nicht aus. »Und Ihr Mann? Sieht er es so wie Sie?«

»Ja, ganz genauso. Wir haben ein wunderschönes Haus, zwei großartige Kinder, wir haben gute Berufe und sind gesund. Was können wir vom Leben mehr erwarten!«

Anna Bernini hätte zwar am liebsten auf der Stelle mit der Großnichte getauscht, sagte sich aber tapfer: Man darf sich nie vom äußeren Schein täuschen lassen.

»Wann haben Sie von der Testamentsänderung Ihrer Tante erfahren?«

Die Großnichte runzelte die Stirn. »Hm, das ist interessant! Ich weiß es genau genommen erst seit ganz Kurzem. Seit zwei, drei Tagen vor ihrem Tod.«

»Was heißt ›genau genommen‹?«

»Ja, das war eine ganz komische Geschichte«, sagte die Großnichte und schaute Anna Bernini entschuldigend an. »Ich glaube, sie wollte es mir viel früher sagen. Als wir uns das letzte Mal getroffen haben. Das muss so zwei Wochen vor ihrem Tod gewesen sein. Wir sind im Prater spazieren gegangen. Da hat sie mir zum Schluss ein Kuvert in die Hand gedrückt und gesagt: ›Wenn du einmal Zeit hast, lies das!‹ Ich hab sie gefragt: ›Was ist das?‹ ›Nicht wichtig‹, hat sie gesagt. Ich wollte den Brief zuerst gleich lesen, weil ich neugierig war. Aber dann hat sich auf dem Nachhauseweg in der U-Bahn die Elli übergeben, und die Annika hat geschrien. Und als ich daheim war, muss ich das Kuvert im Rucksack vergessen haben.« Die Großnichte beugte sich vor und nahm ein Cookie vom Teller. »Sie wissen ja, die ›Stilldemenz‹!«, grinste sie leicht und zuckte mit den Schultern.

Anna Bernini nickte langsam. Sicher, sie konnte sich noch gut an die Hormonschwankungen ihrer Schwester während ihrer ersten Schwangerschaft erinnern. Es war ein Glück für Burgi, dass damals noch nicht das Erbe ihrer Schwiegereltern verhandelt worden ist. Sonst hätte sie vielleicht aus lauter Hormondurcheinander zugelassen, dass ihre Schwägerin auch etwas davon bekommt.

Und trotzdem war etwas an dieser Geschichte auch unglaubwürdig.

»Hm«, sagte Anna Bernini vorsichtig. »Aber dann ist es Ihnen wieder eingefallen.«

»Ja«, sagte die Großnichte und lächelte nicht mehr. »Aber dann war es zu spät.«

»Wie meinen Sie das?«

»Naja, wenn ich vorher gewusst hätte, dass sie ihre Villa der *Krebshilfe* vermachen will, hätte ich es vielleicht verhindern können. Ich meine den Suizid.« Sie verstummte betroffen.

Auch Anna Bernini schwieg eine Weile.

»Wissen Sie sonst etwas von Ihrer Großtante, das einen Anhaltspunkt für … das uns interessieren könnte? Vielleicht eine frühere Feindschaft?«

Die Großnichte lächelte unfroh. »Aha, die Kaltenbrunner hat Ihnen von Amelie Meyher erzählt, oder? Dem schrecklichen Verrat.«

Anna Bernini nickte.

»Ja, sicher. Das hat die Tante Hedi schon getroffen. Damals. Aber das ist lange her. Sicher haben die beiden ihre alte Freundschaft nicht wieder aufgenommen. Aber Feindschaft ist es auch keine mehr gewesen.« Die Großnichte zuckte mit den Schultern.

»Sie hat immer gewusst, dass der Sohn meines Mannes Amelies Schule besucht. Da hat sie nie ein Problem daraus gemacht.«

»Der Sohn Ihres Mannes …?«

»Ja, sein Sohn aus erster Ehe. Er ist acht und besucht die Volksschule dort. Seine Mutter wohnt in der Nähe der Schule.«

»Könnte ich vielleicht seine Telefonnummer haben?«

»Die vom Phillip?«

»Die von Ihrem Mann.«

»Ach so«, lachte die Großnichte, und schon wieder wunderte sich Anna Bernini über ihre Arglosigkeit. »Natürlich«, rief sie und gab sie ihr.

Zehn Minuten später stand Anna Bernini wieder draußen und ließ den Blick noch einmal hinauf zu den Hügeln wandern. Sie hörte das Vogelzwitschern, fühlte den weichen Luftzug, roch den Jasmin. Doch das Heimatgefühl, das sie beim letzten Mal erlebt hatte, das ist nicht wiedergekommen.

KAPITEL 28

Früher musste man seine Fantasie bemühen oder eine Hellseherin sein, wenn man wissen wollte, was sich im Gehirn Reicher abspielt. Heute hat man dafür den Kernspintomografen und amerikanische Psychologen, die damit alles beweisen können. Zum Beispiel, dass Reiche wirklich so skrupellos, egoistisch und mitleidlos sind, wie es die Menschheit schon immer vermutet hat. Wenn man die Reichengehirne beim Betrachten von leidenden Menschen untersucht, stellt man fest: In ihren Mitleidsgehirnarealen tut sich nichts. Das sollte man beim Umgang mit Reichen unbedingt berücksichtigen. Profimitleidserzeuger wie Spendenorganisationen und Bettler wissen das längst. Adressen mit bestimmten Postleitzahlen bekommen keine Spendenbriefe, und ein Bettler vor dem Stephansdom versteckt sofort seinen Beinstumpf, wenn ein Trupp Businesspeople an ihm vorbeieilt.

Nach ihrem Ausflug in die Reichenbezirke Wiens befand sich Anna Bernini, zurück in der Leopoldstadt, in einem Dilemma. Eigentlich hätte sie nichts lieber gemacht, als das Büro wieder zu verlassen. Auf der anderen Seite fürchtete sie nichts mehr, als dem Schramek, dem Oberst oder dem IT-Genie in die Arme zu laufen. Deshalb blieb ihr nichts anderes übrig, als bis Mittag zu warten. Denn zu keiner anderen Tageszeit war es einfacher, unbemerkt aus seinem Büro zu verschwinden. Zwischen 12 Uhr und 12:30 Uhr waren nämlich 99 Prozent der arbeitenden Bevölkerung Wiens auf Mittagspause. Sowohl die »Obizahrer«, die um Punkt 11:59:59 Uhr die Mouse loslassen, als wäre sie eine heiße Kartoffel, als auch die Leistungsoptimierer, die genau um 12 Uhr noch ein wichtiges Telefonat zu erledigen haben, mit dem sie andere von der Mittagspause abhalten konnten. Das Problem bei den Mittagspausen ist nämlich: Auch wenn man höchstens eine halbe oder Dreiviertelstunde weg ist, kann man sie nicht beliebig in den Nachmittag hineinverschieben. Spätestens um 13:30 Uhr hat man wieder vor dem Computer zu sitzen, wenn man sich nicht den feindseligen »Hat-die-gar-nichts-zu-tun?«-Blicken der Kollegen aussetzen will. Denn wenn man ehrlich ist, muss man sagen: Nichts hasst jemand, der sich mühsam an die Regeln angepasst hat, mehr, als jemanden, der einfach drauf pfeift.

Also öffnete Anna Bernini um 12:00:01 Uhr ihre Bürotür, spähte kurz nach links und rechts und rannte, so schnell es ihre untrainierten Beine zuließen, die Treppe hinunter und hinaus aus dem Haus. Erst als sie sicher in der *Garage* am Karmelitermarkt angekommen war, atmete sie auf. Nach dem Ausflug in die Reichenwelt von Neuwaldegg saß sie jetzt gern unter Menschen, bei denen die Notarkosten für ein Testament größer gewesen wären als das Vermögen, das sie zu vererben gehabt hatten. Aber zufrieden war sie trotzdem nicht. Und als sich wenig später der Stammer zu ihr gesellte, um ihr von seiner Hausbefragung in der Sellenygasse zu erzählen, beantwortete sie seine Frage nach ihrem Essen barscher, als sie es normalerweise gemacht hätte: »Wenn die Semmel auch so gut aufgebacken wäre wie das Lokal, in dem wir sitzen, wäre ich zufrieden.«

Der Stammer hob ein bisschen irritiert die Augenbrauen, setzte sich aber brav auf den weniger schattigen Platz und bestellte ebenfalls ein kleines Frühstück. Ohne sich lange bitten zu lassen, begann er mit seinem Bericht: »Über der Frau Dornauer wohnt eine 90-jährige ›Frau Primar‹«, begann er, »die entweder nicht mehr gut hört oder nicht mehr gut denkt.« Er grinste. »Jedenfalls hat sie alle meine Fragen mit ›ja‹ beantwortet. Auch die Kontrollfrage.«

»Kontrollfrage?«

»Bin ich der Ritter Lancelot?«

Anna Bernini lachte.

»Einen Stock drunter wohnt ein russisches Paar, das nicht da war. Laut Kaltenbrunner sind sie nie da. Und wenn sie da sind, hören sie laut Musik und schmusen am Gang.«

Wieder lachte Anna Bernini.

»Ich hab's nachgeprüft. Sie heißen Krecschenko und sind seit vier Wochen in Dubai.«

»Aha.«

»Und dann ist ganz unten noch ein ›Privatgelehrter‹, der erst die Tür aufgemacht hat, nachdem ich ihm die Marke gezeigt habe. Dann wollte er noch meinen Ausweis sehen. Ich hab' durch den Türspalt in den Vorraum hineingesehen. Von unten bis oben mit Büchern vollgestopft. Und gerochen hat es, dass man glauben hätte können, er hat schon seit Monaten keine frische Luft mehr hineingelassen.«

»Wie alt?«, fragte Anna Bernini.

»Schwer zu schätzen. Irgendetwas zwischen 50 und 70, würde ich sagen. Kasweißes Gesicht, papierdünne Haut, dicke Brillengläser, und als ich ihn gefragt habe, ob er was gehört oder gesehen hat, hat er zuerst sein Hörgerät ins Ohr gesteckt.«

Am Nachmittag rief Anna Bernini Miss Biggy an. Eigentlich damit ihre Kollegin ein bisschen schneller, als es auf offiziellem Weg möglich gewesen wäre, ein paar Hintergrundinformationen zum Sellenygassenfall recherchiert. Bankkonten, Überweisungen, E-Mails, alles, was einen Hinweis liefern könnte, dass hinter dem Tod Hedwig Dornauers mehr steckte als der Wunsch, einem langen Leiden ein Ende zu bereiten.

Aber Miss Biggy hat nicht abgehoben. Deshalb hat Anna Bernini eben ihrer Mailbox erzählt, wie es in der Abteilung ohne sie laufe. Nämlich schlecht, weil das IT-Genie gerade sie alle mit einem peinlichen »Making-of« nach dem anderen zum Gespött mache. Und dass sie schnell zurückkehren müsse, um dem IT-Genie-Albtraum ein Ende zu bereiten. Denn wenn das so weiterginge, müssten sie alle bald den Hintereingang des Landeskriminalamts benützen, weil der Vordereingang von Freunden des absurden Theaters besetzt sein werde.

Und sicher, ein bisschen kalkulierte Schmeichelei war schon dabei, aber vieles stimmte leider wirklich. Denn seit der Oberst auf die Idee gekommen war, seinen *Meta*-Account mit »Making-of«-Polizeiarbeitsvideos zu füttern, verging kein einziger Tag, an dem Anna Bernini nicht von einem Kollegen aus einer anderen Außenstelle ein Lachsmiley oder ein Affensmiley geschickt bekommen hat, so absurd waren die Fragen, die das IT-Genie dem Schramek oder dem Oberst zum Magnoliengartenfall stellte.

Erst als sie aufgelegt hatte, wusste Anna Bernini, warum sie Miss Biggy wirklich angerufen hatte. Was ihr wirklich so unter den Nägeln brannte. Das war eigentlich gar nicht der Selbstmordfall. Obwohl es schon wahr ist, dass Miss Biggy im Nu das ganze Leben Hedwig Dornauers durchleuchtet gehabt haben würde. Aber was sie noch dringender gebraucht hätte, war irgendein Hinweis darauf, dass Fonsi zu Unrecht verhaftet war. Und plötzlich stand Fonsis Unschuld wie ein riesiger Vorwurf im Raum. Könnte sie nicht mehr tun, um sie zu beweisen? Anna Bernini getraute sich gar nicht aufzuschauen, vor lauter Angst, sie begegnet dem ernsten Blick ihres Vaters – wie damals, als sie während der Abwesenheit der Eltern die Balkonblumen hatte verdorren lassen.

Eine Stunde später saß Anna Bernini schon in der *Riviera* und wartete auf Paul. Es war schon ein paar Tage her, seit sie sich zuletzt getroffen hatten. Als sie ihn jetzt, groß, kräftig, mit zwei Bechern *Aperol*-Spritzer und einem breiten Lächeln auf sich zukommen sah, musste sie mit leisem Bedauern feststellen, dass ihr Begehren nach einer heißen Information im Moment größer war als das nach einer heißen Nacht. Denn als Chef der Planungsabteilung der Stadt Wien hatte er diesbezüglich eine Menge zu bieten.

Doch je bewusster ihr das wurde, desto mehr versuchte sie, ihre Absichten durch einen schäkernden Tonfall zu verschleiern. Das Problem ist nur: Wenn ein Gespräch einmal in eine Richtung davongaloppiert, ist es nicht einfach, auf elegante Weise die Zügel herumzureißen. Anna Bernini war es jedenfalls nicht gegeben. Und so fragte sie schließlich geradeheraus: »Stimmt es eigentlich, dass die Russen halb Wien aufkaufen?«

»Das war vor zehn Jahren so. Da haben sie vor allem Luxusimmobilien gekauft. Jeder dritte Interessent war damals russischsprachig. Aber inzwischen ist das eher ein Klischee. Lange vor dem Ukrainekrieg ist das Interesse der reichen Russen an Wien schon zurückgegangen. Allerdings gibt es noch ein paar starke Player.«

»Sagt dir Pjotr Popow was?«

»Peter der Große? Sicher. Ich kenne ihn sogar persönlich.«

»Ach?«

»Ja, er ist schon öfter bei der Stadt Wien vorstellig geworden. Und da waren ziemlich heikle Grundstücke dabei, das kann ich dir sagen. Peter der Große denkt gern groß«, lachte Paul jetzt über seinen eigenen Witz.

Das war, ehrlich gesagt, einer der Gründe, warum Anna Bernini nicht aufgehört hatte, dem Fonsi nachzutrauern. Dass er über seine eigenen schlechten Witze lachte. Und ein anderer war, dass er sich ganz gern selber reden hörte. Das war jetzt allerdings ein Vorteil.

»Er kauft alles, was nicht niet- und nagelfest ist«, erzählte Paul. »Das Kaffeehaus, in dem er sich wohlfühlt, die Boutique, in der seine Frau einkauft, und einmal soll sein kleiner Sohn in einem Beserlpark blöd angeredet worden sein, und er hat gesagt: ›Den kauf ich dir‹.«

»Den Beserlpark?«

»Genau.«

»Aber den hat er nicht bekommen, oder? Ein Beserlpark ist nicht verkäuflich.«

»Naja, wenn man ganz lieb ›bitte‹ sagt und noch ein paar Millionen Euro drauflegt.«

»Ist nicht wahr!«

»Ich sag nicht, dass es wahr ist. Die Stadt Wien hat natürlich unverkäufliche Grundstücke. Aber er ist der Typ, der es vielleicht trotzdem schafft.«

»Interessant! Und was hat der Popow in letzter Zeit alles so gekauft?«

»Das ist jetzt nicht zufällig ein Verhör?«, grinste Paul.

»Haha, natürlich nicht! Das interessiert mich nur als Bürgerin.«

»Aha.«

»Aber zufällig hätte ich eine ganz kleine Bitte an dich.«

»Ich fürchte, ›begleitest du mich nach Hause‹ ist es nicht«, grinste er.

»Naja, das kommt vielleicht später«, grinste sie zurück.

»Wann später?«

»Nachdem wir noch einen von diesen In-Spritzern getrunken haben. Und du mir erzählt hast, was du alles über diesen Peter den Großen weißt.«

Der Stadtplaner grinste. »Na gut, ein Geheimnis kann ich dir gleich verraten. Wenn er in Wien ›einkauft‹, benutzt er eine Firma, die seiner Gattin gehört.«

»Seiner Gattin?« Anna Bernini riss die Augen weit auf. »Der Natalia Vodianova, ich meine Katja Popowa?«

»Geborene Katharina Pospischill. Aufgewachsen in Wien Simmering.«

Das war jetzt genauso ein Moment, wo Anna Bernini Miss Biggy besonders schmerzlich vermisste. Wenn ihr bester IT-Cop nicht im Krankenstand gewesen wäre, hätten sie das schon längst gewusst. Zusammen mit allem, was es über Katja Popowa, geborene Pospischill, sonst noch zu wissen gab. Angefangen von Standort, Mitarbeitern und Umsatzzahlen ihres Unternehmens, über Bankkonten, Kundendaten, Verbindungen ins Ausland bis hinunter zu Katja Popowas Schulzeugnissen, Freundschaften, Schuhnummer und Kleidergröße. Wobei Anna Bernini sich die Kleidergröße schon vorstellen konnte. Dünn.

Doch eine interessante Information bekam Anna Bernini noch von Paul. »Sie besitzt auch einen Steinmetzbetrieb.«

Paul freute sich über ihr überraschtes Gesicht. »Sie hat sogar eine Steinmetzlehre gemacht, bevor sie dann bei einer Misswahl den ersten Platz gemacht hat. Da soll sie der Popow ›entdeckt‹ haben.«

»Also da hätte ich sie noch eher für eine Metzgerin gehalten«, lachte Anna Bernini, »als für eine Steinmetzgerin.«

»Ihr Vater war auch Steinmetz. Du weißt schon – Simmering, Zentralfriedhof. Sie ist das einzige Kind, und offenbar wollte sie zuerst den väterlichen Betrieb übernehmen. Also, eigentlich hat sie das später eh gemacht. Und dann noch die Betriebe von seinen fünf größten Konkurrenten.«

»Deshalb ist sie vielleicht auch gut im Bildhauern«, sinnierte Anna Bernini. »Aber sag, warum weißt du das denn alles so genau? Diese Kathi hätte dir wohl auch gefallen, oder?«, neckte sie ihn jetzt zur Belohnung wieder ein bisschen.

»Wem gefällt diese Kathi nicht«, ging Paul grinsend darauf ein. »Aber mein Fall wäre sie trotzdem nicht.‹

»Soso.«

»Wirklich nicht! Ich glaube, Marmor wäre noch wärmer als diese Kathi. Und Granit weicher.«

»Warm und weich magst du also«, machte sich Anna Bernini noch ein bisschen mehr über ihn lustig.

Und bestimmt hat Paul darauf auch wieder etwas Lustiges zu erwidern gehabt. Worauf Anna Bernini wieder etwas Lustiges eingefallen sein dürfte und so weiter. Wahrscheinlich hätte der Abend auch lustig geendet, wenn nicht etwas dazwischengekommen wäre, das beiden das Lachen ordentlich ausgetrieben hat.

KAPITEL 29

Zu einem der schwierigsten Aspekte im Zusammenleben gehören die Rufe aus dem Nebenzimmer. Sie sind entweder unverständlich (»Scha-atz, bitte könntest du nuschelnuschelnuschel.«) oder leicht zu durchschauen (»Scha-atz, wo ist der Schraubenzieher?«). In beiden Fällen ist die Absicht klar. Der Partner soll nicht gemütlich am Sofa der Fußballtrainerrunde lauschen, sondern herkommen. Das neue *Ikea*-Regal zusammenbauen oder einem wenigstens beim Abendessenkochen Gesellschaft leisten. Psychologen bezeichnen das gerne als »Herholen der Mutter«. Ja genau, es wird normalerweise von Babys angewandt. Und da Babys bekanntlich die besten Erpresser der Welt sind, wundert es einen auch nicht, dass es auch bei Erwachsenen funktioniert. Natürlich, wenn das Zusammenleben weiter fortgeschritten ist, bildet sich meistens ein Widerstandsverhalten heraus. Man schlägt den Partner mit den eigenen Waffen und ruft so lange »Ich verste-ehe dich nicht!«, bis die Nebenzimmer-Ruferin entweder aufgibt oder selbst herkommt. Das wäre dann »Herholen der Mutter« zweiter Ordnung. Oder man versucht es mit konstruktivem Verhalten. Das geht so: »Scha-atz, wo ist der Schraubenzieher!?« »Da wo er immer ist!« »Und wo ist er immer!!?« »Im Werkzeugkasten!!« »Und wo ist der Werkzeugkasten!!!?« »Im Schrank!!!« »In welchem Schrank!!!!?« »Im Vorzimmer!!!« »Ich kann ihn nicht finden!!!!« »Du musst genauer schauen!!!!!« Der Ausgang ist hier natürlich ungewiss. Dritte Möglichkeit: die *Ohropax*-Strategie. Sobald der Ruf aus dem Nebenzimmer ertönt, stellt man den Fernseher lauter oder setzt sich die Kopfhörer auf. Sehr effektiv. Aber leider auch nicht ganz risikofrei. Es könnte nämlich sein, dass die Neben-zimmer-Ruferin das *Ikea*-Regal tatsächlich allein zusammen-baut. Und keine Zeit hat, das Abendessen zu kochen.

Als Anna Bernini am nächsten Morgen aufgewacht war, wusste sie, ohne die Augen zu öffnen, dass sie nicht allein war. Denn da waren Schnarchgeräusche. Und sie kamen nicht von ihr. Natürlich hatte sie sofort eine Vermutung, von wem sie stammen konnten. Dem Paul natürlich. Und so, wie angeb-lich Sterbende in wenigen Sekunden ihr gesamtes Leben vor sich ablaufen sehen, hat Anna Bernini ihr gesamtes zukünf-tiges Beziehungsleben in wenigen Sekunden vor sich ablau-fen gesehen. Vom losen Hin-und-Wieder-Bettgenossen zum festen Freund, vom festen Freund zur festen Partnerschaft und schließlich von der festen Partnerschaft zum festen Wil-len, daraus auszubrechen. So war es bisher immer gelaufen.

Deshalb war es jetzt fast beruhigend für Anna Bernini, dass das Schnarchgeräusch auf einmal in Stereo zu hören war. Sprich: ein lautes, lebhaftes Schnarchgeräusch von links und ein leiseres, fast zärtliches von rechts. Das hat Anna Bernini jetzt dazu gebracht, vorsichtig die Augen zu öffnen. Und obwohl Anna Berninis Blickfeld noch ein bisschen schwankte, war es ausgeschlossen, dass sie doppelt sah. Allerdings war sie sich nicht ganz sicher, ob das, was links und rechts neben ihrem Bett stand, wirklich Metallbetten mit hinaufgeklapp-ten Gittern waren. Und das, was über den Betten hing, wirk-lich ein Kabel mit einer Klingel. Und das unter den Bettde-cken jeweils ein grauer Haarschopf. Der eine hatte noch ein paar gelbe Strähnen. Anna Bernini schloss kurz die Augen und öffnete sie wieder.

Aber die Metallbetten waren nicht nur immer noch da, jetzt hatte auch ihr eigenes Bett Gitterstäbe. Das sind also meine »weißen Mäuse«, dachte Anna Bernini. Sie blinzelte ange-strengt. Doch auch beim x-ten Mal Augen-wieder-Öffnen waren die »weißen Mäuse« noch da. Die zur Linken hatte sich jetzt sogar ein bisschen bewegt. Anna Bernini sah, wie sich eine spitze Greisinnennase in ihr Gesichtsfeld drehte, und hörte ein kleines Stöhnen. Gleich darauf kam ein Echo von der anderen Bettseite. Anna Bernini drehte vorsichtig den Kopf. Das ganze Zimmer drehte sich mit. Sie hätte sich gerne aufgerichtet. Aber mehr als den Kopf einen halben Zentimeter vom Polster zu heben, ging nicht. Doch als ihr schließlich der Duft von verbranntem Kaffee und Desinfektionsmittel in die Nase stieg, wusste sie es.

Ich bin im Krankenhaus!, dachte sie panisch und versuchte, den Arm unter der schneeweißen Bettdecke hervorzuziehen. Chancenlos! Er bewegte sich nicht. Auch die Beine bewegten sich nicht. »Oh Gott, ich bin querschnittgelähmt!«, murmelte sie. Aber selbst in ihren eigenen Ohren klang wie es »obinschnlähmt«.

»Aha, unsere Nachtschwimmerin ist aufgewacht«, kam es nicht unfreundlich von links. Gleich darauf erschien das nachtdienstbleiche Gesicht einer Krankenschwester an Anna Berninis Bettende. In der einen Hand hatte sie ein Klemmbrett, in der anderen eine silberne Nierenschale.

»Nbinschnlähmt?«, flüsterte Anna Bernini so laut es ging.

Die Krankenschwester lachte nur. »Die Zunge will noch nicht, gell?« Sie beugte sich über Anna Bernini und schaute ihr in die Augen. »Naja, ungefähr eines von ihren zwei Promille werden Sie wohl noch im Blut haben.«

»Spaschiert?«

»Was passiert ist? Das müssten *Sie* eigentlich wissen. Wir wissen nur, dass Sie in der Nacht um 2 Uhr mit der Rettung eingeliefert wurden, weil Sie in den Donaukanal gefallen sind und dabei fast ertrunken wären.«

»Im Donaukanal kann man aber nicht schwimmen!«, erklang plötzlich eine hohe, aber kräftige Stimme rechts neben Anna

Bernini. Mit größter Anstrengung drehte sie den Kopf. Gott sei Dank, die Halswirbelsäule ist nicht gebrochen, dachte sie.

»Wegen Ihnen hab ich die halbe Nacht kein Auge zugetan!«, rief die Greisin vorwurfsvoll.

»Ttmrleid«, murmelte Anna Bernini und versuchte, sich gleichzeitig auf ihren rechten Arm zu konzentrieren. Wenn ich mich ganz fest anstrenge, kann ich ihn vielleicht bewegen. Doch genau in dem Moment, in dem Anna Bernini ein halbherziges Muskelzucken des Bizeps zustande brachte, hatte die Krankenschwester den Arm schon unter der Bettdecke herausgeholt und mit flinken Fingern an ihrem Venenzugang herumhantiert. Misstrauisch und ein bisschen neidisch schielte sie zur Krankenschwester, die mit ihren Körperteilen offenbar mehr anfangen konnte als sie.

»Sie bekommen jetzt noch etwas Aufbauendes. Sie waren ja vollkommen geschwächt und dehydriert.«

Anna Bernini nickte nur und dachte über den Widerspruch nach, warum jemand gleichzeitig fast ertrunken und dehydriert sein konnte. Die Krankenschwester, die sie eventuell fragen hätte können, war aber schon zur Greisin links geeilt, die ihr mit ostentativer Bereitwilligkeit ihren mit Schläuchen gespickten Arm hinstreckte. »Die Schwester gestern hat das aber nicht gut gestochen!«, jammerte sie und deutete auf den blauvioletten Fleck auf der Haut über der Armbeuge.

Anna Bernini schloss die Augen, und sofort war das passivaggressive Hin und Her der beiden Frauen nur mehr ein fernes Geplätscher. Und im nächsten Moment sah Anna Bernini eine dunkel glänzende Wasseroberfläche. Sie sah, wie der unruhig schaukelnde Wasserspiegel auf sie zuraste. Und im übernächsten spürte sie den Kälteschock von den Füßen über die Beine und den Rumpf bis zum Kopf, wo das Wasser über ihr zusammenschlug. Sie fühlte, wie Wasser in Mund und Nase drang, wie sich ihre Luftröhre krampfhaft schloss und wieder öffnete. Und sie schreien wollte, wie ihr Magen revoltierte, und ihre Arme und Beine verzweifelt strampelten. Eine Ewigkeit lang, bis sie immer schwächer wurden, und sie wusste: Jetzt kann ich nicht mehr. Jetzt ertrinke ich.

»Sssscht!!«

Anna Bernini riss die Augen auf und starrte ins Krankenschwesterngesicht, das jetzt nicht mehr ungesund bleich, sondern ungesund rot über ihr schwebte. Sie hatte Anna Berninis Schulter gepackt und redete eindringlich auf sie ein: »Schon guuuut, schon guuuut, Frau Bernini, Sie sind in Sicherheit! Schon guuuut!«

Wieder schloss Anna Bernini die Augen, aber nur kurz, damit sie nicht wieder das undurchdringliche Schwarz sah und das furchtbare Rauschen in den Ohren hörte. Am Fußende des Bettes standen jetzt die zwei alten Frauen in geblümten Nachthemden, die sich ähnlich sahen, als hätten sie 50 Jahre gemeinsam in einem Dessousgeschäft irgendwo auf der Reinprechtsdorfer Straße nebeneinander am Ausverkaufsstand gehangen, und starrten Anna Bernini erschrocken an.

»Gleich bekommen Sie ein Frühstück«, sagte die Krankenschwester, als würden eine Schale dünner Kaffee, zwei harte Semmeln, ein Stückchen wässrige Margarine und ein eingeschweißtes Wabberzeug, das sich Marmelade nannte, das ganze Leid der Welt heilen können.

Aber interessanterweise half es wirklich ein bisschen. Anna Berninis Atem wurde ruhiger. Während sie sich von der Krankenschwester auf den Polster zurückdrücken ließ, sagte sie sich: Zumindest bin ich nicht querschnittgelähmt. Die beiden älteren Damen versuchten noch eine Weile, mit Suggestivfragen à la »Ist er mit dem Geld abgehauen?«, »Hat er Sie wegen einer Jüngeren verlassen?« oder »Schulden gehabt?« etwas Unterhaltung aus der Selbstmörderin, für die sie Anna Bernini offenbar hielten, herauszupressen. Aber mehr als Ach-

selzucken und Verwirrt-vor-sich-Hinstarren war der jungen
Frau mit den schwarzen Drahtlocken nicht zu entlocken. Und
auch als sie versuchten, das Gespräch mit den Berichten von
ihren eigenen Unfällen – beim Gardinenaufhängen vom Sessel gefallen oder über eine Hundeleine gestolpert – sowie den
Schilderungen der Behandlungsmethoden – mit drei Stichen
genäht, den Ellbogen eingegipst – ein bisschen aufzufetten,
ernteten sie nur ein lahmes »oje« gefolgt von einem »aha« und
einem »hm«. Weshalb sie es auch bald wieder aufgaben, zu
ihren Betten humpelten, die kleinformatigen Zeitungen, die
seit gestern auf dem Nachtkastl lagen, aufnahmen und sich
mit Unfallberichten und Kleinkriminalität die Zeit bis zum
Frühstück vertrieben.

Anna Bernini hingegen starrte auf ihre Bettdecke und versuchte, sich verzweifelt zu erinnern, was eigentlich passiert war,
bevor sie offenbar ins Wasser gefallen war. Ihr Blick wanderte
zum roten Plastiksessel an der Wand, auf der ihre Jeans, das
weiße T-Shirt, der BH und ein Slip lagen. Alles ziemlich ver-
dreckt, aber trocken. Mitten auf dem weißen T-Shirt prangte
ein etwa walnussgroßer tomatenroter Fleck. Ein Soßenfleck,
schoss es ihr durch den Kopf. Sie sah einen vor roter Chili-
soße triefenden Taco vor sich, einen Pappteller und hörte sich
selbst »Shit!« rufen.

Sie erinnerte sich wieder, dass ihr der Paul, nachdem sie
ein paar Sommerspritzer getrunken hatten, etwas zum Essen
geholt hatte. Aber wo ist er dann hingegangen? Als Nächstes
fiel ihr wieder ein, dass sie die Beine über die kühle Beton-
kante hatte baumeln lassen und auf jemanden wartete. Aber
auf wen? Ihre Gedanken wurden davon unterbrochen, dass
die Tür aufgerissen wurde und unter Klappern und »Guten
Morgen«-Rufen das Frühstück hereingeschoben wurde. Und
so, als hätte allein der Geruch von Hagebuttentee und der
Anblick der grauen Plastikdeckel auf den Frühstückstellern

ihre Erinnerung geweckt, fiel ihr auch wieder ein, wie sie gerettet wurde. Sie erinnerte sich an eine Männerhand, die sie am Arm gepackt und an die Wasseroberfläche gezerrt hatte. Wer war das? Der Paul wahrscheinlich.

Aber dann fiel ihr noch eine zweite Männerhand ein. Großflächig war sie auf ihrem Rücken gelegen. Nur für einen kurzen Moment. Dann ein fester Druck, und schon stürzte sie ins Wasser.

KAPITEL 30

Viele Menschen neigen dazu, unangenehme Dinge aufzuschieben. Zum Beispiel, die Steuererklärung machen, Geschirrspüler ausräumen oder das Studium beenden. Früher hat man solche Menschen für faul gehalten. Heute weiß man, dass die Aufschiebenden nichts dafür können, sondern Opfer einer heimtückischen Krankheit sind. Man nennt sie Prokrastination. Wer davon befallen ist, kann langweilige, bedrohliche oder unangenehme Tätigkeiten erst machen, wenn er dafür in Stimmung ist. Also praktisch nie. Aber die gute Nachricht ist: Prokrastination kann man mit Psychotherapie gut behandeln. Der einzige Nachteil ist: Auch Termine vereinbaren gehört zu den Dingen, die Prokrastinierende gerne aufschieben.

Aber bei den wenigsten Betroffenen nimmt die Prokrastination gefährliche Ausmaße an. Für die meisten ist sie nur unangenehm. Zum Beispiel, weil nicht abgewaschenes Geschirr irgendwann zu stinken beginnt. So einer war der Karli. Oder weil einem der Strom abgeschaltet wird, wenn man die Rechnung nicht eingezahlt hat. So eine war Anna Bernini. Dabei wäre das Rechnungen-Einzahlen gar nicht so schlimm gewesen wäre, obwohl das auch niemanden freut. Das eigentliche Problem war aber das Postkastl-Öffnen. Denn wenn man das Postkastl einmal aufgesperrt hat, muss man den Stoß Briefe, der sich darin befindet, auch herausnehmen. Und wenn man ihn einmal herausgenommen hat, nimmt man ihn auch mit in die Wohnung. Wo die Post so lange als Papier gewordener Vorwurf auf der Anrichte liegt, bis man sie doch einmal zur Hand nimmt und öffnet. Und dann fangen die Probleme natürlich erst an.

Anna Bernini hatte eine gewaltige Postkastl-Entleerungs-Prokrastination. Eigentlich machte sie es nur, wenn sich das Postkastl schon ausbeulte oder der Briefträger anläutete, um zu schauen, ob sie noch lebt.

Nach dem Hagebutten-Labbersemmel-Frühstück ist noch eine Ärztin gekommen und hat Anna Bernini den Blutdruck gemessen, mit einer kleinen Lampe in ihre Augen geleuchtet und ihr die Adresse von der Anton-Proksch-Entzugsklinik auf einen Zettel gekritzelt. Dann hat sich Anna Bernini das dreckige Gewand von gestern angezogen, ihren Rucksack gepackt und wollte gerade hinausrauschen, als der Stammer hereinkam.

Ein paar Sekunden standen sich die beiden stumm gegenüber, und dann sprach der Stammer das Offensichtliche aus: »Ich kkkkomme Ssssie aaaa-abholen.«

Dass ihr jüngstes Gruppenmitglied wieder ins Stottern zurückgefallen war und seine Gesichtsfarbe mit dem Feuerlöscher neben der Tür konkurrieren konnte, rührte Anna Bernini. Fast hätte sie feuchte Augen bekommen. Aber als Vorgesetzte willst du dich in so einem Moment natürlich nicht bei Emotionen erwischen lassen. Es war klar, was sie tun musste. So als wäre nichts geschehen.

Also murmelte sie nur kurz »danke« und eilte an ihm vorbei. Oder sie wollte zumindest eilig vorbeimarschieren. Aber die Beine ließen sich noch nicht nach Belieben kommandieren. Deshalb war der Stammer sofort an ihrer Seite und reichte ihr seinen Arm. Anna Bernini tat zuerst so, als bemerke sie es nicht. Nachdem sich aber gleich darauf der grünliche Kunststoffboden benahm, als wäre er ein Schiffsboden bei hohem Seegang, hängte sie sich doch bei ihm ein. Obwohl sie vor Verlegenheit am liebsten in diesem Kunststoffboden versunken wäre.

Ein paar Minuten marschierten sie schweigend den endlos langen Krankenhausgang entlang. Erst als sie sich schon den Abgängen zur Tiefgarage näherten, kam Anna Bernini der Verdacht, dass das Schweigen gar nicht von ihr ausging. Sie warf ihrem Begleiter einen verstohlenen Blick zu. Da hatte sich doch eine kleine Falte zwischen Mund und Nase gebildet. Eigentlich schaute der Stammer fast so drein, dachte sie verwundert, als wäre er grantig. Und so als könnte er Gedanken lesen, blieb er stehen und funkelte sie wütend an.

»Sie müssen etwas dagegen tun. Und zwar lieber heute als morgen!«

»Wwwwwogegen? Wwwwwas wwww ...?« Anna Bernini schwieg betreten und überlegte, ob es sein konnte, dass sie das Stammer'sche Stottern übernommen hat, weil er sich heute wie sie und sie sich wie er benahm.

»Gegen die Alkoholsucht«, sagte der Stammer, schob sie entschlossen in den Lift und drückte auf U2. Gleich darauf durchquerten sie eine nach Benzin und Abgasen stinkende Tiefgarage, die die Labbersemmel in ihrem Magen ein bisschen rebellisch auf und ab hüpfen ließ. Bis sie im Wagen saßen, sprachen sie kein weiteres Wort. Auch nicht während der Fahrt vom Krankenhaus nach Hause. Anna Bernini schaute die ganze Zeit beleidigt aus dem Fenster. Obwohl ihr Blick in Wirklichkeit nach innen gerichtet war, wo ihr die Großtante Mali hinter ihren 357 Schnapsflaschen hämisch zuwinkte, während sie mit den Füßen zuerst aus ihrer Kammer getragen wurde.

Als Inspektor Stammer von der Dresdnerstraße in die Hellwagstraße abbog, holte er tief Luft. »Sie *dürfen* sich nicht alles so zu Herzen nehmen, Frau Chefinspektorin.«

Anna Bernini schaute ihn verwundert an. Seine Augen waren fest auf die Straße geheftet. Aber in seinem Kiefer arbeitete es. Ohne den Blick von der jungen Frau mit den beiden Schulkindern zu lassen, die vor ihm schnell über die Straße lief, sprach er weiter: »Bitte!«

»Was zu Herzen nehmen?«, fragte Anna Bernini, eingeschüchtert von seinem eindringlichen Tonfall.

»Wenn ich nicht da gewesen wäre, hätten Sie den Sprung in den Kanal nicht überlebt.«

»Was?« Anna Bernini schnappte nach Luft. Ein paar Sekunden konnte sich ihr Gehirn nicht entscheiden, was es zuerst fragen wollte: Ich soll gesprungen sein? Oder: Sie haben mich gerettet?

Vielleicht hatte sie beides zugleich gefragt, denn der Stammer runzelte die Stirn. »Ich war zufällig da.«

»Ich bin nicht gesprungen!«, rief Anna Bernini empört.

»Ich habe gesehen, wie Sie ins Wasser gesprungen sind«, beharrte er ruhig.

»*Ich* bin *nicht* gesprungen!« Anna Bernini hatte sich so heftig zu ihm gedreht, dass es in ihrem Kopf wieder zu schwanken begann. »Ich wurde gestoßen!«

Auch Inspektor Stammer erschrak. Unwillkürlich war er auf die Bremse gestiegen. Hinter ihm hupte jemand. Langsam fuhr er wieder an, schwer atmend. »Frau Chefinspektorin, ich *habe* es *gesehen*!«

»Wieso waren Sie überhaupt am Donaukanal? Haben Sie mir nachspioniert?«

Inspektor Stammer zuckte zusammen, und Anna Bernini presste die Lippen aufeinander, als könnte sie die bösen Worte so ungesagt machen. Beide schwiegen, bis sie wenige Minuten später bei Anna Berninis Zuhause angekommen waren. Als sie ausstieg, versuchte sie ein dankbares Lächeln, und der Stammer versuchte ein verständnisvolles. Aber als Anna Bernini die Tür aufsperrte und in den kühlen Hausgang trat, dachte sie traurig, dass sie so wirklich nicht weitermachen könne. Sich alle paar Wochen in einen so verantwortungslosen Zustand hineinzusaufen! Hitze, Durst und Probleme hin oder her. Mit schlechtem Gewissen schrieb sie dem Paul ein Entschuldigungs-SMS und bekam ein paar liebe Worte und ein Lachsmiley zurück. Den Krankenhausaufenthalt erwähnte sie nicht. Auch nicht gegenüber ihrer Psychoanalytikerin, der sie das neuerliche Verschieben ihrer Sitzung mit einem plötzlichen Mordfall erklärte. Was ausnahmsweise auch stimmte. Und wenn das alles vorbei ist, gehe ich statt dreimal pro Woche viermal hin, beruhigte Anna Bernini ihr schlechtes Gewissen. Und bis Weihnachten trinke ich keinen Tropfen mehr. Da wusste sie noch nicht, dass ihr der Alkohol bald das Leben retten würde.

Als Anna Bernini mit der üblichen Postkastl-Ausleer-Prokrastination an der Hausbrieffachanlage vorbeieilen wollte, hemmte etwas ihren Schritt. Da steckte etwas großes Braunes im Brieffach Nummer 15. Ihr Brieffach. Seufzend blieb sie stehen. Es gab jetzt zwei Möglichkeiten. Entweder sie holte es gleich heraus oder sie riskierte, dass demnächst eine freundliche Nachbarin bei ihr klingelte. Es konnte auch die unfreundliche sein. Als echte Prokrastiniererin hätte sie natürlich darauf warten müssen, auf der anderen Seite sehnte sie sich nach ein paar ungestörten Stunden. Und dass außerdem die winzig kleine Chance bestand, dass sich in diesem Polsterkuvert etwas

Nettes verbarg, reichte aus, dass Anna Bernini ihren Rucksack abstellte und so lang an dem braunen Ding zog und zerrte, bis sie es aus dem Schlitz herausgerissen hatte. Den Schlüssel ins Schloss stecken und das Türchen öffnen, wäre natürlich auch eine Lösung gewesen. Aber dann hätte sie womöglich noch mehr Post gefunden.

Zehn Minuten später stand Anna Bernini in Miss Biggys Büro und reichte dem IT-Praktikanten das braune Polsterkuvert. »Untersuchen Sie das!«

Jeder Mensch hat seine dummen Momente. Sogar die Intelligentesten unter uns. Deshalb war es jetzt ein Vorteil, dass Kevin Grubinger keinem Spiegel gegenübersaß. Möglicherweise hätte er nach dem Anblick seines offenen Mundes und dem nach unten gesunkenen Kinn nie mehr so selbstbewusst durchs Leben gehen können.

Doch dann nahm ihr der Praktikant das Polsterkuvert ab, drehte es um und schaute schon nicht mehr ganz so unintelligent drein, als ein USB-Stick herausfiel. Ohne lange Fragen zu stellen, das muss man ihm lassen, schob er den Datenträger ins Laufwerk. Ein paar Sekunden starrte er konzentriert auf den Bildschirm, drückte ein paar Tasten und hob dann spöttisch die Augenbrauen, als hätte Anna Bernini zum Fisch einen südfranzösischen Rotwein bestellt: »Das ist ein *Word*-Dokument mit einem toten Link.«

»Das sehe ich auch. Aber ich möchte wissen, wohin der Link führt.«

Kevin Grubinger lächelte nachsichtig. »Nirgendwohin. Das ist eine Errorseite.«

»Jaja, aber ursprünglich muss er doch wohin geführt haben.«

Der Praktikant hob die Schultern. »Ja, aber jetzt kann man die Seiten nicht mehr erreichen.«

»Ja, *ich* kann die Seite nicht mehr erreichen. Aber Sie können das doch? Es gibt Tools dafür. Miss Biggy konnte das.«

Der Praktikant kniff die Augen zusammen und taxierte sie, als überlege er, ob sie irgendwo eine Waffe versteckt hat.

»Wo haben Sie den USB-Stick her?«, fragte er schließlich.

»Ich wüsste nicht, dass Sie das was angeht.«

Der Praktikant wurde knallrot, was sofort eine intensive Aftershave-Wolke freisetzte. Mit einem kleinen Beigeruch nach Scham, würde ich sagen. Es war eine schwere Versuchung für Anna Bernini, jetzt nicht ihr Smartphone zu zücken und den Praktikanten zu fotografieren, damit sie Miss Biggy später ein Foto vom »IT-Genie« schicken konnte, das bis über beide Ohren rot geworden ist.

Mit gerunzelter Stirn und zusammengepressten Lippen begann er, wie wild auf seinen Tasten herumzuhämmern. Nach einer Weile sagte er: »Kein 404-Fehler«, ein paar Minuten später: »Kein 500er, kein 503er.« Dann fror Kevin Grubingers Blick auf dem Bildschirm ein, und er versank in murmelndes, unverständliches Kauderwelsch.

Anna Bernini ließ sich auf Miss Biggys Gartensessel nieder, das Einzige, das in diesem Büro noch an sie erinnerte, und beobachtete den IT-Praktikanten, dessen Züge so entrückt wirkten wie die der Heiligen in den Kuppelfresken in Anna Berninis Kindheitskirche. Und wie damals während der Messe schweiften Anna Berninis Gedanken jetzt ab. Sie kehrten zurück zu den Fragen, die sie schon beim Öffnen des braunen Kuverts beschäftigt hatten. Wer hatte ihr den USB-Stick geschickt? Der Poststempel stammte vom 28. Mai. Er wurde also sechs Tage nach der Vernissage, an einem Samstag, im Hauptpostamt im Ersten aufgegeben. Offensichtlich von jemandem, der ihre Adresse kannte. Aber die, das war Anna Bernini gleich klar, konnte im Prinzip von jedem herausgefunden werden. Wenigstens würde man die Videoüberwachung im Hauptpostamt auswerten können. Aber Anna Bernini hatte da schon eine Vermutung, wen man darauf sehen würde. War es nicht offensichtlich, dass dieser Hinweis, wenn es einer war, von Judith Perner kommen musste? Anna Bernini standen die Haare zu Berge, als sie weiterdachte.

Warum hatte ihr Judith den Hinweis nicht gegeben? Weil sie nicht dazugekommen ist, schoss es Anna Bernini sogleich durch den Kopf. Hatte sie nicht im Bioladen eigentlich davon reden wollen? Hatte sie ihr nicht am nächsten Tag noch einmal ein SMS geschickt, damit sie sich an der *Riviera* trafen? Im Bioladen war sie davongerannt, weil sie sich belauscht gefühlt hatte. Von wem war sie belauscht worden? Von Marcel Meyher. Und von Lukas Seidl. Und einer ganzen Menge weiterer Menschen.

Und der nächste Versuch Judith Perners, Anna Bernini zu warnen, war die Verabredung an der *Riviera* gewesen. Aber dazu war es nicht mehr gekommen, weil sie der Mörder vorher getötet hatte. Judith musste gewusst haben, wer Amelie Meyher ermordet hatte! Dieser Error-Link musste ein Hinweis sein!

»Nichts! Da ist nichts zu machen«, riss die hohe Stimme des IT-Praktikanten Anna Bernini aus ihren Gedanken. »Die Website ist weder schadhaft noch hat sie gefährliche Inhalte noch ist sie verdeckt worden. Die ist wirklich …«

Doch Anna Bernini ließ ihn nicht ausreden. Denn sie war schon aufgesprungen, zog den USB-Stick aus dem Laufwerk, ohne das verzweifelte »Halt, nicht korrekt ausgeworfen!« des IT-Praktikanten zu beachten, und rannte zur Tür hinaus.

KAPITEL 31

Dass das Gutgemeinte nicht immer gut ist, sondern manchmal das Gegenteil davon, ist eine Binsenweisheit, die jeder schon einmal am eigenen Leib erlebt hat. Nehmen wir zum Beispiel Rückenschmerzen oder Magenschmerzen. Bei derlei Volkskrankheiten gibt es niemanden über 35, oder über 15, wenn es eine Frau ist, der einem nicht auf den Kopf zusagen kann, woher man es hat und wie man es heilen kann. Dabei begnügen sich die wenigsten damit, einfach einen Tipp abzugeben – meditieren etwa oder Haferschleimsuppe essen – und einem dann die Entscheidung zu überlassen, ob man ihn befolgt oder nicht. Sondern sie nehmen ihren guten Ratschlag wie einen Faustkeil in die Hand und hämmern ihn einem so lange ein, bis man entweder aufgibt oder zusammenbricht. Meistens beides. Und dann sagen die Ratschläger entweder: Komisch, bei mir wirkt es immer. Oder: Kein Wunder, dass es nicht geklappt hat, du hast es ja nicht richtig gemacht. Und wenn man keine guten Freundinnen oder Familienmitglieder hat, die einem den guten Tipp an den Kopf werfen, dann übernehmen es die staatlichen Gesundheitseinrichtungen.

Als Anna Bernini an diesem heißesten Junimorgen der Messgeschichte eines der freundlichen Zimmer in einer Reha-Klinik in Baden betrat, war sie auf alles gefasst – dass Miss Biggy rauchend am Balkon sitzt, dass sie aus lauter Langeweile dabei ist, die Firewall des Pentagons zu knacken oder dass sie mit einem der gut gebauten Pfleger ein nachmittägliches Stelldichein hat. Aber niemals hätte es Anna Bernini für möglich gehalten, dass Miss Biggy mitten am Tag mit geschlossenen Augen auf einem Bett liegt. Erschrocken sog Anna Bernini die Luft ein, freute sich aber im nächsten Moment, dass sich Miss Biggys mächtiger Busen noch hob und senkte, ja seine Besitzerin sogar nach einigem Zögern mit den Augenlidern zuckte.

»Der ist ja nicht abgeklebt!«, rief Anna Bernini mit Blick auf den dezent blinkenden Feuermelder an der Zimmerdecke. Denn besser konnte sie ihre Besorgnis über Miss Biggys Allgemeinzustand nicht ausdrücken.

»Das ist vorbei«, murmelte Miss Biggy und fixierte die Besucherin durch den winzigen Augenspalt wie ein Reptil, das träge in der Nachmittagssonne liegt und überlegt, ob es sich rentiert, für so ein kleines Insekt die Zunge auszufahren.

Anna Bernini setzte sich vorsichtig auf die Bettkante und schaute stirnrunzelnd auf ihre Kollegin hinunter. »Wie geht es dir?«

Der Reptilienspalt vergrößerte sich unmerklich. »Gar nicht gut. Da hinten.« Miss Biggy fuhr sich mit der Hand unter den rechten Hüftknochen. »Der Arzt sagt, die Bandscheibe ist vollkommen zerrieben. Ein Wunder, dass ich keine Schmerzen habe.«

»Hast du nicht?«

Miss Biggy rückte stöhnend ein Stückchen weiter ans Kopfende, sodass Anna Bernini ein bisschen mehr Platz hatte. Dabei schüttelte sie bedauernd den Kopf. »Das ist nicht normal, sagt der Arzt.«

»Hm«, machte Anna Bernini und blickte Miss Biggy unschlüssig ins Gesicht. »Und ist das schlecht?«

Miss Biggy setzte eine ernste Miene auf und ruckelte den Kopf hin und her. »Tja, das ist eine schlafende Mine. Und da oben«, jetzt deutete sie auf das rechte Schulterblatt, »bin ich auch total verspannt.«

Anna Bernini überlegte, ob sie das sagen sollte, was ihr auf der Zunge lag: wer nicht? Aber sie schwieg kurz und fragte dann: »Was sollst du jetzt machen?«

Miss Biggy hob die Augenbrauen. »Das ist es ja! Sie können nichts machen, sagt der Arzt. Solang ich keine Schmerzen habe. Früher hat man einen Bandscheibenvorfall ja noch operiert. Heute würde man eine Schmerztherapie machen. Aber so ...«

Jetzt war Anna Bernini ein bisschen verwirrt. »Soll das heißen, dass du eigentlich gar nicht – krank bist?«

Miss Biggy schaute Anna Bernini an, als hätte sie behauptet, sie könne allein mit der Kraft der Gedanken dieses Bett hier verrücken.

»Natürlich bin ich das. Wäre ich sonst da?«

Eine Weile sann Anna Bernini über den Zirkelschluss nach. Besser gesagt darüber, wie Miss Biggy da wieder herauskäme. Aber dann sagte sie nur: »Ich brauch dich.«

Für einen Augenblick blitzte es neugierig aus dem Reptilienspalt. Aber dann schloss Miss Biggy die Augen und stöhnte. »Ich kann nicht, Anna!«

»Ach was!«, rief Anna Bernini. »Dir fehlt ja nichts!«

Jetzt riss Miss Biggy die Augen auf, als hätte ihr die Kollegin die Bettdecke weggezogen. »Oh doch! Es geht mir schlecht! Würde sonst ...« Miss Biggy presste die Lippen aufeinander.

»Würde sonst was?«

»Würde sonst ...« Miss Biggy klappte den Mund ein paarmal auf und zu, aber es kam kein weiteres Wort heraus.

»Was ist überhaupt passiert?«

»Der Oberst«, hauchte Miss Biggy, und augenblicklich entfärbten sich ihre Wangen, bis sie den Farbton ihrer Bettdecke annahmen. Ein fahles Krankenhausgelb. »Die Pension ...«, presste sie heraus.

»Der Oberst«, wurde sie schnell von Anna Bernini unterbrochen, »sitzt jetzt aber nicht da. Und die Pension interessiert mich nicht. Ich brauche deine Hilfe als beste IT-Spezialistin im ganzen Wiener Polizeiapparat.«

Ein flüchtiges Lächeln huschte über Miss Biggys Züge wie ein Gespenst, das sich vor seinem Erscheinen fürchtet. Und es kam auch nicht wieder. So sehr es Anna Bernini auch mit Komplimenten, bitten und betteln wieder herauslocken wollte. Nichts. Miss Biggy blieb dabei. Hier könne sie nicht weg, weil ihr gehe es schlecht.

»*Weil* du hier nicht weggehst! Ich wette, wenn du in Wien in deinem Büro sitzen tätest …«

»Da sitzt jetzt ja das IT-Genie«, sagte Miss Biggy eine Spur zu trocken.

»Aha, du glaubst, dieser Kevin nimmt dir deinen Job weg. Aber ich sage dir: Das ist nur ein Aufwachler. Der bringt es üüüüberhaupt nicht. Er hat mir nicht einmal diesen toten Link hier identifizieren können!«

Damit zog Anna Bernini ihre Trumpfkarte, sprich: das braune Polsterkuvert mit dem silbrig blauen USB-Stick, aus dem Rucksack und legte es vorsichtig auf die Bettdecke.

»Er hat ihn nicht untersucht?«

»Doch. Aber nichts gefunden.«

»Vielleicht weil's nix zu finden gibt.«

»Geh bitte, schau's dir doch an!«

Doch Miss Biggy schüttelte den Kopf.

»Wirf einfach einen Blick drauf!«

Doch jetzt kam Leben in Miss Biggys trägen Reptilienblick. Die Augen wurden ganz groß, und was darin erschien, schaute fast aus wie Angst. »Nein, lass mich in Ruhe! Bitte!«

»Aber wen würde es denn stören, wenn du nur … Neulich hast du mir doch auch geholfen.«

»Da war ich noch nicht …«, Miss Biggy hob träge eine Hand und fuhr damit vage durch die Luft, »… da wusste ich noch nicht, was mir alles fehlt.«

»Aber dir fehlt doch nichts!«, rief Anna Bernini jetzt schon ein bisschen ungeduldig.

Miss Biggy richtete sich mit einem Ruck auf, und was Anna Bernini jetzt in ihren Augen sah, gefiel ihr noch weniger als die Angst. Das war nämlich Resignation. »Bitte lass es! Es hat keinen Sinn. Man muss wissen, wann man aufhören muss. Ich mache nicht denselben Fehler wie der Oberst. Ich hör auf, bevor ich nur mehr eine Lachfigur für die Jüngeren bin.«

Jetzt war Anna Bernini ehrlich betroffen. Rasch ergriff sie die Hände der älteren Kollegin. »Aber das wirst du nie sein! Du …«

Miss Biggy entzog ihr die Hände und hob sie zum Stoppzeichen. »Jetzt vielleicht noch nicht. Aber wenn ich eines in meinem Leben gelernt habe, dann ist es das: Man muss gehen, solang man noch vermisst wird. Sonst tut's nur noch mehr weh.«

Auf dem Weg zurück in die Stadt, das Polsterkuvert hatte sie zufällig auf Miss Biggys Bett vergessen, starrte Anna Bernini aus dem Zugfenster und überlegte, wie sie jetzt weitermachen sollte, wenn sie nicht wusste, was ihr Judith quasi vermacht hatte. Ihre Gedanken wanderten wieder zum Bioladen zurück. Und dieses Mal verweilten sie länger bei Lukas Seidl. Was wusste sie eigentlich über ihn? Dass er Architekt war. Und offenbar ein Kind in der *Magnoliengartenschule* hatte. Sonst wäre er ja nicht im Vorstand.

Und plötzlich fiel ihr wieder ein Detail ein, das ihr die Gemeinderätin verraten hatte. Und ihr wurde ganz heiß, obwohl es die Klimaanlage im Zug eigentlich viel zu gut gemeint hatte. Wenn es draußen 38 Grad hat, müsste es drinnen nicht unbedingt 18 Grad haben. Aber bitte. Anna Bernini jedenfalls begann immer mehr zu schwitzen, je länger sie darüber nachdachte, dass es da noch eine heiße Spur gab, die seit der Verhaftung von Fonsi niemand mehr verfolgt hatte. Und sie beschloss, jetzt sofort ins Rathaus zu fahren. Doch vorher zog sie noch das Handy aus der Tasche und rief den Paul an. Der hob allerdings nicht ab. Also schickte sie ihm folgendes SMS: »Duhu, könntest du bitte ›irgendwo‹ nachschauen, ob zufällig jemand der Stadt die *Magnoliengartenschule* abkaufen will?«

Doch noch bevor er antworten konnte, war eine E-Mail von Miss Biggy gekommen. Mit einem Link zu einer intakten russischen Webadresse und darunter: »Mit einem schönen Gruß ans IT-Genie.«

KAPITEL 32

Heute werden die politischen Rufmorde ja kaum mehr in realen Gebäuden begangen. Wenn man seinen Erzfeind loswerden möchte, es kann auch ein Parteigenosse sein, schickt man ihm einfach ein paar *WhatsApp*-Nachrichten, in denen man ihn um etwas bittet. Sagen wir, eine kleine Gegenleistung für ein Inserat, eine begrüßenswerte Gesetzesänderung oder ein Amterl, das hoch dotiert ist, aber wenig Arbeit macht. Und wenn das nicht klappt oder wenn die nächsten Wahlen die Mehrheitsverhältnisse ein bisschen umkehren, dann spielt man den Chat einem Journalisten zu oder macht sich zum Kronzeugen einer verfilzten Machtkaste, die sich das Land untereinander aufteilt.

Aber das muss natürlich nicht heißen, dass in den altehrwürdigen Tempeln der Macht – nehmen wir das Parlament oder das Rathaus – nicht auch noch Politik mit der feinen Klinge gemacht wird. Ich will gar nicht sagen, dass es immer böse gemeint ist. Da fällt einfach auf dem Weg vom Büro eines Stadtrats in den Pausenhof, wo man noch rauchen darf, die eine oder andere Bemerkung, die vielleicht streng genommen nicht ganz stimmt. Oder wenn sie stimmt, das Zeug hätte, jemanden vorzeitig in den politischen Ruhestand zu befördern. Wenn man sich vorstellt, wie viele Gerüchte im Wiener Rathaus schon von Generationen von Sekretär*innen, Assistent*innen, Beamt*innen, Gemeinderät*innen, Stadträt*innen und Bürgermeistern in den Treppenfluchten, Gängen und Vorzimmern von Mund zu Mund geflogen sind, dann würde es einen nicht wundern, wenn die Marmortreppen, die roten Teppiche und Samtvorhänge schon von selber zu reden begännen.

So laut surrte das mächtige Gebäude von lauter Skandalgeschichten, dass Anna Bernini noch in ihrem Versteck hinter der Säule Ohrenschmerzen davon bekam. Es war erst eine halbe Stunde her, seit Anna Bernini nach unzähligen Abwimmelungsversuchen des Vorzimmers doch endlich zur Gemeinderätin durchgestellt worden war.

»Sie haben mir erzählt, dass Amelie Meyher Sie mit der Veröffentlichung des #*MeToo*-Videos erpressen wollte. Ist es ihr gelungen?«

Am anderen Ende war eine ganze Weile geschwiegen worden, und Anna Bernini hatte sich ausrechnen können, dass Silvia Heckenschlager-Bogenbauer schnell im Kopf überschlagen hat, was ihr ein Ableugnen gebracht hätte. Nicht viel offenbar. Denn die Gemeinderätin hat zwar nicht »Ja«, aber auch nicht »Nein« gesagt, sondern nichts. Und schließlich: »Wir wissen noch nicht, was wir mit den Magnoliengartengründen machen werden. Das kann ich auch nicht allein entscheiden.«

»Kann es sein, dass die Stadt die Gründe verkaufen will?«

Eine ganze Weile hatte die Gemeinderätin nichts gesagt. Und dann: »Wie kommen Sie darauf?«

Anna Bernini hatte gezögert. »Es gibt Hinweise.«

»Ach«, hatte die Gemeinderätin gesäuselt. »Und die wären?«

»Ermittlungsgeheimnis«, hatte Anna Bernini behauptet. »Aber es stimmt doch, oder?«

»Amtsgeheimnis«, hatte die Gemeinderätin erwidert und aufgelegt.

Jetzt, im Schatten des Säulengangs, ärgerte sich Anna Bernini ein bisschen, dass sie nicht hartnäckiger gewesen war. Auf der anderen Seite konnte sie ihre Quelle nicht gut preisgeben. Denn die Quelle war vage und außerdem illegal angezapft worden. Selbst Anna Bernini war sich über den Wahrheitsgehalt nicht sicher. Okay, Miss Biggy hat den Link wieder herstellen können. Wie immer sie das gemacht hat. Und er führte auf den Blogeintrag einer Moskauer Immobilienfirma, die offenbar, so schrieb Miss Biggy, einem gewissen Pjotr Popow gehörte. Und was in dem Blog stand, hatte das Zeug zu einer heißen Spur. Vor allem der Satz: »Mein nächstes Projekt ist die Schule meines Sohnes Kostja, eine Villa in einem prächtigen Magnoliengarten – bald wird Wien ein neues Fünfsternhotel haben.«

Sicher, der Name Pjotr Popow ist in Russland wahrscheinlich so häufig wie Schneeflocken im Winter, aber dass es einen zweiten Pjotr Popow gab, der seinen Sohn in Wien in die *Magnoliengartenschule* schickte und Immobilien aufkaufte, war doch sehr unwahrscheinlich. Und wenn es stimmte, was im Blogeintrag angekündigt worden war, müsste es Silvia Bogenbauer-Heckenschlager als zuständige Gemeinderätin ja wissen. Nur sagen wollte sie es vielleicht nicht.

Anna Bernini hatte sofort den Paul angerufen. Zuerst war das Gespräch ein bisschen holprig gewesen. Um nicht zu sagen: unterkühlt. Schließlich hat er sich zu einem kleinen Lachen durchgerungen und gesagt: »Du hüpfst also lieber in den Donaukanal, als mit mir eine Nacht zu verbringen. Nicht sehr schmeichelhaft für mich.«

»Und du bist mir natürlich sofort nachgesprungen«, lachte Anna Bernini zurück.

»Ja, bin ich auch«, sagte er zu ihrer Überraschung. »Aber dieser Polizist war schneller.«

Anna Bernini schwieg betroffen.

»Du musst mir aber nicht danken. Was wünscht man sich mehr als Abschluss eines lustigen Abends, als in einen eiskalten Fluss zu hüpfen und sich dabei seine besten Sommersneakers zu verderben.«

»Entschuldige bitte«, nuschelte Anna Bernini, bis unter die Haarwurzeln rot werdend. »Ich hatte ja keine Ahnung! Das … das tut mir total leid. Ich meine … danke! Das … das …«

»Schon gut, Anna«, lachte der Paul jetzt ebenfalls verlegen, »so habe ich es nicht gemeint. Du hast ja sicher … ich meine …«

An dieser Stelle des Telefonats hat kaum noch Aussicht bestanden, dass sich einer von den beiden noch soweit erholen würde, um auch nur einen einigermaßen würdevollen Abgang zustande zu bringen. Anna Bernini wollte schon auflegen, als sie von Pauls Stimme plötzlich sanft am Ohr gestreichelt wurde. »Anna, du hast doch Probleme. Das sehe ich ja. Sag, wie kann ich dir helfen?«

Und dann erklärte ihm Anna Bernini, wie er ihr helfen konnte. »Finde für mich heraus, ob die Stadt Wien die Magnoliengartengründe verkaufen will. Und ob es schon Interessenten dafür gibt.«

Das war zwar offensichtlich nicht die Art Hilfe, an die Paul gedacht hätte, aber da er ein gutmütiger Mensch war, sagte er zu.

Im Grunde konnte Anna Bernini im Moment nicht viel tun, als zu warten. Und wenn man bedenkt, was sie in den folgenden Stunden noch alles erlebt hat, muss man sagen: Es wäre besser gewesen, nichts anderes zu tun. Aber einfach die Hände in den Schoß legen und andere Leute machen lassen, war ihr nicht gegeben.

So saß sie jetzt also auf den Stufen des Säulengangs und starrte auf den Seiteneingang des Rathauses auf der gegenüberliegenden Straßenseite. Seit einer Stunde herrschte dort reger Betrieb. Wenn Anna Bernini Muße dafür gehabt hätte, hätte sie vielleicht darüber sinniert, wie wichtig in der fein abgestimmten Mächtigkeitshierarchie einer Organisation der Zeitpunkt war, zu dem man nach Hause geht. Im Rathaus bildeten die Früh-Heimgeher, die jetzt um 18 Uhr schon seit zwei Stunden verschwunden waren, die unterste Mächtigkeitsstufe. Es war das Heer der kleinen Rathaus-Angestellten, das schon um 7:30 Uhr in der Früh an seinem Schreibtisch sitzt. Aber auch die meisten Mittelmächtigen und sogar ein paar der Großmächtigen waren schon heimgegangen. Wer nach 18 Uhr noch da war, gehörte entweder zur Regierungsriege beziehungsweise deren Entourage oder wollte durch Fleiß und Ehrgeiz bei dieser punkten. Aber auch nachdem die Machtspitze und deren Höflinge ihre Büros verlassen haben, geht im Rathaus nicht das Licht aus. Diejenigen, die nachher noch arbeiten, sieht man allerdings nicht. Weil sie gebückt die Gänge entlangschleichen und Putzwagen und Staubsauger hinter sich herziehen.

Als um 18:30 Uhr die Gemeinderätin immer noch nicht im Torbogen erschienen war, begann Anna Bernini langsam zu befürchten, es könnte einen geheimen Nebeneingang geben, der den Menschen vorbehalten war, die noch mächtiger als die Großmächtigen waren. Aber da spazierte plötzlich eine sympathische mollige Blondine mit rotem T-Shirt, gestreiften Shorts und einer Badetasche über der Schulter heraus. Und wenn es erst 16 Uhr gewesen wäre, hätte Anna Bernini gesagt: Das müsste die jüngere und weniger grantige Sekretärinnenschwester von Silvia Bogenbauer-Heckenschlager sein.

Deshalb zögerte sie auch einen Moment, ob sie der Frau, die jetzt, ohne nach links oder rechts zu schauen, über die Straße auf ein Fahrrad zulief, folgen sollte. Sicher, das Fahrrad war in der Farbe ihrer Partei, aber ihre Partei war andererseits nicht so wahnsinnig dafür berühmt, dass ihre Mitglieder mit dem Fahrrad fuhren. Doch als sie ihr Citybike aufgesperrt und sich auf den Sattel geschwungen hatte, stieg auch Anna Bernini auf ihr Fahrrad und sauste im nächsten Moment hinter dem fröhlich wippenden Blondschopf den Schottenring hinunter. Am Donaukanal bog die Gemeinderätin, oder ihre jüngere Schwester, nach links, und Anna Bernini folgte ihr in flottem Tempo – vorbei am Neunten, vorbei am Neunzehnten, vorbei an Nussdorf weiter in Richtung Klosterneuburg. Im seligen Geschwindigkeitsrausch segelte Anna Bernini hinter dem roten Fahrrad her, immer weiter die Donau entlang. Sie bremste, wenn die Gemeinderätin bremste, und beschleunigte, wenn sie beschleunigte. Immer hinter ihr her, ohne zu wissen, wohin sie das führte. Während der ersten paar Kilometer hätte Anna Bernini gesagt: in ein Freibad. Doch die infrage kommenden städtischen Bäder – das *Döblinger Bad*, das *Krapfenwaldlbad*, sogar die Donauinsel – hatten sie schon bald hinter sich gelassen. Also fahren wir zum *Donaustrandbad* in Klosterneuburg, kombinierte Anna Bernini. Doch die Gemeinderätin zog auch am *Donaustrandbad* vorbei. Und da wusste Anna Bernini, welches Ziel sie hatte. Das *Strombad Kritzendorf*.

Wirklich wundern hätte sich Anna Bernini eigentlich nicht müssen. Denn wer eines der stelzbeinigen Holzhäuschen in der romantischen Donaubucht gepachtet hatte, musste entweder gute Kontakte, gute Argumente oder gute finanzielle Verhältnisse haben. Und die Gemeinderätin hatte bestimmt alle drei. Aber da täuschte sich Anna Bernini. Denn das Badehäuschen, vor dem die Gemeinderätin kurze Zeit später ihr

Fahrrad parkte, gehörte ihr gar nicht. Sondern jemandem, der womöglich noch bessere Kontakte hatte.

Anna Bernini überlief es kalt, als sie jetzt die beiden Männer erkannte, die auf der weiß gestrichenen, von Oleanderbüschen überwucherten Terrasse des Stelzenhäuschens standen und das Näherkommen der Gemeinderätin beobachteten. Mit Gesichtsausdrücken, die nicht unterschiedlicher hätten sein können. Während der kleine Mann mit den dunklen Haaren die Gemeinderätin begrüßte wie eine Kündigung, mit der man wohl hatte rechnen müssen, strahlte der Riese neben ihm übers ganze Gesicht. Aber es war ein kaltes Strahlen. Wie das Strahlen eines Bergkristalls in einer dunklen Tropfsteinhöhle. Jetzt reichte er der Gemeinderätin ein Glas Eistee. Und Anna Bernini hätte sich nicht gewundert, wenn sich die Eiswürfel darin allein von seinem Blick gebildet hätten.

Dann wandte er sich mit demselben Lächeln an den kleinen Mann neben ihm. Der in Wahrheit gar nicht klein war, sondern etwas über mittelgroß, schwarz gewellte Haare hatte und eine kurze, kräftige Nase. Aber weder hatte der Schalk in den Augen Lukas Seidls noch der Charme in seinem Lächeln die strahlende Eiseskälte überlebt. Im Unterschied zur Gemeinderätin, die Anna Bernini jetzt hell lachen hörte, die zuerst dem Magnoliengartenvorstand die Hand reichte und dann diesem finsteren Riesen, wegen dem sie unter normalen Umständen vielleicht instinktiv die Straßenseite gewechselt hätte.

»Dobryy vecher«, sagte der Riese. Obwohl Anna Bernini wusste, dass er die Gemeinderätin genauso gut mit »Guten Abend« begrüßen hätte können. Es war ja noch nicht lange her, seit sie ihn »Guten Morgen« sagen gehört hatte. Aber damals dachte sie ja noch, er sei ein russischer Chauffeur. Jetzt wusste sie, dass er ein Zar war.

KAPITEL 33

Das Wienerherz, sagt man, ist golden. Es liebt kleine Kinder und Hunde. Letztere vielleicht noch ein bisschen mehr. Und es geht auf, wenn es seiner Lieblingsbeschäftigung, dem Heurigen, oder seiner Zweitlieblingsbeschäftigung, dem Grillen, nachgehen kann. Kardiologen sehen das vielleicht kritisch. Aber die gutmütige Geselligkeit wird in Wien eben großgeschrieben. Ganz besonders an lauen Sommerabenden im Schrebergarten, auf der Donauinsel, in der Lobau oder im *Strombad Kritzendorf*. Das Einzige, was das goldene Wienerherz nicht leiden kann, ist, wenn es bei seiner Lieblingsbeschäftigung gestört wird. Zum Beispiel, wenn jemand den angestammten Grillplatz besetzt hat oder den angestammten Parkplatz. Noch weniger mag es das goldene Wienerherz natürlich, wenn dieser Jemand sein Auto vor dem eigenen Schrebergarten abstellt. Da kann das goldene Wienerherz sogar ein bisschen rabiat werden. Endgültig vorbei ist es mit seiner Fassung, wenn dieser Jemand sogar blöd über den Zaun schaut oder gar ungefragt hereinkommt. Aber wenn dieser Jemand auch noch eine Frau ist, die so aussieht, als hätte sie Migrationshintergrund, dann muss man befürchten, dass das goldene Wienerherz vor lauter Zorn in 1.000 Stücke zerspringt.

In dem Moment, als sich Anna Bernini zum »Wuff« eines Kleinhundes umdrehte und mit leisem Unbehagen feststellte, dass der Busch, hinter dem sie sich versteckt hatte, eigentlich die Abzäunung zum Nachbarhäuschen war, war es schon zu spät. Ihren erschrockenen Blick musste der Kleinhund als Schuldeingeständnis aufgefasst haben. Denn jetzt legte er so richtig los. Mit dem gerechten Zorn eines Wächters, der das

Territorium seines Herrchens verteidigt, streckte er seinen Kopf in den Nacken und bellte so laut, dass ein paar von den älteren Stelzenhäuschen bestimmt schon zum Wackeln angefangen haben. Jedenfalls rief er ein paar Sekunden später jemanden auf den Plan, den Anna Bernini für einen wandelnden Bierkistenstapel gehalten hätte, wenn oben nicht ein knallroter Kopf draufgesessen wäre. Und selbst dann wäre sich Anna Bernini noch nicht sicher gewesen, ob der Bierkistenstapel wirklich lebt. Aber so ein gequältes Aufjaulen konnte natürlich nur von einem Lebewesen stammen.

Gleich darauf stand der Bierkistenstapel am Boden, und unter dem knallroten Kopf wurde eine knallgelbe Kugel sichtbar. Und noch einmal darunter zwei Zahnstocherbeine, die in grasgrünen Plastiksandalen steckten.

»Erwin, kumm schnell, des Gfrast!«, rief der Mann jetzt über die Schulter.

Aber Anna Bernini wartete das Erscheinen von »Erwin« nicht ab, sondern sprintete sofort los. So schnell sie ihre Beine tragen konnten, rannte sie den Schotterweg zurück bis zur großen Liegewiese, rannte weiter bis zum Donauufer, wo sie auf den Bootssteg flüchtete. Als würde ihr das etwas nützen, wenn ihr »Erwin«, der Bierkistenstapel oder sein Hund nachgerannt wäre. Aber glücklicherweise war die Liegewiese leer, bis auf ein Grüppchen Spätschwimmer, die ihr neugierig ins Gesicht sahen. Offensichtlich unsicher, was sie von dieser Person halten sollten, der jemand unaufhörlich »Bleib stehen, Gfrast!« und »I derschiaß di, dreckige Zigeinerin!« nachrief.

Anna Bernini ließ sich schwer atmend auf den hölzernen Bootssteg niedersinken, froh, das von der bereits untergegangenen Sonne immer noch warme Holz unter sich zu spüren. Sie zog die Schnüre ihres Rucksacks auseinander, holte die Wasserflasche heraus und versuchte nachzudenken, was sie auf der Veranda des Stelzenhäuschens eigentlich gesehen hatte. Was wusste sie jetzt, was sie nicht schon vor zwei Stunden gewusst hatte? Okay, sie wusste jetzt sicher, dass es eine – offenbar heimliche – Besprechung zwischen der Gemeinderätin und »Peter dem Großen« gegeben hat. Aber worüber sie geredet haben, wusste sie nicht.

Da war etwas an der Szenerie am Badehäuschen gewesen, das sie beunruhigte. Abgesehen vom »Chauffeur«. Es war etwas zwischen den Personen gewesen, die da aufeinandertrafen. Sie schloss für einen Moment die Augen. Da war die Gemeinderätin die Treppe hinaufgeeilt wie eine Hoteliersfrau, die unangenehme, aber gut zahlende Gäste begrüßt. Da hatte der Russe auf sie herabgelächelt wie ein Krokodil, das seine 70 messerscharfen Zähne zu verstecken versucht. Und da war Lukas Seidl, der fesche Vorstand, der einfach nicht ins Bild passte. Der dastand, als wäre er eine Figur, die man im Nachhinein auf ein Foto geklebt hat. Nahe an den beiden anderen Personen, aber doch ganz für sich.

Anna Bernini schaute übers Wasser. Ein Lastkahn durchschnitt die bleifarbene Wasseroberfläche, und der erste kühle Hauch griff nach ihr. In solchen Momenten ist den Menschen früher das *Donauweibchen* erschienen und hat sie mit seinen süßen Liedern in die Tiefe gelockt. Auch Anna Bernini zog es in die Tiefe. Doch in die, die in ihrem Kopf lauerte, wo sich jetzt wieder die Gedanken an den Fall Dornauer in den Vordergrund drängten. Gab es eine Verbindung? Und wenn ja, wo war sie? Hatte womöglich dieses junge russische Paar etwas damit zu tun, das in der Dornauer-Villa wohnt? Nein, zu weit hergeholt, dachte Anna Bernini. Aber sie spürte so deutlich, wie sie ihren linken Arm spürte, auf dem sich gerade eine Gelse niedergelassen hatte, dass es irgendwo eine Verbindung geben musste. Aber vielleicht bin ich einfach übermüdet, dachte Anna Bernini und stand auf. Doch in dem Moment, wo sie sich von der Donau abwandte, legte auf einmal das *Donau-*

weibchen seine kalte Hand auf ihre Schulter und zwang ihren Blick zurück.

Und da sah sie das Motorboot. Elegant mit hellbraunen Ledersitzen, blau-weiß lackiert, schaukelte es leise auf den Donauwellen, wie wahrscheinlich Hunderte andere Motorboote in diesem Moment zwischen Passau und Bratislava auf den Donauwellen schaukelten. Und vielleicht hätte Anna Bernini sogar die Lust verspürt, einzusteigen und in Richtung Wien davonzubrausen, wenn dieses Motorboot nicht Москвá geheißen hätte.

Und jetzt kam wieder Leben in Anna Bernini. Schnell machte sie ein Foto und schickte es Miss Biggy. Dann lief sie über die Liegewiese und den Schotterweg zurück zu der Stelle, wo sie ihr Rad angehängt hatte. Aus dem wandelnden Bierkistenstapel war inzwischen ein Grillmeister in kurzen Hosen geworden. Nach seinem Dreifachbauch und dem seines Kumpels zu urteilen, dürften die 35 Grillkoteletts für sie beide allein gewesen sein. Der Kleinhund war nirgends zu sehen. Von der Veranda des Russen-Häuschens drang leises Gemurmel an Anna Berninis Ohr. Sie hörte Besteck- und Gläsergeklirr. Da aber der Tisch hinter einem mächtigen Oleanderbusch versteckt war, konnte sie nichts sehen.

Nach einer Weile des unschlüssigen Wartens zog sie ihr Fahrrad hinter einem Busch hervor und fuhr davon. Mit dem Entschluss, morgen gleich in der Früh den Staatsanwalt anzurufen und dann den Schramek einzuschalten. Auch wenn die Spur vage war, so musste sie doch weiterverfolgt werden. Die Gemeinderätin dazu zwingen, die Pläne für die Magnoliengartengründe offenzulegen, das Motorboot des Russen untersuchen, Handydaten auswerten, Alibis überprüfen und vor allem Zeugen ausfindig machen, die ihnen mehr zu Popows Rolle in der *Magnoliengartenschule* erzählen konnten.

Anna Bernini war schon einige Kilometer in Richtung Wien gefahren, als sie das vertraute Geräusch hörte, das die Ankunft eines SMS ankündigt. Es war eine Nachricht von Miss Biggy und lautete: »Bingo! Das Boot gehört einem gewissen Pjotr Popow, Diplomatenstatus.«

Anna Bernini stand mitten auf dem Radweg zwischen Klosterneuburg und Kahlenbergerdorf. Der Kiesweg leuchtete weiß aus dem beginnenden Dunkel heraus. Da überfiel sie plötzlich eine unerklärliche Unruhe. So als würde sich genau in diesem Moment in Kritzendorf etwas Entscheidendes ereignen. Sollte sie gleich zurückfahren? Nein, zu riskant. Sollte sie den Schramek verständigen? Nein, dauert zu lang. Und da fiel ihr ein, dass sie dort ja auch anrufen könnte. Nicht die Gemeinderätin. Aber den Magnoliengartenvorstand. Nichts war unverfänglicher als ein Anruf der Kriminalpolizei beim Schulvorstand, wenn sie gerade den Mord an der Direktorin aufklären muss. Einen Moment lang zögerte sie noch, aber dann nahm sie das Handy zur Hand und rief Miss Biggy an.

»Ich brauche noch etwas von dir. Die Telefonnummer von Lukas Seidl. Er ist ...«

»... Vorstand der *Magnoliengartenschule.*«

Anna Bernini grinste. Nur Miss Biggy brachte es fertig, alle Einzelheiten über einen Fall im Kopf zu haben, obwohl sie im Krankenstand war und angeblich nicht arbeitete.

»Lukas Seidl-Dornauer, Architekt, 42 Jahre, wohnhaft in ...«

Vor Schreck wäre Anna Bernini fast das Telefon aus der Hand gefallen. »In Neuwaldegg«, sagte Anna Bernini tonlos. »Lukas Seidl-*Dornauer?* Bist du sicher, dass er Seidl-*Dornauer* heißt?«

»Ja, was ist komisch daran? Der zweite Name ist der Name seiner Frau. Und er wohnt in Neuwaldegg. Neuwaldegger Straße ...«

»Das gibt es nicht«, keuchte Anna Bernini. Die Wucht der Puzzlesteine, die jetzt mit einem infernalischen Krach an ihren Platz fielen, warf sie fast aus dem Sattel. Und obwohl sie sich gerne geweigert hätte, das ganze Puzzle anzuschauen, hatte ihr Gehirn schon ein unbarmherzig deutliches Bild gezeichnet von einem Mann, der aus Geldgier mordet. »War Ihr Mann nicht enttäuscht über das Testament?«, hatte sie die Großnichte gefragt. Was war eigentlich ihre Antwort gewesen?

Anna Bernini wusste gar nicht, wie sie sich von Miss Biggy verabschiedet hatte. Nur dass sie nicht mehr auf Miss Biggys Telefonnummernrecherche zu warten brauchte. Denn der zusammengefaltete Zettel mit der Telefonnummer ihres Gatten, den ihr die Großnichte mit einem freundlichen Lächeln überreicht hatte, steckte noch in ihrer Gesäßtasche, gleich neben ihrer Pistole. Sie musste ihn nur hervorziehen und die Nummer eintippen. Wer hätte gedacht, dass sie damit in Wirklichkeit die Pistole gezogen und direkt auf den Magnoliengartenvorstand gezielt hat.

KAPITEL 34

Frühere Verhaltensforscher wie Konrad Lorenz, an den sich ältere Leute vielleicht als Fernsehonkel mit weißem Rauschebart erinnern, glaubten noch, der Mensch wäre von Natur aus egoistisch. Wie die Tiere. Aber inzwischen weiß man, dass nicht einmal die Tiere von Natur aus egoistisch sind. Jedenfalls nicht die, von denen der Mensch abstammt. Im Laufe von Jahrmillionen, sagen Neuropsychologen, habe sich die Fairness als bessere Überlebensstrategie entpuppt. Denn nur wer fähig ist, seine Beute mit anderen zu teilen, wird bei der nächsten Jagd noch Kumpel haben, die ihm dabei helfen, sie zu erlegen.

Ein paar Sekunden nach dem Telefonat, wenn man es so nennen kann, mit Lukas Seidl-Dornauer, ist Anna Bernini schon wieder auf dem Weg nach Kritzendorf gewesen. Und zwar mit einer Geschwindigkeit, dass ihr sogar Fonsi nicht so leicht nachgekommen wäre. Das war ja eine der ständigen Reibereien zwischen ihnen gewesen. Dass Anna Bernini immer ein paar Kilometer hinter Fonsi her gekeucht ist und er immer gefunden hat, sie sei nur zu faul, sich anzustrengen. Jetzt wäre er vermutlich endlich zufrieden gewesen. Aber Anna Bernini dachte jetzt nicht an Fonsi. Sondern an das Telefonat, das sie in höchste Alarmbereitschaft versetzt hatte.

Lukas Seidl-Dornauer hatte sofort abgehoben. Aber kaum hatte sie ihren Namen gesagt, war das Telefonat auch schon wieder vorbei. Aber nicht, weil der Vorstand aufgelegt hätte. Die Verbindung ist aufrecht geblieben, der Telekomanbieter hat auch weiterhin die Sekunden hinaufgezählt, aber es hat niemand auf ihre Fragen reagiert. Es war kein Rauschen zu hören wie beim Bolivien-Telefonat mit Marcel Meyher, kein Stöhnen, wie bei manchen Telefonaten, die ihr beruflich begegneten, es war gar nichts zu hören. Vielleicht hätte eine Fledermaus etwas gehört oder ein Hund. Das ferne Plätschern der Donau, den Herzschlag Lukas Seidls. Oder das Geräusch, das der Lauf einer angelegten Pistole auf der Haut über der Schläfe verursacht. Mit menschlichem Ohr nicht zu hören, aber für sensible Menschen zu spüren.

Anna Berninis Fantasie war jedenfalls voll von Schreckensszenarien, die sie in Kritzendorf erwarteten. Angefangen von einer gefesselten und geknebelten Gemeinderätin bis zu einem Magnoliengartenvorstand, der mit dem Gesicht nach unten in der Donau trieb. So schnell jagte sie jetzt den Donauweg aufwärts, dass sie schon längst wieder am *Gewerbepark Klosterneuburg* vorbeigerauscht war und auf der rechten Seite schon der schmale Wurmfortsatz abzweigte, der mit der Pionierinsel ein kleines Naturidyll bildet, an dem ein kleiner Motorboothafen liegt. Doch kurz bevor sich Anna Bernini im Vorbeifliegen von der großen Donau vorübergehend verabschiedete, verlangsamte sie plötzlich ihr Tempo. Was war das für ein Geräusch? Erst jetzt bemerkte sie, wie dunkel es inzwischen war. Die Donau hatte die Farbe von Teer angenommen, über dem glitzernden Wasser war der Mond aufgegangen.

Und dann hörte sie es wieder. Ein Surren, nein, ein Pfeifen. Abrupt bremste sie, stellte einen Fuß auf den Boden und horchte in die Dunkelheit. Irgendwo lachte ein Kind, knirschten Autoreifen auf einem Kiesweg, knatterte ein Motorboot. Und plötzlich: vollkommene Stille, unerwartet, unnatürlich. So als hielten der Berg, der Fluss, der Weg, der Himmel, die ganze Natur den Atem an.

Anna Bernini dachte an die antiken Sagen, die ihr der Vater immer vorgelesen hatte. So muss es für Eurydike an der Schwelle zur Unterwelt gewesen sein. Und plötzlich begriff sie, dass es die Sehnsucht nach der Stille war, die Orpheus' Geliebte getrieben haben musste, zu Hades zurückzukehren. Wie lange hatte sie an der Grenze zwischen Leben und Tod verharrt? Wie lange gezögert, den Tag, das Licht, das Leben für immer hinter sich zu lassen? Anna Berninis Körper spannte sich an. Und plötzlich fuhr sie wieder los, trat in die Pedale, als wäre Hades persönlich hinter ihr her. Und schlagartig waren die Geräusche des Lebens wieder da. Nur lauter als vorher.

Der Straßenverkehr, das Vogelgezwitscher, das Plätschern der Donau. Doch das lauteste Geräusch von allen, das Geräusch, das in Wirklichkeit sehr leise gewesen war, war das Zischen einer Gewehrkugel gewesen, die millimeterknapp an ihr vorbeigesaust war. Und genau in dem Moment, als Anna Bernini aufschrie und bremste, sauste sie auch schon durch die Luft, um Sekundenbruchteile später auf dem Schotterweg zu landen. Spitze Steine gruben sich in ihre Arme und Beine, und ein Schmerz durchzuckte ihr Handgelenk.

Aber im nächsten Moment sprang Bernini schon wieder auf die Füße, zog ihre Pistole aus dem Hosenbund und lief gebückt bis zur Uferböschung. Mit zusammengekniffenen Augen spähte sie über die Wasseroberfläche.

Wo war der Schütze? Stand er auf dem anderen Ufer? Doch dann sah sie, wie sich ein Boot fast lautlos, aber mit hoher Geschwindigkeit donauaufwärts näherte. Im nächsten Moment erhob sich ein schwarzer Schatten über dem Bordrand. Ein Mann. Er hatte ein Gewehr in der Hand. Jetzt legte er es an und zielte auf sie. Schnell warf sie sich auf den Boden. Über ihr zischten zwei, drei Schüsse hinweg. Sie presste ihren Körper auf den ausgedörrten Lehmboden.

Während der endlosen Sekunden, die sie so verharrte, während sie das leise Surren des E-Motors sich entfernen und schließlich die Geräusche einer sich nähernden Radlergruppe hörte, während ihr Herz im Brustkorb pochte, als wollte es Morsezeichen an die Unterwelt schicken, überlegte sie fieberhaft, was das alles zu bedeuten hatte. Wem war sie so dermaßen in die Quere gekommen? Wer wagte es, eine Polizistin in Österreich auf offener Straße anzugreifen? Schon zum zweiten Mal anzugreifen! Mit einer Mischung aus Erleichterung und Bestürzung wünschte sie sich jetzt leidenschaftlich den Stammer herbei, damit sie ihm sagen konnte: Sehen Sie, jemand will mir ans Leben. Das ist doch der Beweis, dass ich nicht freiwillig in den Donaukanal gesprungen bin, sondern gestoßen wurde.

Als die Radlergruppe auf ihrer Höhe war, rief eine Männerstimme: »Da liegt einer auf dem Boden!« Und sogleich hörte sie das knirschende Bremsgeräusch von mindestens einem halben Dutzend Fahrräder. Anna Bernini rappelte sich erleichtert auf. Im Schutz der Gruppe würde es niemand wagen, noch einmal auf sie zu schießen.

Sie klopfte sich Gras, Erde und Kieselsteine von der Hose. Jemand leuchtete ihr mit einer Stirnlampe ins Gesicht, mehrere Stimmen riefen durcheinander. »Die Frau blutet ja!«, »Was ist passiert?«, »Wir müssen die Rettung rufen!«, »Hat jemand Verbandszeug?«

Eine große Frau reichte Anna Bernini eine Wasserflasche. Ein Mann in Radlerdress und Helm hob ihr Fahrrad auf, ein weiterer bückte sich nach ihrem Rucksack.

»Sie tragen ja keinen Helm«, sagte der Mann vorwurfsvoll. Anna Bernini musste zweimal hinschauen, um sicherzugehen, dass es nicht Fonsi war.

»Warum bluten Sie am Hals?«, fragte die große Frau, die jetzt im Lichtkegel der Stirnlampe auftauchte. Sie hatte ein blasses, knochiges Gesicht und helle Augen, die in einer Mischung aus Vorwurf und Besorgnis auf die Grube zwischen Hals und Schulter gerichtet waren.

Anna Bernini betastete die Stelle und zuckte zusammen. Es brannte, und ihre Fingerkuppe war rot. »Keine Ahnung«, log sie. »Ein spitzer Stein vermutlich.«

Übelkeit fuhr ihr in den Magen. Sie musste hier weg. Und zwar schnell.

»Ich rufe jetzt die Rettung«, bestimmte die große Frau und zog ihr Handy aus der winzigen Gesäßtasche.

»Nein!«, rief Anna Bernini und hoffte, dass sie nicht so panisch klang, wie sie sich fühlte. »Es ist nichts! Wirklich nicht.« Sie riss dem Fonsi-Double ihr Fahrrad aus der Hand und schwang sich auf den Sattel.

»Okay«, murrte das Fonsi-Double. »Aber merken Sie sich das: Ohne Helm haben Sie eine um 50 Prozent erhöhte Chance auf ein Schädel-Hirn-Trauma.«

Und obwohl Anna Bernini wie ein trotziges Kind am liebsten gesagt hätte: Lieber habe ich ein Schädel-Hirn-Trauma als gar kein Schädel-Hirn, sagte sie nur »danke« und radelte davon.

Später wird ihr das einen Verweis vom Oberst eintragen und mehrere Extrastunden bei Doktor Egger, die sie fragen wird, warum sie sich nicht gleich erschießen hat lassen, wenn sie schon unbedingt Selbstmord begehen wollte. Ganz zu schweigen vom Stirnrunzeln des Unfallchirurgen, der sich nicht erklären konnte, wie sie mit einem Kahnbeinbruch, einem Ellbogenbruch und etlichen Schürfwunden auf Knien und Schenkel noch 8,2 Kilometer radeln konnte.

Aber so war es. Anna Berninis Arme fühlten sich zwar an wie die angenähten Ärmel einer Stoffpuppe, und sie konnte sie kaum dazu bewegen, die Lenkstange zu halten, aber Schmerz fühlte sie keinen. Nur Wut auf die Verbrecherbande, die es gewagt hatte, auf offener Straße auf eine Polizistin zu schießen.

Kaum war die Radlergruppe mit ein paar abschließenden Ermahnungen und guten Wünschen verschwunden, hielt sie noch einmal an und rief den Schramek an.

»Man hat auf mich geschossen«, sagte sie ohne Einleitung.

Ein paar Sekunden hörte sie ihn nach Luft ringen, möglich, dass sie ihn aus einem Fernsehschlaf aufgeweckt hatte: »Wo?«

»Ich bin am Donauradweg nach Klosterneuburg. Kurz vor Kahlenbergerdorf.«

Natürlich wollte er sofort wissen, was sie tat, wie sie hingekommen war, ob sie allein war und wer auf sie geschossen hat. Und Anna Bernini berichtete rasch, was sich in den letzten Stunden ereignet hatte. Angefangen vom Fund des USB-

Sticks bis zur Beschattung der Gemeinderätin, dem Treffen zwischen dem Immobilienzaren und dem Magnoliengartenvorstand in Kritzendorf bis zum Streifschuss. Nur das mit dem Dornauer-Mordverdacht behielt sie für sich. Weil es auch zu verwirrend gewesen wäre.

Selbst der Schramek, der normalerweise in jeder Situation einen blöden Spruch für seine Chefin parat hatte, hörte jetzt einfach zu. Nur als sie von der Rolle Miss Biggys bei den Ermittlungen berichtete, fuhr er auf. Aber Anna Bernini hat ihn nicht einmal den Vornamen des IT-Genies, also »Kevin«, fertig aussprechen lassen, und nicht nur, weil sie davon immer eine Ohrenallergie bekam, sondern beendete das Gespräch mit dem abschließenden Befehl: »Wir treffen uns in einer halben Stunde in Kritzendorf. Und bitte kein Tatütata!«

Aber nach ein paar Metern kehrte Anna Bernini noch einmal um und fuhr zurück zu der Stelle, wo sie beschossen wurde, stellte ihr Fahrrad ab, schaltete die Taschenlampenfunktion ihres Handys ein und suchte den Boden ab. Es dauerte keine zwei Minuten, da erschien im hellen Lichtkegel, was sie suchte. Direkt am Fuße der Ufermauer. Sie bückte sich, hob es auf und steckte es in die Hosentasche.

KAPITEL 35

Laut einer Studie wollen 90 Prozent der Menschen, wenn man sie vor die Wahl stellt, zuerst die schlechte Nachricht hören und dann erst die gute. Denn das menschliche Gehirn, heißt es, gäbe negativen Signalen immer den Vorzug. Es war nämlich einmal von evolutionärem Vorteil, dass wir beim Auftauchen eines wütenden Bären sofort den Wald verließen und nicht dachten: Wegen einem Bären verzichte ich doch nicht auf viele Beeren. Beziehungsweise dürften sich diejenigen, die es gemacht haben, weniger erfolgreich fortgepflanzt haben. So haben im Laufe von Jahrhunderttausenden die Schwarzseher die Überhand gewonnen. Ob unsere Spezies dafür besonders glückliche Nachkommen hervorgebracht hat, weiß ich nicht. Aber Glücklichsein ist für die Fortpflanzung offenbar nicht so wichtig. Dagegen braucht es Menschen, die davor warnen, dass sich die Erde erwärmt, die Polkappen abschmelzen, die fossilen Brennstoffe ausgehen und in 20 Jahren das Pensionssystem zusammenbrechen wird. Aber die schlechte Nachricht ist: In der Politik haben diese Menschen leider nicht das Sagen.

Als Anna Bernini 25 Minuten später ihr Fahrrad am Fahrradständer des *Strombades* anhängte, rief sie der Paul an.

»Du, ich hab nicht lange Zeit, weil das *CIA* ist hinter mir her«, scherzte er drauflos, ohne Anna Berninis Reaktion abzuwarten. »Aber ich habe Folgendes für dich herausgefunden: Es gibt zwei Kaufanbote für die Magnoliengartengründe. Da staunst du, gell! Das eine ist datiert auf den 12. Mai. Aber warte, du staunst noch mehr, wenn ich dir sage, von wem. Nämlich von einem gewissen Lukas Seidl-Dornauer. Das ist der Vereinsvorstand der *Magnoliengartenschule*. Aber ich denke, das weißt du schon.«

Anna Bernini nickte, und das Herz wurde ihr schwer, als sie jetzt zuschauen musste, wie sich die Schlinge um Lukas Seidls Hals immer enger zusammenzog.

»Ich sagte ja, es wird dich überraschen«, interpretierte Paul ihr Schweigen falsch. »Aber weißt du was? Der Kerl konnte sich offenbar nicht entscheiden. Denn schon am 17. Mai hat er das Angebot schon wieder zurückgezogen. Und jetzt pass auf: Am 18. Mai ist das nächste eingegangen. Und das stammte von Pjotr Popow. Jetzt staunst du wirklich, oder?«

Doch Anna Bernini wunderte sich nicht. Lukas Seidl-Dornauer dürfte in der Zwischenzeit vom wahren Inhalt des Testaments seiner Schwiegergroßtante erfahren haben. Die Frage war nur: Hatte er den Immobilienzaren auf den Plan gerufen oder war dieser von selbst auf die Idee gekommen?

Als Anna Bernini wenig später über die Liegewiese zum Bootssteg lief, schaukelte genau dieselbe Москва ruhig und friedlich im Wasser wie vor einer Stunde. Was bedeutete das? Konnte das Boot des Russen noch einmal umgedreht und zurückgefahren sein? Sie wusste es nicht. Und als sie da am Donauufer stand, umgeben von Stille, nur unterbrochen von fernem Lachen aus der Stelzenhäuschensiedlung und dem Gesang eines einsamen Vogels, fasste etwas Kaltes an ihr Herz.

Der Schramek war noch nicht da, als Anna Bernini am Schotterweg zur Stelzenhäuschensiedlung ankam. Jetzt, wo Hilfe in Sicht war, begann sich Anna Berninis Körper zu melden. Die Schürfwunden an Knien und Oberschenkeln schmerzten, und die Armmuskulatur kam ihr mit einem Mal so schwach vor, dass sie sich wunderte, wie man so etwas Schweres und Nutzloses wie einen Arm überhaupt mit sich herumtragen konnte. Am liebsten hätte sie sich auf die Grasböschung gelegt. Weich und trocken schaute sie aus. Und bald würde der Schramek da sein, und sie könnte ihm die ganze Verantwortung übertragen. Vielleicht trug er auch ihre schweren Arme. Anna Bernini schloss die Augen und stellte sich vor, sie säße im Ledersessel eines Erste-Klasse-Waggons. Bald würde der Lokführer, sprich: der Schramek, einsteigen und losfahren. Sie konnte sich einfach zurücklehnen und ihn machen lassen.

Davon wurde Anna Bernini so leicht ums Herz, dass sich ihr Erste-Klasse-Waggon ganz einfach von selbst in Bewegung setzte. Zuerst fuhr er nur bis zur nächsten Ecke. Vielleicht, weil die Passagierin bloß schauen wollte, welches der Häuschen eigentlich das Russenhäuschen war. Das letzte oder das vorletzte? Das letzte war jedenfalls unbeleuchtet. Doch das bewies nichts. Die drei Konspiranten konnten ja auf der Rückseite des Stelzenhäuschens bei einer gemütlichen Feuerschale sitzen.

Oder war es doch das vorletzte Häuschen? Das mit dem Rhododendronbusch? Aus dieser Entfernung konnte sie es nicht eindeutig feststellen. Deshalb glitt der Erste-Klasse-Waggon doch noch ein bisschen weiter in den Schotterweg hinein. Angst verspürte Anna Bernini keine, denn schließlich saßen ja noch da und dort Leute auf ihren Veranden oder vor ihren Grillern. Sicher, 90 Prozent von ihnen hatten schon so viel Bier getankt, dass sie eine Frau wahrscheinlich nicht mehr von einer Eisenbahn hätten unterscheiden konnten, aber wenn sie laut um Hilfe schrie, würde doch jemand reagieren. Oder? Gerade fuhr etwas Rotes an ihr vorüber. Das heißt, eigentlich war es grau, aber Anna Bernini war sich sicher, dass es bei Tag rot war. Genauso wie das Fahrrad, auf dem es saß. Aber es war so schnell an ihr vorübergesaust, dass Anna Bernini doch nicht ganz sicher war, ob es die Gemeinderätin auf dem Weg zurück in die Stadt war oder nur eine Erscheinung von ihr.

Als Anna Bernini langsam am vorletzten Häuschen vorbeischlich, das leider doch nicht das Russenhäuschen war, auch nicht das letzte, ertönte auf einmal eine so laute Polizeisirene, dass es sie sofort von ihrem Erste-Klasse-Ledersitz warf. Der

Schramek. Anna Bernini verspürte einen gewaltigen Ärger in sich aufsteigen. Konnte er nicht *einmal* eine Anweisung einfach befolgen, putzte sie ihn im Stillen zusammen. Ohne zu bedenken, dass sie gerade die Richtige war, sich über das Hinwegsetzen von Vorschriften aufzuregen. Aber dann merkte sie schnell, dass nicht die Schrameksche Polizeisirene die ganze Stelzenhäuschensiedlung aus ihrer Bierseligkeit aufschreckte, sondern der Hund. Und als Anna Bernini den Kopf wandte, erkannte sie auch die Thujenhecke. Und gleich darauf erschien darüber der rote Kopf.

»Da isses ja, das Gfrast! De schiache Zigeinerkrotn!«, schrie der Mann und hüpfte aufgeregt auf und ab. Und wie beim Synchronschwimmen versuchte die Polizeisirene auf vier Beinen, im selben Takt, die Thujenhecke zu überwinden. Ein Glück, dass Dackel so kurze Beine haben.

Anna Bernini hatte keine Zeit, sich zu fürchten, denn jetzt ging im Nachbarhäuschen plötzlich das Licht an. Und auf der Veranda erschienen wie Scherenschnitte die scharfen Umrisse zweier Männerfiguren. Anna Bernini brauchte nicht mehr Licht, um die beiden sofort zu erkennen. Der eine war groß wie ein Riese aus dem Märchen. Und der andere wirkte klein dagegen, obwohl er etwas über mittelgroß war. Biergläser hielten die Männer nicht mehr in der Hand. Und wenn man sagt, Alkohol tötet einen langsam, wirkte der Gegenstand, den der Immobilienzar jetzt auf Lukas Seidl richtete, mindestens ebenso tödlich. Vor allem, wenn man den Abzug betätigte.

Blitzschnell zog Anna Bernini ihre Pistole und rief: »Polizei! Lassen Sie sofort die Waffe fallen!«

Doch der zweite Satz war bereits von einem scharf riechenden Stofffetzen erstickt worden, den ihr jemand auf den Mund presste. Im nächsten Moment hatte sie dieser Jemand rücklings zu Boden gerissen. Nachher wusste Anna Bernini nie, ob sie vorher noch den Abzug ihrer Pistole betätigt hatte, ob sie den

Riesen wirklich erwischt hatte oder ob er nur wankte, weil sie wankte. Sie zappelte und boxte und biss und konnte sich auch noch einmal befreien. Blindlings stürmte sie weiter. Jemand war hinter ihr. Vor ihr glitzerte die Donau. Weit entfernt hörte sie wieder eine Polizeisirene. Dieses Mal musste es der Schramek sein! Und das erste Mal war sie froh darüber, dass er sich nicht an ihren Befehle gehalten hatte. Das Blöde war nur, dass die Polizeisirene wieder leiser wurde. Dafür wurde die Donau lauter. Und jetzt fiel der Mond in die Donau. Und die Donau fiel in die Nacht. Und die Nacht fiel auf Anna Bernini. Alles ist dunkel, dachte sie, bevor sie die Augen schloss. Aber das Interessante war: Als sie sie wieder öffnete, war es noch dunkler.

KAPITEL 36

Der Neid soll das Gefühl mit dem geringsten Prestige unter allen Affekten sein. Lieber will man jähzornig, ungerecht, überheblich, schlampig, faul, verfressen und gierig sein als neidisch. Man kann jetzt darüber nachdenken, warum der Neid so ein schlechtes Image hat. Vielleicht weil er uns ein Leben lang klein macht. Schon im Sandkasten beneiden wir den Spielkameraden um sein größeres Schäufelchen und noch im Altersheim die Heimkollegin um die paar Gangmeter mehr, die sie mit ihrem Rollator noch zurücklegen kann.

Aber wenn in dem Moment, als Anna Bernini wieder die Augen aufschlug, ein Psychologe mit einem Fragebogen vor ihr gestanden wäre und sie nach dem schlimmsten Gefühl gefragt hätte, hätte sie nicht Neid gesagt. Sondern Reue. Wobei er sie vermutlich nicht verstanden hätte. Denn Anna Bernini hatte schon versucht, ein Wort herauszubringen. Und das Wort wäre »Hilfe« gewesen. Da ihr aber irgendetwas Schweres auf der Brust lag, das sie beim Atmen hinderte, ist es nur ein Krächzen geworden. Wieder öffnete sie den Mund. Aber ihre Kehle war trocken wie ein Flussbett in einem Dürresommer. Sie presste fest die Augen zusammen und versuchte, ihre ganze Kraft auf die Stimmbänder zu lenken. »Hilfe«, sagte sie sich innerlich das Wort vor wie eine geduldige Mutter, die ihrem Kind das erste »Mama« entlocken will.

Warum hatte sie nicht auf den Schramek gewartet, malträtierte sie der Reuestachel. Warum hatte sie Judith nicht früher befragt? Warum war sie nicht ihrem Gefühl gefolgt, das ihr von Anfang an gesagt hatte, dass Fonsi nicht der Mörder von Amelie Meyher war? An dieser Stelle dachte sie nicht weiter, weil sie die Antwort wusste: Da war ein anderes Gefühl gewesen, das sie lange daran gehindert hatte, alles zu tun, um Fonsi zu retten.

Aber wo wir gerade von Gefühlen sprechen: Das Reuegefühl hat sich nicht lange in Anna Berninis Gehirn gehalten. Es musste einem viel stärkeren Platz machen. Und das war die Angst. Und zwar nicht nur wegen dem Gewicht auf ihrer Brust und wegen dem Schmerz in ihren Armen, sondern wegen dem Dunkel, das sie umklammert hielt wie ein eifersüchtiger Liebhaber. Nie vorher hatte sie ein so gewaltiges Dunkel erlebt. Es war absolut und gnadenlos. Egal, ob sie die Augen öffnete oder schloss, das Dunkel gab nichts von sich preis, ließ nicht den geringsten Hoffnungsschimmer durchblitzen.

Anna Bernini zwang sich zu tun, was ihr die Yogalehrerin bei einem Antistressseminar beigebracht hatte: Konzentriere dich auf deinen Körper! Also schloss sie wieder die Augen, atmete ruhig ein und aus und scannte in Gedanken die Positionen von Kopf, Rumpf, Armen und Beinen. Doch schon bei den Beinen wurde es schwierig, weil sie so heftig schlotterten. Und die Arme schienen sowieso irgendwo anders zu sein. Nur nicht dort, wo sie hingehörten. Wenn es nicht unwahrscheinlich gewesen wäre, hätte Anna Bernini gesagt: Die Arme wurden mir amputiert. So einen Gedanken hätte sie natürlich nie zulassen dürfen, denn schon riss sie die Augen auf, um nachzusehen. Aber da war ja nichts als Dunkel. Und dann hatte die Panik natürlich leichtes Spiel. Sie brach sich jetzt so mächtig Bahn, dass sie sogar die Trockenheit in der Kehle wegfegte. Und im nächsten Moment hörte Anna Bernini einen so gewaltigen Schrei von den Wänden widerhallen, dass sie vor Schreck den Mund wieder schloss.

Doch der kurze Moment hatte ausgereicht, damit wieder ein bisschen Gefühl in Anna Berninis Körper zurückgekehrt ist. Jetzt spürte sie den kalten Schweiß, der ihre Kleidung durchfeuchtet hat. Sie spürte ihr Herz, das raste, als müsste es einen Weltrekord aufstellen. Und sie spürte ihre Arme, in die ein so gewaltiger Schmerz fuhr, als hätte jemand Strom durch ihre Nerven geleitet. Wieder schrie sie auf.

Doch dieses Mal war es nur ein Stöhnen. Ein Stöhnbrüllen, das ihre Lungen füllte und ihre Nerven beruhigte. Ich muss langsam atmen, rief sich Anna Bernini wieder ihre Yogalehrerin ins Gedächtnis. Langsam einatmen, die Luft anhalten und langsam wieder ausatmen. Einatmen, ausatmen. Einatmen, ausatmen. Einatmen, ausatmen. Einatmen. Mit dem nächsten Ausatmen lockerte der Schmerz, der beide Arme gefesselt hatte, seinen Griff so weit, dass ihn Anna Bernini lokalisieren konnte. Einer saß im linken Handgelenk und einer im rechten Ellbogen. Beide Arme gebrochen, dachte Anna Bernini. Und so, als wäre der Armschmerz das Kommando gewesen, das auch die anderen Schmerznerven in Marsch setzt, meldete sich jetzt noch ein Schmerz am hinteren rechten Oberschenkel, einer im linken Fuß und einer auf der Unterlippe. Anna Bernini fuhr mit der Zungenspitze darüber. Da war Blut. Und dann stellte sie entsetzt fest, dass auch ein Stückchen des linken Schneidezahns fehlte.

Yogamäßig lösten diese Erkenntnisse leider einen Rückfall aus. Denn Anna Bernini riss wieder in Panik die Augen auf, so weit, dass sie meinte, ihre Pupillen mussten gleich die Augenhöhlen verlassen und frei im Raum herumschweben. Aber natürlich nützte das nichts. Nicht der geringste Lichtschein, nicht einmal eine Ahnung von Licht drang in ihr Gehirn. Vielleicht bin ich blind, durchfuhr es Anna Bernini, und sie spürte, wie sich tief in ihren Eingeweiden schon wieder die Panik sammelte, wie ein Volkssturm, bereit, auf der Stelle loszuschlagen.

Und wieder stöhnbrüllte Anna Bernini, dass es von den Wänden widerhallte. Sie stöhnbrüllte aus Leibeskräften. So lange, bis die unsichtbaren Wände Mitleid mit ihr bekamen und zurückstöhnten. Anna Bernini verstummte erschrocken und lauschte. Und da, nach ein paar Sekunden stöhnbrüllte es tatsächlich zurück.

Eine wilde Hoffnung durchzuckte Anna Bernini, und entschlossen setzte sie sich auf. Übelkeit und Schwindel meldeten sich. Doch Anna Bernini biss die Zähne zusammen. Denn jetzt hatte sie Fragen, die zu klären waren: Wo war sie? War sie allein? Oder war da noch jemand? Wie kommt sie hier heraus? Anna Bernini gelang es, sich auf die Knie zu erheben. Doch als sie ein Bein aufstellte, warfen sie Schmerz und Schwindel wieder um. Jetzt griff die Kälte nach ihr und schüttelte ihren Körper, dass die Zähne klapperten wie ein geschäftiger Hauswart mit seinem Schlüsselbund.

Sie saß auf dem kalten Steinboden und stöhnte, nur damit ihr das zurückgekommene Echo ein bisschen Gesellschaft leistete. Aber es war so leise, als wäre es nur das in der Dunkelheit herumgeirrte Echo ihres Echos. Dann verstummte sie, und das Echo war trotzdem noch da. Diese auch nur winzig kleine Chance, dass hier noch ein zweiter Mensch war, genügte, dass Anna Bernini versuchte, wieder auf die Beine zu kommen. Geduldig und verbissen schob sie die Füße unter ihr Gesäß. Die Arme wie eine schmerzende Balancestange in die Luft gestreckt, winkelte sie ihr Knie an, ignorierte den stechenden Schmerz im Fuß, ruckelte mit dem Gesäß nach vorne, spannte die Oberschenkel an, bis sich der Anstrengungsschmerz mit dem Verletzungsschmerz zu einer die Sinne betäubenden Schmerzorgie vereint hatte. Doch sie gab nicht nach. Und schließlich stand sie, wackelig zwar, auf ihren Beinen.

Und im nächsten Moment setzte sie bereits einen Fuß vor den anderen, vorwärtsgezogen von einem unaufhörlichen Stöhnen, von dem sie längst nicht mehr überlegte, woher es kam und von wem es stammte. Sie breitete die Arme aus. Sie rief ins Dunkel: »Ist da jemand?« Immer wieder. Und schließlich kam ein schwaches »Ja« zurück. Anna Bernini schrie auf vor Freude. »Wo sind Sie? Ich komme!«

Sie wusste nicht, wie lange sie durch dieses undurchdringliche Dunkel stolperte, waren es ein paar Sekunden oder ein paar Minuten. Immer wieder stießen ihre Füße auf Hindernisse, hart wie Stein und unbeweglich wie ein Berg. Doch endlich stießen sie auf etwas Weiches. Für einen winzigen Moment bildete sie sich ein, es wäre eine Ratte. Jemand schrie. War sie es selbst? Doch im nächsten Moment lag sie schon auf den Knien und ertastete einen menschlichen Körper. So kalt und feucht, dass es auch ein Toter hätte sein können. Anna Berninis Hände glitten über Bauch, Brust und Hals eines Mannes. Und als sie das Gesicht berührten, flüsterten sie und die halbtote Gestalt gleichzeitig: »Wer sind Sie?«

KAPITEL 37

An der Frage, ob ein Glas halb voll ist oder halb leer haben sich die Geister bestimmt schon geschieden, noch bevor es überhaupt Gläser gegeben hat. Es ist eine Frage der Sichtweise. Die einen halten eine Brustkrebsdiagnose für einen Gruß vom Zentralfriedhof, die anderen sagen: Lungenkrebs wäre schlimmer, und wenn ich die richtigen Globuli nehme, vertrage ich die Chemotherapie besser. Und obwohl ich nicht weiß, ob sich die Krebszellen um die Glas-halb-voll-Theorie scheren, muss man auf jeden Fall sagen: Mit halb vollen Gläsern lebt es sich leichter. Und es stirbt sich vielleicht auch leichter.

Für Anna Bernini war das Glas jetzt halb leer. Was aber ein Fortschritt war, wenn man bedenkt, dass es vor ein paar Minuten noch ganz leer war. Denn wenn du krank und verletzt in der absoluten Einsamkeit eines ungewissen Dunkels auf ein zweites lebendes Wesen triffst, freust du dich zuerst einmal.

»Herr Seidl«, flüsterte sie. Und dann noch einmal eindringlicher. »Lukas! Hören Sie mich?«

Lukas Seidl war nämlich der Mann, der mit ihr zusammen in diese Dunkelheit gesperrt worden war. Warum, wusste sie zwar noch nicht, aber ein bisschen konnte sie es sich vorstellen. Doch Anna Bernini dachte nicht einmal daran, ihn jetzt mit Fragen zu bombardieren. Denn inzwischen wusste sie, dass er kaum antworten würde. Selbst wenn er wollte. Ein paar Minuten vorher hatte sie ihrer Bluse beide Ärmel abgerissen, um seine blutende Halswunde zu verbinden. Dabei wäre sie selbst vor Schmerz fast in Ohnmacht gefallen. Sie wusste, dass Lukas Seidl-Dornauer viel Blut verloren hatte. Hemd und

Hose waren steif von getrocknetem Blut. Der unverkennbare, metallisch-süßliche Geruch hüllte sie beide ein.

Anna Bernini hatte sich neben ihn gesetzt, hatte seine kalte Hand in ihre heiße gelegt, während ihr Gehirn sich ebenso unablässig wie vergeblich mit der Beantwortung von 1.000 Fragen beschäftigte. Was war geschehen? Pjotr Popow und seine Männer hatten Lukas Seidl angeschossen und sie beide in dieses kalte Verlies gesteckt. Warum lebte sie noch? Warum lebten sie beide noch? Wo waren sie überhaupt? Anna Bernini überlegte fieberhaft. Es gab Burgen in der Nähe von Kritzendorf. Gehörte ihm vielleicht eine davon? Oder ein Weinkeller? Natürlich! Sie befanden sich ja mitten in einem Weinanbaugebiet. Aus irgendeinem Grund beruhigte sie dieser Gedanke. Doch dann regte sich wieder der Zweifel. Würde es hier nicht anders riechen? Nach Holz statt nach Moder? Wäre sie auf ihrem Weg hierher nicht auf Weinfässer gestoßen?

Sie schloss die Augen und konzentrierte sich. Sie hatte sich die Füße mehrmals an etwas Steinhartem angeschlagen. Und plötzlich wusste sie es. »Das gibt's doch nicht!«, schrie sie. »Das kann doch nicht sein!« Ohne sich dessen bewusst zu sein, war sie auf die Füße gesprungen, hatte ein paar Schritte in die Dunkelheit gemacht und – zack! – stieß sie gegen eines dieser Hindernisse. Und noch ehe der Gedanke in ihrem Gehirn Gestalt annahm, hatten die Hände schon den Umriss abgetastet.

»Ein Sarkophag«, murmelte sie und stolperte weiter. Zwei Schritte entfernt stand der nächste, und neben ihm war wieder einer. Mit vorgestreckten Armen rannte Anna Bernini weiter, achtete nicht auf die Wunden an ihren Zehen, nicht auf die rasenden Schmerzen in ihren Armen, nicht auf das Blut, das ihr wieder vom Kinn tropfte, nicht darauf, dass sie schrie und schrie und schrie.

Erst als seine Stimme die ihre übertönte, hielt sie inne. »Aus! Aus! Aus!«, rief Lukas Seidl, und Anna Bernini verstummte sofort, voller Reue, diesen Schwerverletzten noch weiter zu ängstigen.

»Es ist gut! Alles wird gut!«, rief sie ihm zu, wie die Feuerwehrleute in den amerikanischen Filmen, nachdem sie einen Menschen ohne seine Beine aus einem Autowrack befreit haben. Wie die Mütter, die ihren Kindern erzählen, sie seien dem Krieg entkommen, während der Krieg doch nie mehr aus ihren Herzen weichen wird. Wie die Werbeslogans von Versicherungen, die einem weismachen wollen, selbst der Tod verliert seinen Stachel, wenn man nur monatlich einen Fixbetrag auf ein Versicherungskonto einzahlt.

KAPITEL 38

In Geschichtsbüchern liest man, dass die Dunkelheit in den sowjetischen Gulags, in den Konzentrationslagern des Nationalsozialismus und in manchen besonders berüchtigten US-Gefängnissen als Folter angewandt wurde. Denn die Dunkelheit, hatte man an unzähligen Gefangenen beobachtet, ist ansteckend. Wenn sie lange genug andauert, greift sie auf den menschlichen Geist über. Sie frisst sich in sein Gehirn und schraubt sich wie ein gefräßiger Fadenwurm Zelle um Zelle tiefer in sein Bewusstsein. Sie zerstört sein klares Denken, löst die Grenzen von Zeit und Raum auf, von Hass und Liebe, von Schuld und Verantwortung, als wären sie bloßer Wahn.

Anna Bernini war neben einem der Steinsärge niedergesunken, nachdem sie noch einmal ihre letzte Kraft aufgeboten hatte, um die Gruft zu durchmessen. Um den Eingang zu finden und vielleicht eine Tür, die man öffnen konnte.

Die Hoffnung stirbt zuletzt, heißt es. Aber das stimmt nicht. Denn man kann auch ohne Hoffnung weiterleben. Sonst würde Anna Bernini jetzt nicht da liegen und atmen, nachdem sie die feuchten Steinwände entlang geschlichen war und einen Eingang gefunden hatte, der so verschlossen war, wie ein Eingang nur verschlossen sein konnte. Selbst aus der Hölle, dachte Anna Bernini, entkommt man leichter. Die Tür hatte nicht einmal einen Griff. Aber eine Gruft braucht innen keine Klinke, war es Anna Bernini durch den Kopf geschossen, genauso wenig wie eine Gummizelle oder ein Gefängnis. Danach war sie in einen tiefen Schlaf oder eine Ohnmacht gesunken.

Als sie jetzt wieder die Augen öffnete, spiegelte ihr das Gehirn für eine Zehntelsekunde vor, dass die Dunkelheit gleich verschwinden und der staubige, mit Spinnweben behangene seidene Lampenschirm in ihrem Zimmer erscheinen würde. Der, den der Karli ihr einmal von einer Chinareise mitgebracht hatte. Oder wenn nicht ihr Lampenschirm, dann würde wenigstens die Zimmerdecke von Fonsi erscheinen, natürlich ohne Spinnweben. Oder auch die vom Paul. Obwohl sie sich an die nicht mehr erinnern konnte. Es hätte auch die mit kleinen Löchern und einem Rauchmelder bestückte Zimmerdecke im Krankenhaus sein können. Alles wäre ihr recht gewesen. Nur nicht diese Dunkelheit. Und wer weiß, ob sie nicht einfach wieder die Augen geschlossen hätte, wenn sich das Stöhnecho nicht erneut gemeldet hätte. Obwohl es schon eher ein Röcheln gewesen ist.

Anna Bernini versuchte, sich aufzurichten. Für einen kurzen Moment freute sie sich, dass der Schmerz ein bisschen schwächer geworden ist. Im Handgelenk war es eigentlich mehr ein Pochen, im Ellbogen mehr ein Taubheitsgefühl und an Kinn, Oberschenkeln und dem Fuß ein Brennen und Ziehen. Aber dafür war ein neues Problem aufgetaucht. Die Hitze. Oder die Kälte? Ob es mehr Hitze oder mehr Kälte war, konnte Anna Bernini nicht sagen. Denn sie schwitzte und schlotterte gleichzeitig. Trotzdem schaffte sie es, sich nach ein paar Sekunden bis ins Sitzen aufzurappeln. Wodurch sich die Hitze als auch die Kälte verstärkten.

Aber dafür ist etwas anderes passiert. Etwas, das sogar Anna Berninis toter Hoffnung wieder Leben einhauchte. Ihr Fuß stieß auf ihren Rucksack. Das erkannte sie zwar nicht sofort. Zuerst dachte sie an etwas, das weit weniger erfreulich gewesen wäre. Tote Tiere oder vergessene Menschenteile. Aber da muss sie schon ein bisschen im Fieberwahn gewesen sein, der sie wenig später ganz überrollte. Doch jetzt wurde sie noch einmal klar im Kopf. Denn der Fund ihres Rucksacks machte sie für einen Moment richtig glücklich. In ihrem Rucksack konnten Dinge sein, die ihnen beim Überleben halfen. Wasser, Taschentücher, Schmerztabletten, vielleicht sogar ein Müsliriegel. Wobei Hunger bisher Anna Berninis kleinstes Problem gewesen war. Im Gegensatz zu … »Das Handy!«, rief sie auf einmal aus.

Sie hievte ihren Rucksack auf ihren Schoß, ignorierte den stechenden Schmerz im linken Handgelenk, nestelte mit steifen Fingern am Reißverschluss herum. Die Reißverschlusszähne hatten sich in einen Zettel verbissen. Sie zog und zerrte, aber die Kraft reichte nicht. Sie schrie auf vor Ungeduld. Ihre Finger zitterten jetzt so heftig, dass sie fürchtete, sie könnten vor lauter Nervosität von ihren Gelenken springen. Sie zwang sich zur Ruhe. Ließ die Luft in ihre Lungen strömen. Einatmen, ausatmen. Sie versuchte es erneut. Hielt den Reißverschluss mit der einen Hand fest und versuchte mit der anderen, den winzigen Zipfel des Papiers zu erwischen. Dann zog sie beides gleichzeitig auseinander. Der Reißverschluss ruckelte ein Stückchen nach vorn. Ein einen Zentimeter breiter Spalt hat sich geöffnet. Jetzt löste sie geduldig Zahn um Zahn den Reißverschluss von seiner Beute. Eine schweißtreibende halbe Ewigkeit später war das Außenfach offen. Ihre Hand fuhr hinein, ihre Finger ertasteten ein Taschentuch, Stifte, Lippenstifte, Krümel, den Schlüssel, Fahrscheine und endlich einen viereckigen Metallgegenstand! Anna Bernini zog ihn heraus. Es war das Zigarettenetui! Anna Berninis Haut kribbelte vor Anspannung, ihr Herz klopfte bis zum Hals. Wieder gruben sich ihre Finger in die Tiefe. Wann hatten sich all diese Lippenstifte angesammelt, ärgerte sie sich. Wozu trug sie fünf *Fineliner* mit sich herum, wenn doch kein Einziger von ihnen mehr schreibt. Doch plötzlich stießen ihre Finger doch auf einen Gegenstand, den sie brauchen konnte. Das Feuerzeug.

Und im nächsten Moment wäre es ihr lieber gewesen, sie hätte das Feuerzeug nicht gefunden. Denn egal, was viele Leute sagen, das Grauen, das man sich vorstellt, ist nie so groß wie das Grauen, das man vor Augen hat. Jedenfalls nicht, wenn es eine Gruft ist. Doch Anna Bernini schluckte ihr Grauen hinunter, schleppte sich noch einmal zur Eingangstür und konnte sich sehend davon überzeugen, was sie blind auch schon wusste: Es gab keinen Griff, in die Fugen zwischen der Steinplatte und den Steinwänden passte nicht einmal ein Hilferuf durch. Geschweige denn die zittrigen Finger einer fiebernden Frau.

Natürlich warf sich Anna Bernini trotzdem gegen die Tür, und natürlich schrie sie trotzdem aus Leibeskräften um Hilfe und hörte nicht auf, bis ihre Lungen brannten und blutrote Fiebersterne vor ihren Augen tanzten. Hitze und Kälte hatten so zugenommen, dass sie glaubte, auf der Stelle erfrieren und verglühen zu müssen. Bevor sie sich erschöpft zu Boden sinken ließ, hielt sie das brennende Feuerzeug in die Höhe, um sich den Raum noch einmal einzuprägen. Mit seinen gut 35 Quadratmetern war er viel kleiner, als sie ihn sich vorgestellt hatte. Vielleicht war er auch größer, als er jetzt wirkte. Denn gut ein Dutzend Steinsarkophage standen in Wandnischen, auf dem Boden und mitten im Raum. Einige waren schlicht, andere mit Reliefs verziert. Alle wirkten alt und verwittert, nur einer war neu. So neu, dass das Gipsrelief noch blendend weiß war. Auf dem Deckel des Sargs sah Anna Bernini eine Büste, die ihr das Blut in den Adern gefrieren ließ. Das war doch nicht möglich! Das war sie! Ihr Kopf. Sie kannte dieses Werk. Katja Popowa, die aussah wie ein russisches Supermodel und in Wahrheit Steinmetzin und die Besitzerin des größten Steinmetzunternehmens am Wiener Zentralfriedhof war.

Erst lange, nachdem sie den dumpfen Aufprall gehört hatte, wurde ihr bewusst, dass sie ihn selbst verursacht hatte. Als sie wenig später neben Lukas Seidl zu Boden ging. Doch als sie ihrem Mitgefangenen jetzt ins Gesicht leuchtete, durchfuhr Anna Bernini ein so großer Schreck, dass ihr das Feuerzeug aus der Hand fiel. Und als sie jetzt den Boden rund um sie beide abtastete, fuhr der Schmerz auf einmal mit so einer Gewalt in ihre Arme, dass sie die Suche aufgeben musste. Tränen der Verzweiflung traten ihr in die Augen. Schwindel überfiel sie. Trotzdem flogen ihre Hände noch einmal zum Rucksack, versenkten sich noch einmal ihre Finger in der Tiefe und zogen nach mehreren Fehlgriffen ihr Handy heraus. Halb ohnmächtig vor Schmerz schaltete sie es ein. Kein Empfang! Und nur mehr ein Prozent Akkuladung.

Doch mit diesem Prozent leuchtete Anna Bernini jetzt Lukas Seidl ins Gesicht. Seine riesigen Pupillen zogen sich reflexartig zusammen, seine Lider zuckten.

»Gott sei Dank!«, flüsterte sie. »Du lebst noch!«

Doch das Fleisch unter den Augen und Wangenknochen des Magnoliengarten-Schulvorstands war eingesunken, die Haut umspannte den Schädel und verhüllte kaum noch den knöchernen Rest, der einmal Lukas Seidl-Dornauer gewesen sein würde.

Eine quälend lange Sekunde wusste sie nicht, was sie jetzt machen sollte. Dieser Mann würde sterben, wenn er nicht bald Hilfe bekam. Anna Bernini, die wusste, dass sie nicht helfen konnte, und spürte, dass die letzte Kraft ihren Körper bald verlassen würde, tat jetzt etwas aus einem Impuls heraus, das eigentlich völlig unsinnig war. Vielleicht eine unbewusste Regung, die sich mit aller Macht an die vertrauten Symbole des Lebens klammern möchte. Sie hob ihr Handy hoch und drückte auf die Nachrichtenapp. Wie eine letzte Botschaft aus der Welt der Lebenden erschienen drei ungeöffnete Nachrichten von Miss Biggy, Burgi und Paul. Wie in Trance tippte sie darauf und es erschienen hintereinander drei rätselhafte Anfänge, die sie nun wahrscheinlich nie mehr öffnen und lesen können würde.

Miss Biggy: »Hier hab ich noch …«

Burgi: »Du musst dich noch …«

Paul: »Ursprünglich wollte nicht …«

Und gerade als Anna Berninis Zeigefinger wider jede Vernunft auf Miss Biggys Nachricht heruntersausen wollte, verabschiedete sich das letzte Akkuprozent. Der Bildschirm wurde schwarz, und Anna Bernini saß wieder allein im Dunkeln mit dem letzten Akkuprozent eines Gehirns, das nicht einmal mehr genug Kraft zum Verzweifelt-Sein hatte.

Also ließ sie sich wieder an die Seite Lukas Seidls gleiten, damit sie sich an seinem Körper wärmen oder kühlen könnte. So genau unterschieden das ihre Temperaturrezeptoren nicht mehr. Doch in dem Moment, als sie die Augen schließen wollte, vielleicht für immer, sprang das eine Akkuprozent ihres Gehirns plötzlich noch einmal auf zwei Prozent. So etwas gibt es manchmal, sagen Beschäftigte auf Palliativstationen. Kurz vor dem Sterben wird der Körper noch einmal lebendig. Auch Anna Bernini rissen diese zwei Prozent noch einmal in die Höhe. Sie ließen sie ihren Rucksack packen, die Schnur auseinanderziehen und nach Taschentüchern graben. Damit konnte sie vielleicht Lukas Seidls Blutung stoppen. Und dann war ja noch die Wasserflasche! Sie konnte ihm Wasser geben. Doch dann fiel ihr ein, dass sie das letzte Wasser in Kritzendorf getrunken hatte, als sie am Bootssteg die Москва́ entdeckt hatte.

Und als das Akkuprozent in Anna Berninis Gehirn gerade wieder auf eins zurück und dann vielleicht auf null springen wollte, zog sie eine kleine Glasflasche hervor. Es war der *Limoncello*, den ihr die Tante Cecilia geschickt hatte. Das Fläschchen, das sie vor ein paar Tagen von der Post geholt und im Rucksack vergessen hatte.

Und auf einmal wusste sie, als wären auch in ihrem Handy wieder ein paar Akkuprozente und die Verbindung zum Handynetz angesprungen, wie Burgis Nachricht weitergegangen wäre. »Du musst dich noch ... bei Tante Cecilia für den *Limoncello* bedanken!«

Gleich darauf hallte die Gruft von einem so hysterischen Gelächter wider, dass noch die Toten in den Gräbern erschauderten. Ohne lange nachzudenken, schraubte Anna Bernini das 0,33-Liter-Fläschchen auf und träufelte mit dem letzten Akkuprozent süditalienischen Zitronenlikör in Lukas Seidls Wunde, bis er aufjaulte und wild um sich schlug. Aber Anna Bernini hatte, ohne mit der Wimper zu zucken, alle ausgegrabenen Taschentücher, die frischen und die gebrauchten, auf seine Wunde gepresst, den von Blut steifen Stofffetzen wieder um seinen Hals gewunden und so fest zugezogen, wie es ihr möglich war.

Danach teilte sie den Rest des Fläschchens zwischen sich und ihm auf. Es musste gereicht haben, dass beide in einen Rausch, einen Schlaf oder eine Ohnmacht sanken. Denn noch bevor sich Anna Berninis Gehirnprozent ganz ausgeschaltet hatte, war schon wieder die Dunkelheit auf sie herabgesunken. Aber interessant, dachte Anna Bernini im Wegdämmern, wenn man den Raum kennt, in dem man sich befindet, auch wenn er eine kalte Gruft mit Steinsärgen ist, sieht man ihn auch.

Später wusste Anna Bernini nie, was davon sie erlebt und was sie geträumt hatte. Doch plötzlich hatte sie Amelie Meyher in diesem schönen weißen Sarkophag liegen gesehen. Wie Schneewittchen, dachte Anna Bernini. Aber ohne ihre Hände. Ach ja, dachte Anna Bernini, ihre Hände hat der Schramek ja in dieser Baugrube gefunden. Und da, wo ihr Kopf hätte sein sollen, lag Anna Berninis Gipskopf, aber nicht der von Katja Popowa, sondern der, den Fonsi gemacht hatte, der eigentlich der Gipskopf von der Burgi war. Anna Bernini hatte den Mund geöffnet, um zu schreien. Doch statt ihres Schreis drangen jetzt Worte aus der schwarzen Mundhöhle des Burgikopfes. »Du musst dich bedanken«, hallte es hohl durch den Raum.

»Ha!«, rief Anna Bernini, »da kann ich mich wirklich bedanken. Wärst du mir nicht vor die Füße gekugelt, dann säße ich jetzt nicht in der Scheiße.«

»Die Russen sind schuld. Das ist wohl klar.«

»Woran sind sie schuld?«

»Sie wollte die Russen nicht in unserer Schule«, mischte sich auf einmal Lukas Seidl, oder besser Lukas Seidl-Dornauer, ins Gespräch.

Anna Bernini wandte den Kopf und wunderte sich, dass der Vorstand auf einmal so klar sprechen konnte. »Amelie Meyher wollte keine russischen Kinder?«

Jetzt konnte er sogar wieder die Hand heben, um abzuwinken. »Kinder schon, aber nicht den Popow …« Er machte eine kleine Pause und sprach dann weiter. »Wissen Sie, er wollte die Schule kaufen. Das wäre ja eigentlich etwas Gutes gewesen.«

»Die Schule wolltest du ja kaufen! Deshalb hast du doch die Tante ermordet«, schrie jetzt der Burgikopf, obwohl er nicht mehr ganz nach Burgi klang. Anna Bernini schauderte es.

»Beihilfe zum Suizid«, murmelte der Vorstand. Seine Stimme klang sehr müde.

»Pfff!«, tönte es hohl aus dem Schneewittchensarg.

»Aber dann haben Sie ja das Geld nicht geerbt«, meldete sich Anna Bernini wieder zu Wort, die jetzt, wo es um den Fall ging, wieder ins Sie zurückwechselte. »Und da haben Sie den Popow eingeschaltet. Und der hat die Sache auf seine Weise aus der Welt geschafft.«

Der Vorstand schüttelte den Kopf. »So war es nicht.«

»Wie war es dann?«

Aber plötzlich war die Stimme des Vorstands so leise geworden, dass sich Anna Bernini ganz nahe zu seinem Mund beugen musste, um ihn noch zu verstehen. »Streit«, hauchte er.

»Im Atelier?«, fragte Anna Bernini schnell, bevor er einschlafen konnte.

»Sie ist gefallen«, keuchte der Vorstand und begann zu zittern. »Gestoßen. Mit dem Kopf … Ich wollte nicht … wollte sie nicht.«

Anna Bernini merkte, wie sich plötzlich in der Ecke wieder die Dunkelheit erhob wie eine Bittstellerin, die geduldig gewartet hatte, bis man ihr eine Chance gibt.

»Und dann haben Sie den Popow gerufen, damit er Ihnen hilft, die Leiche zu beseitigen, oder?«, rief sie. »Seine Männer haben die Leiche zerstückelt und versteckt.« Anna Bernini schielte zum Schneewittchensarg.

Während der Vorstand müde nickte, machte die Dunkelheit einen Schritt auf sie zu und warf einen Schatten auf den Schneewittchensarg.

»Aber warum haben Sie ihren Kopf in die Büste gesteckt?«

»Damit alle sehen, wie schön ich noch im Tod bin!«, meldete sich auf einmal wieder der Burgikopf, obwohl der Schneewittchensarg inzwischen ganz im Dunkel verschwunden war.

Anna Bernini wandte sich wieder zu Lukas Seidl um. Er schien die Dunkelheit noch nicht gesehen zu haben, obwohl die Dunkelheit ihn fest im Visier hatte. Sein Gesicht war ganz weiß, seine Augen geschlossen, und seine Lippen bebten.

»Aber warum hat der Popow dann auf Sie geschossen?«

Der Vorstand riss noch einmal die Augen auf. »Wollte nicht! Er ... wollte gar nicht die Schule. Er wollte ein Hotel! Aber das geht doch nicht. Alles ... wäre ... umsonst ... gewesen.« Er keuchte, hustete und verstummte.

»Sie haben ihm gedroht?«, fragte Anna Bernini.

Doch es kam keine Antwort mehr. Denn jetzt sah auch er die Dunkelheit, und sie starrte ihn mit ihren schrecklichen Augen an.

»Habe gesagt ... Polizei ...«, wisperte Lukas Seidl-Dornauer und versuchte, seine Augen vor der Dunkelheit zu verschließen.

»Wie ist Fonsis Haar in den Gips gekommen?«, fragte Anna Bernini.

»Ich ... weiß ... es ... nicht«, presste der Vorstand mühsam heraus, und es klang, als säße die Dunkelheit jetzt auf seiner Brust und drücke ihm die Kehle zu.

Aber jetzt war Anna Bernini plötzlich hellwach. Schnell richtete sie sich auf und schrie aus Leibeskräften: »Verschwinde!« Im nächsten Moment stieß sie die Dunkelheit von Lukas Seidls Brust, presste ihre Hände auf sein Herz und ihren Mund auf seinen. Sie spürte die trockenen kalten Lippen auf ihren trockenen heißen, und pumpte ihren Atem in seine Lungen. Presste wieder ihre Hände auf seinen Brustkorb und pumpte Luft in seine Lungen und presste und pumpte und presste und pumpte – so lange, bis Lukas Seidl-Dornauers Herz wieder zu schlagen begann. Zart zuerst, dann immer kräftiger.

Bis es schließlich geklungen hat wie Hammerschläge gegen eine Steinplatte. Und dann sah Anna Bernini Licht. Viel Licht. Und in diesem Licht sah sie einen Engel auf sich zukommen. Er beugte sich über sie und sagte: »Halleluja.«

KAPITEL 39

Persephone, heißt es in der griechischen Mythologie, kehrt jedes Jahr nach drei Monaten aus der Unterwelt zurück. Dann beginnt der Frühling. Und als Anna Bernini von zwei Trägern des *Samariterbundes* aus der Unterwelt hinausgetragen wurde, kam es ihr auch so vor, als wären drei Monate vergangen. Als sie durch das helle Lichtviereck zurück in die Welt der Lebenden schwebte und es erstmals wagte, ihre vom Licht entwöhnten Augen einen Spaltbreit zu öffnen, war die Sommersonne verschwunden. Sie starrte in den wolkenverhangenen Himmel, von dem ein feiner, leiser Schnürlregen fiel von der Sorte, die alles durchdringt. Offenbar auch den großen Regenschirm, unter dem Miss Biggy mit Oberst Meier stand. Sonst wäre es ja nicht zu erklären gewesen, dass beiden das Wasser die Wangen hinunterlief.

Die ersten beiden Sätze, die sie an Anna Bernini richteten, waren zwar Vorwürfe gewesen: »Um Himmels willen, Anna!

Wieso hast du nicht auf den Schramek gewartet?«, und »Was machen Sie nur für Sachen, Frau Chefinspektorin!«, aber dass sie dazu glücklich lächelten und einfach weiterredeten, bewies, dass sie es nicht ernst meinten.

Viel hat Anna Bernini jetzt aber nicht mehr von dem mitbekommen, was sie ihr zu berichten hatten. Zum Beispiel vom Oberst, der begeistert erzählte, dass Miss Biggy das Handy geortet hatte. Und zwar schneller als das IT-Genie, wie er durchblicken ließ. Aber Anna Bernini hatte unvorsichtigerweise der Sanitätsärztin ihren Arm überlassen. Und die Ärztin musste das dazu genutzt haben, ihr etwas zu verabreichen, das den Blick trübt. Weil das konnte ja nicht sein, dass auch dem Schramek, der jetzt an die andere Seite der Bahre trat, trotz Schirmmütze ebenfalls der Regen aus den Schweinsäuglein tropfte.

Später, als Anna Bernini im warmen Krankenhausbett lag und ihr Blick aus dem Fenster zur Kirche auf dem Leopoldsberg wanderte, spürte sie immer noch das Ziehen in der Brust, das von diesem Anblick ausgelöst worden war. Es war so etwas wie Liebe gewesen, genau wie Stunden vorher, als sie Lukas Seidl retten wollte. Oder vielleicht war es im Fall vom Schramek eher Dankbarkeit. Dass sie am Leben war, dass Lukas Seidl-Dornauer am Leben war, dass sie so eine gute Truppe hatte. Anna Bernini musste den Regen, der draußen immer noch über die Fensterscheiben floss, mitgenommen haben, denn jetzt lief er auch aus ihren Augen heraus.

Ihr Arm zuckte zum Nachtkästchen, auf dem Zellstofftücher lagen. Aber er war so schwer, dass sie ihn kaum von der Stelle bewegen konnte. Kein Wunder, ihr rechter Arm war auch bis zum Ellbogen eingegipst. Plötzlich, als erinnerte sich ihr Gehirn erst jetzt daran, spürte sie den Schmerz. Auch im linken Handgelenk lauerte einer. Auch dieser Arm war eingegipst. Anna Bernini runzelte die Stirn.

Und so, als wäre die Pflegedienstklingel inzwischen von Telepathie abgelöst worden, erschien eine Pflegerin an der Tür.

»Na? Wieder munter?«

Anna Bernini ignorierte die Suggestivfrage und murmelte nur: »Wo ist mein Handy?«

»Das hat die Polizei konfisziert«, antwortete die Pflegerin achselzuckend, und Anna Bernini konnte deutlich die Schadenfreude in ihren Augen glänzen sehen.

»Aber das …«, begann Anna Bernini, doch schon öffnete sich erneut die Tür, und Miss Biggy kam herein. Gefolgt vom Schramek und dem Stammer. Alle drei schauten besorgt. Aber der Schramek auch ein bisschen angefressen. Er hatte sich also vom Gruftmoment erholt. Keine Spur mehr von Rührungstränen bei ihm, keine Spur mehr von Liebesgefühlen bei ihr.

»Hast *du* mein Handy ›konfisziert‹?«, blaffte ihn Anna Bernini gleich an.

Er zuckte seine mächtigen Schultern, fuhr in seine Hosentasche und zeigte Anna Bernini ihr Smartphone. »Beweismaterial«, grinste er.

Empört richtete sich Anna Bernini im Bett auf, und Inspektor Stammer schnellte vor, um ihr die Polster zu richten.

»Was ist mit Lukas Seidl-Dornauer?«

»Ja, was ist mit ihm? Das erzählst am besten du uns«, sagte der Schramek mürrisch. Aber Anna Bernini nahm ihm seine Gleichgültigkeit nicht ab. Alarmiert schaute sie von einem zum anderen.

Miss Biggy zeigte auf ihre Gipse. »Wie ist das passiert?«

»Das erzähle ich euch alles noch. Aber sagt mir zuerst, was mit dem Seidl ist.«

»Er lebt«, beeilte sich der Stammer zu sagen. »Er wird gerade operiert.«

»Schon seit drei Stunden«, sagte der Schramek düster.

Einen Moment schwiegen alle.

»Hat er Hedwig Dornauer ermordet?«, fragte der Stammer nach einer winzigen Pause.

Anna Bernini schaute dem jungen Gruppinger in die Augen und wandte dann den Kopf wieder zur Kirche auf dem Leopoldsberg. »Er sagt ›assistierter Suizid‹ dazu.«

Der Schramek schnaubte ungeduldig, und Miss Biggy wies ihn tuschelnd zurecht. Aber so schnell ließ er sich nicht beruhigen. »Du vergisst, dass wir dein Handy auswerten können. Und da hat eines deiner Schatzis ja geschrieben, dass er vor drei Wochen, also ein paar Tage nach dem Tod der vermeintlichen Erbtante, ein Kaufanbot wegen der *Magnoliengartenschule* an die Stadt geschickt hat und dass die Gemeinderätin huldvoll geantwortet hat.«

»Aber zu diesem Zeitpunkt hatte seine Frau doch schon den Brief von der Großtante, in dem eindeutig steht, dass sie ihr Vermögen der *Krebshilfe* vermacht.«

Der Schramek machte den Mund auf, wahrscheinlich, um Anna Bernini weiter mit Fragen zu löchern, doch Miss Biggy legte ihm die Hand auf den Arm. Und tatsächlich klappte er, nach einem scheuen Seitenblick auf Anna Bernini, den Mund wieder zu. Das ist die Macht, die Leidende auf ihre Umgebung ausüben. Eigentlich eine alte Kulturtechnik, die sich früher von den Müttern auf die Töchter vererbt hat. Aber mit den Psychotherapien, die sich die Töchter immer öfter leisten können, stirbt das langsam aus. So gesehen muss man sagen: Es stimmt nicht, dass sich nie etwas verbessert.

Aber bevor Anna Bernini an diesem Abend vom Nachtdienstpfleger ein paar Tabletten auf das Nachtkastl gelegt wurden, erschien noch einmal Miss Biggy. Dass die ältere Kollegin, von der Anna Bernini wusste, dass sie sich nicht übertrieben gerne aus ihrem Büro herausbewegte, an einem Tag zweimal zu Besuch kam, konnte alles Mögliche heißen. Nur nichts Gutes.

Ihr Gesichtsausdruck ließ zwar, als sie sich umständlich einen Besuchersessel heranzog und neben Anna Berninis Bett stellte, noch nichts erkennen als Sorge um Anna Berninis Wohlergehen, gemischt mit der Anspannung, die sie an jedem Ort ausstrahlte, an dem sie nicht rauchen konnte. Aber bei Miss Biggy konnte Anna Bernini mühelos hinter die Fassade blicken.

»Spuck's schon aus«, forderte sie ihre Freundin und Kollegin schließlich auf, als sie von ihr schon minutenlang zu ihrem Gesundheitszustand befragt worden war. »Was mir fehlt, kannst du ja in der Krankenakte lesen. Oder sag bloß, du hast noch nicht ›nachgeschaut‹.«

Miss Biggy lächelte nicht, sondern warf einen nachdenklichen Blick auf den Rauchmelder, als würde sie in Erwägung ziehen, den Stahlrohrsessel zu sich heranzuziehen, draufzusteigen und ihn abzukleben.

»Haha«, lachte Anna Bernini, »vergiss es! Sag' lieber, was du auf dem Herzen hast! Du schaust aus, als wäre jemand gestorben!«

Aber im selben Moment, als es Anna Bernini ausgesprochen hatte, las sie die Bestätigung in Miss Biggys Augen.

»Nein!!!«

Doch Miss Biggy nickte nur.

Anna Berninis Augen hatten sich mit Tränen gefüllt, und die Tränen waren auf die Bettdecke getropft, bevor sie selbst ganz begriffen hatte, was sie da gehört hatte. »Er hat die OP nicht …?«

Miss Biggy nickte wieder.

Aber das kann doch nicht sein, schrie es in Anna Berninis Kopf. Sie hatte ihm doch das Leben gerettet! Sie schloss die Augen und ließ den Kopf auf den Polster zurücksinken. Mit einem Mal fühlte sie sich so einsam wie noch nie in ihrem Leben. Sie hatten doch beide die Hölle überlebt! Doch dann spürte sie Miss Biggys warme Hand auf ihrem Unterarm und roch den schwachen Duft einer angezündeten *Gauloise*, und plötzlich musste sie lächeln und weinen und beides gleichzeitig.

Als Anna Bernini am nächsten Morgen erwachte, saß wieder jemand an ihrem Bett. Aber zuerst erkannte sie ihn nicht. Vielleicht, weil ihr Blick von dem riesigen Strauß roter Rosen abgelenkt war, den er in der Hand hielt.

»Rote Rosen mag ich nicht«, sagte sie, bevor sie dem Besucher ins Gesicht sah und selber so rot wie eine Rose wurde. »Und du kannst sowieso gleich verschwinden!«

Zuerst schaute Fonsi betreten. Dann stand er auf, schritt zum Papierkorb und steckte den Strauß Rosen kopfüber hinein. Und als er sich zu ihr umdrehte, hatte er ein Lächeln im Gesicht, wo Anna Bernini schon gesagt hätte: Okay, man kann ja einmal miteinander auf einen Kaffee gehen.

Und der Magnoliengartenfall? Der wurde nie als »erledigt« zu den Akten gelegt. Wohl fand man die restlichen Leichenteile von Amelie Meyher im Schneewittchensarg am Zentralfriedhof, wohl verhaftete man den Schützen aus dem Boot, den Anna Bernini mithilfe des Projektils überführen konnte, das sie am Radweg gefunden und eingesteckt hatte. Es war Pjotr Popows Chauffeur. Dieses Mal war es wirklich der Chauffeur. Mithilfe guter Anwälte bekam er ein paar Jahre Zuchthaus. Pjotr Popow aber konnte nie etwas nachgewiesen werden. Und wenn es so gewesen wäre, hätte man ihn nicht gefunden. Denn bald nach den unschönen Ereignissen rund um sein Magnoliengarten-Hotelprojekt brachen er und seine Gattin die Zelte in Wien ab. Jetzt soll er Objekte in der Türkei aufkaufen und dort Hotels errichten. Die Großnichte erfuhr nie, welche Rolle ihr Mann beim »Selbstmord« ihrer Tante gespielt hatte. Dafür sorgte Anna Bernini. Sie besuchte die kleine Villa in Neuwaldegg und die drei Grübchenwesen, die dort wohnten, immer wieder. Doch nie mehr dachte Anna Bernini, wenn sie auf den Klingelknopf drückte und ihr die Tür geöffnet wurde, dass sie das Paradies betritt. Es gibt kein Paradies auf Erden, dachte sie. Solang so viele Menschen darin wohnen.

Annemarie Mitterhofer
Wiener Rosenmord
Kriminalroman
281 Seiten, 13 x 21 cm,
Premium-Klappenbroschur
ISBN 978-3-8392-0214-2

Im gemütlichen Wiener Bezirk Leopoldstadt wird an
einem warmen Spätnovember-Morgen ein Blumen-
händler unter einem Berg roter Rosen tot aufgefunden. Wer steckt dahinter? Der mächtige Wiener
»Rosenkaiser«? Die Praterstern-Halbwelt oder gar
die eigene Verwandtschaft? Chefinspektorin Anna
Bernini beginnt eine mörderische Jagd durch ein
Wien, wie es in keinem Reiseführer zu finden ist. Ein
spannendes und vergnügliches Krimiabenteuer!

*Nominiert für der Friedrich-Glauser-Preis 2023
in der Kategorie »Debütroman«*

GMEINER SPANNUNG

WWW.GMEINER-VERLAG.DE
Wir machen's spannend

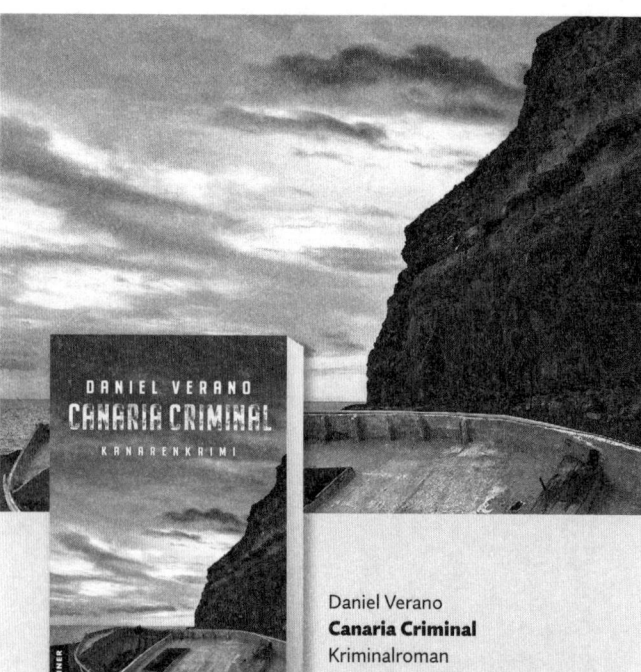

Daniel Verano
Canaria Criminal
Kriminalroman
256 Seiten, 12,5 x 20,5 cm,
Paperback
ISBN 978-3-8392-0459-7

Im Wahlkampf springt der polarisierende Politiker
Francisco Fraude mit dem Fallschirm über Gran
Canaria ab. Felix Faber, deutscher Auswanderer und
Journalist auf der Insel, beobachtet den Sprung von
seinem Bungalow aus. Es geschieht das Unvorstell-
bare, vor laufender Kamera schlägt Fraude auf einem
Felsen auf und ist tot. Faber beginnt zu recherchieren
und kreuzt dabei den Weg der taffen Ermittlerin Ana
Montero. Zusammen decken sie nach und nach eine
Verschwörung auf.

GMEINER SPANNUNG

WWW.GMEINER-VERLAG.DE
Wir machen's spannend